冷酷公爵に嫁がされたはずが、ツンデレな子犬に溺愛されています

佐崎　咲

23686

角川ビーンズ文庫

CONTENTS

CHARACTERS
クアンツ
若き公爵。
冷酷な人物だと
噂されていたが……
ジゼル
貧乏伯爵家の令嬢。
突然の王命で
クアンツに嫁ぐことになる
冷酷公爵に嫁がされたはずが、ツンデレな子犬に溺愛されています

マリア

ノアンナの妹。
優秀な姉に嫉妬している

ノアンナ

侯爵令嬢で、ジゼルの友人。
淑女の見本とうたわれる

ジョシュア

侯爵子息で、マリアの婚約者

レオドーラ

人を助ける白い魔女。
ジゼルとは腐れ縁

サーヤ

人を害する黒い魔女。
クアンツを気に入り、ある呪いをかける

本文イラスト／綾北まご

プロローグ

「それはおかしいと思います」

ふんぞり返り、睥睨《へいげい》する王太子。

その隣《となり》に口元を扇《おうぎ》で隠《かく》し、目だけを覗《のぞ》かせている婚約者《こんやくしゃ》。

この学院での最高権力者と言える二人に向かい合うのは、友人の侯爵令嬢《こうしゃくれいじょう》ノアンナ様だ。

私、ジゼル・アーリヤードはしがない伯爵《はくしゃく》家の娘《むすめ》で、そんなところに口を挟《はさ》めるような立場ではないけれど、ノアンナ様の震《ふる》える肩《かた》を見たらとても黙《だま》ってはいられなかった。

「なんだと……？」

凄《すご》む二大権力の背後にはプリプリなツインテールが隠れていて、そんなノアンナ様の様子を窺《うかが》いにやにやしている。

ノアンナ様の妹、マリア様だ。

以前から優秀《ゆうしゅう》なノアンナ様をやっかみ、あれこれ絡《から》んでくると聞いてはいたが、ついに王太子まで担《かつ》ぎ出したらしい。随分《ずいぶん》な怖《こわ》いもの知らずだ。

「何がおかしいと言うのだ。マリアは姉に教科書を破られ、ノートに落書きをされたと言っているのだぞ。謝るのが筋であろうが」

マリア様が言っているだけであろうが。

平和な昼休みの食堂の光景をぶち壊《こわ》して展開される模様に生徒たちは戸惑《とまど》っていたが、興味の色は隠せていない。

人々には姉妹喧嘩《しまいげんか》ではなく、王太子の婚約者であるルチア様と、彼女と並んで淑女《しゅくじょ》の見本とうたわれるノアンナ様の対立に見えているのだろうから、当然だ。

「それが事実かはどのように確認《かくにん》されたのですか？」

「授業が終わり、誰《だれ》もいなくなった教室からそこの姉が出て行くのをマリアが見たそうだ」

殿下《でんか》が確かめるように振《ふ》り向くと、マリア様は一瞬《いっしゅん》で目を潤《うる》ませて憐《あわ》れっぽい顔を作り、こくんと頷《うなず》く。

一方の言い分だけで事実と決めているのが王太子だなんて。

殿下は王宮内のごたごたで長らく隣国《りんごく》で暮らしていたからどんな人なのかよく知らなかったが、こんな人が世継《よつ》ぎとは、この国には絶望しかないようだ。

「それがおかしいと申し上げているのです。昨日は私たちの学年は先生方の会議のため授業が短縮され、マリア様よりも先に学校を出ておりますから」

マリア様ははっとしたように冷や汗《あせ》をかき、そわそわと視線を泳がせているのに、王太子はこんな時ばかりは振り向かず意地になったように言い返す。

「姉だけこっそりと残っておったかもしれんだろうが」

「いいえ。私とノアンナ様、それから二人の友人と町に出かけましたのでそれはありえません」

「そんなものは、口では何とでも言える」

「え……？」

最初に証拠《しょうこ》もなくいちゃもんをつけてきたのは殿下なのだが。自分が正しいことを疑ってもいないから底の浅い反論ばかりが繰《く》り返されるのだろう。

マリア様のことは名前で呼び、ノアンナ様のことは『そこの姉』呼ばわりするなど、一方にだけ肩入れしているのがあからさますぎるし、王太子として賢《かしこ》いとはとても言えない。

「それは思慮《しりょ》が及《およ》ばず申し訳ありません。確かに、マリア様も自分で破り、自分で落書きしたものをノアンナ様にやられたと泣き伏《ふ》すことだって簡単にできてしまいますね。ということは、マリア様の自作自演ですか？　さすがは殿下、ご慧眼《けいがん》です」

「そ、そんな……！　私、そんなひどいことしません！　殿下、騙《だま》されないでください！」

マリア様の目が大海で泳いでいます！　殿下、騙されないでください！　と、そっくりそのまま返してやりたくなったが、辛《かろ》うじて黙る。

「ぬう……。では、マリアがやったという証拠を出してみろ！　そこの姉がやっていないという証拠でもいい。私に示して見せろ」

殿下はノアンナ様がやったという証拠をお持ちだからこのようなお話を衆目を集める中で始められたわけではなかったのですか？　手ぶらで来た挙句流されるだけですか？

そう問い詰《つ》めてやりたいのを堪《こら》えているうちに、少し離《はな》れたところからおずおずとした声が上がった。

「あ……。あのぅ……、証拠ではありませんが、私も授業が終わった後すぐに、ジゼル様とノアンナ様が馬車に乗って学院を出るところを見ました」

「私もです……」

離れた場所でも、何人かが同意するように頷いている。

ありがたい。薄《うす》っぺらい人脈ではなく、信頼《しんらい》関係とは日頃《ひごろ》から築いておくものである。

私が論破するよりも、他者による証言のほうがよほど効果があるだろう。

しかし殿下は苦々しげにそれらを見回すと、ふんと鼻を鳴らした。

「口裏をあわせているのだな？　みなで姉と一緒《いっしょ》になってマリアをいじめていたのだろう」

「ノアンナ様も私たちも、そのようなことをしても不利益しかありませんわ」

呆《あき》れを隠せないまま言えば、いくつもの頷きが続く。

ノアンナ様は成績優秀で、容姿に優《すぐ》れ、人格も揃《そろ》った完璧《かんぺき》な淑女である。

わざわざマリア様を貶《おとし》める意味もなく、歯牙《しが》にもかけていないし、それは他人である私たちにとっても同じ。

虐《しいた》げる趣味《しゅみ》があったとして、そういう人は快感を求めているのだろうから、マリア様は選ぶまい。少しでも何かあればキィキィと騒《さわ》ぎ立て、こんな風に周りを巻き込み面倒《めんどう》でしかない。

何人もの証言を得たノアンナ様をマリア様は恨《うら》めしげに睨《にら》み、ギリギリと爪《つめ》を噛《か》んだ。ルチア様に取り入ることで、婚約者である王太子に糾弾《きゅうだん》させ、気に食わない姉の地位を下げたかったのだろう。実にくだらないことに時間と労力を使うものだ。

しかしそこへ殿下が不意にくるりと振り向いた。

持ち球がなくなって、マリア様自身に喋《しゃべ》らせようとしたのだろう。

だが振り向いたそこにあったのは、かわいさと憐れさの欠片《かけら》もない憎々《にくにく》しげな顔。

王太子が勢いよくぱっと開いた口は、声を失ったかのように閉じられた。

固まった殿下に気づき、マリア様は慌《あわ》ててうるうると憐れっぽい顔に戻《もど》したが、目に焼き付いた形相は消せるわけもない。王太子殿下はゆっくりと顔を前に戻した。

しかしさすが王太子、立ち直りが早い。すぐに余裕《よゆう》の笑《え》みを浮《う》かべると、私を斜《なな》めに見下ろした。

「なるほどな。おまえはすべてを知っていたわけか。もっと早く言えばいいものを……。

まあいい。その忠義心は認めてやろう。そこの女、名を何と言う？」

忠義心？　王太子という地位を持った人に対する不信感しかない。

一人で大仰《おおぎょう》な演技を始めた王太子にげんなりする。

「すべてを知っていたわけではありませんし、名乗るほどの者でもございません。ではご理解いただけたようですので、御前《ごぜん》失礼させていただきます」

どうせマリア様に聞けば私のことなどすぐ知れるのだが、さっさとお辞儀《じぎ》をすると、ノアンナ様の腕《うで》を支え、立ち去ろうと足を踏《ふ》み出す。

「面白《おもしろ》い女だ」

ふっと笑ってみせた王太子に、思わず『うへえ』と顔が歪《ゆが》む。

「おい、どういう顔だそれは」

「緊張《きんちょう》のあまり顔が自律制御《せいぎょ》を失ったようです」

面白いと言って私を認めるふりをし、余裕がある王者の器《うつわ》でも示したつもりだろうが、そんな小芝居《こしばい》で尊敬が取り戻せるほど国民は愚《おろ》かではない。

証拠に、殿下の周囲には残念なものを見るような目がより一層増えている。

「ますます面白い女だな。おまえ、側室になれ」

「断る！」

「なんだと⁉」

しまった。こういうのを売り言葉に買い言葉というのだろうか。

このラングルス王国で側室を持つことが許されているのは国王だけであり、即位《そくい》もまだの王太子が側室になれなどとありえないことを言うから、あまりの驚《おどろ》きに本音しか出なかった。

「申し訳ありません、間違《まちが》えました。『我が家はしがない伯爵家、名誉《めいよ》も財産もないどころか負債《ふさい》を抱《かか》えており、殿下に利益をもたらすことは金輪際見込めません。よって、我がラングルス王国のために丁重《ていちょう》にお断りいたします』」

「素直《すなお》なのは顔だけではなかったようだな。用意されていたような文句を一本調子に並べおって。どこにそなたの感情があるかは明白ではないか」

そりゃあ「断る！」以上の本音なんてありはしない。

「申し訳ありません。あまりのことに動転しておりまして」

「仕方あるまい。まあ、覚悟《かくご》しておけよ」

「嫌《いや》でございます。私のことはお忘れください」

逃《に》げるが勝ちだ。次の授業がありますので失礼しますと断りを告げ、ノアンナ様の手を掴《つか》むと、さっさとその場から立ち去った。

すたすたと足早に歩きながら、「ノアンナ様、大丈夫《だいじょうぶ》ですか？」と声をかける。

「いえ……大丈夫ではありません」

「ごめんなさい……。余計な口出しをしておきながら、うまく切り抜《ぬ》けられず」

「噴《ふ》き出しそうで、堪えるのが限界でした。たぶんジゼル様があと二言でもお話しなさっていたら、私の固く閉じた口は決壊《けっかい》していたかと思います」

肩《かた》をふるふると震《ふる》わせたノアンナ様は、口を押さえながらもたまらずというように笑い出す。

「助けてくださってありがとうございました。今日のことは私、一週間くらいは笑っていられると思います」

先程《さきほど》肩が震えていたのは、やはり笑いを堪えていたからであったか。

ノアンナ様は令嬢《れいじょう》らしい分別と共に、鋼《はがね》に近い心臓を持っている。でなければこんな私と楽しげに友人なんてやっていないだろう。

「殿下《でんか》も、明日《あした》になれば忘れていらっしゃることでしょう」

どうせ一度もノアンナ様の名前が出てこなかったような人だ。しかし、そう思ったのはさすがに甘かったらしい。

腐《くさ》っても王太子。プライドだけは人並み以上にあるのだろう。

翌日私は城に呼ばれた。

相手はこの国の王であり、つまりはあの王太子の父親だ。また面倒くさいことになりそうだが、売られた喧嘩《けんか》を勝手に買ったのは自分。受けて立とう。


城へは騎士《きし》団に勤める兄が送ってくれた。それも一緒の馬車に乗るのではなく、馬で並走して、だ。

事情を話してあったから父もいたく心配していたが、いくら阿呆《あほ》王子と親馬鹿《おやばか》だとしても、あれくらいでまさか貴族の娘《むすめ》の命を取るようなことはすまい。

そう思ったのだが、敵や危険とは日常の中に潜《ひそ》んでいるのであり、結果として兄がいて助かったことになる。

途中《とちゅう》、賊《ぞく》に襲《おそ》われかけたのだ。兄の胸に精鋭揃《せいえいぞろ》いの第一騎士団の徽章《きしょう》がつけられているのが見えたのか、すぐに撤退《てったい》したから何もなく済んだのだが、さすがに肝《きも》が冷えた。

我がアーリヤード伯爵《はくしゃく》家の領地は土地に恵《めぐ》まれず、そのせいで様々な荒事《あらごと》に巻き込まれることがあったからある程度耐性《たいせい》はあったけれど。

領地はその立地から嵐《あらし》や自然災害に見舞《みま》われることも多く、万年不作。当然税収は低く、むしろ不作が続いて私財を擲《なげう》って食料を配らねばならない年が大半というくらいだ。

父が事業を興《おこ》してみても、失敗続きで負債を増やすばかり。

兄二人と共に地道な金策に走り回りなんとかしのいだが、貴族らしくなく家族揃《そろ》ってあくせくと働き通しで、優雅《ゆうが》な暮らしにはほど遠かった。

政略結婚《けっこん》でもできればいいのだが、私にはろくに淑女教育《しゅくじょ》を受ける余裕もなく、母も早くに亡《な》くなり、周囲の見様見真似《みようみまね》で淑女らしく振《ふ》る舞うのがせいぜいで、その道は絶望的だ。

顔も地味で取り立てて特徴《とくちょう》も優《すぐ》れたところもない。

黒髪《くろかみ》に黒い瞳《ひとみ》。背ばかり高く、痩《や》せぎすな体はお粗末《そまつ》で、金もない、私にも家にも魅力《みりょく》がないではまともな縁談《えんだん》があるはずもない。

使用人も執事《しつじ》と料理人を一人ずつ雇《やと》えるだけで、侍女《じじょ》はいないし、兄二人に父という男所帯で長年暮らしてきたから、もはや今が一番気楽でいいとさえ思っている。

しかし今後貴族としてやっていくにはそれではいけない。そう父が奮起し、二年前から王立学院に通わせてもらっている。

王族が将来自分の側に置く者をその目で見つけ、関係性を育《はぐく》むという目的も持つ学院の中で、私は一人、なんとか我が伯爵家を立て直す手立てを学ぼうと必死だった。

それも三か月で卒業だ。そうしたら領地へ行って、伯爵家のため、領地のために何ができるか、改めて視察して回り、模索《もさく》するつもりだ。

そんな私が城に呼ばれたわけだが、王太子に対する不敬として罰《ばっ》せられたとしても、もはや返還《へんかん》できるものなど負債を抱えた領地だけ。それならついでに私の言動のどれが、この国の法律の第何条に反しているのか法律書と首っ引きで教えていただこうではないか。

そう構えていた私に国王は告げた。


「ジゼル・アーリヤード。そなたはシークラント公爵に嫁《とつ》ぎ、未来永劫《みらいえいごう》支えて生きよ」


その言葉には絶句するしかなかった。

法から言えばそんなものは罰ではないが、私の人生を取り上げたに等しいのだから結果としては十分すぎる罰だ。

というのも、シークラント公爵とは結婚適齢期《てきれいき》でありながら、この国の令嬢たちが誰《だれ》も結婚したがらない相手だからである。

もちろん、公爵だけあって金銭も地位も持っている。その上見た目も非常によく、さながら物語に描《えが》かれる天使のように甘く美しい顔立《かんばせ》ちなのだそうだ。

しかし、老若男女《ろうにゃくなんにょ》限らず人嫌《ひとぎら》いで、滅多《めった》に社交界にも出てこないし、出てきたと思ったら鋭《するど》い眼光で周囲を睨《にら》み回し、人を寄せ付けない。

幼い頃《ころ》に母を亡くしてから人間不信に陥《おちい》り、父も亡くなるとなお頑《かたく》なになったらしいが、実物とは話したこともないし見たこともないから実際のところはわからない。

ただ、うっかり三歩以内の距離《きょり》に踏《ふ》み込もうものなら、それはそれは恐《おそ》ろしいほど低い声で「近寄るな」と冷たく睨むというような話はよく耳にした。

それだけではない。いくら人嫌いでも兄弟もいないから跡継《あとつ》ぎをもうけなければならず、嫁《よめ》を募《つの》ってはいるのだが、「嫁いだからといってその家に金銭的にもその他《ほか》も支援《しえん》などしない」「私の命令には絶対的に従ってもらう」「私の自由は私の物であり、誰にもそれらを侵《おか》すことはできない」「妻は夫に何も要求してはならない」などなど倫理《りんり》も道徳も気遣《きづか》いも崩壊《ほうかい》した宣言をしていることは有名だ。

そんな傲慢《ごうまん》で冷酷《れいこく》で人嫌いな公爵は、甘い見た目とは正反対なことから、塩公爵と呼ばれていた。

数多《あまた》の魅力的な要素を持ちながら、公爵と共にする人生はさぞしょっぱいことだろうと誰もが容易に想像できる。

だから娘を嫁がせたいと近づく家があっても、婚約に至ることはなかった。

幸せにはなれないとわかっていて大事な娘をそんな公爵に嫁がせるなんて、と大きな批判が小さな声で囁《ささや》かれ、社交界全体の評判を落とすだけで得るもののほうが少ないと判断したのだろう。

だが国王の甥《おい》であり、第二位王位継承《けいしょう》権を持つ公爵は安易に養子もとれない。

それゆえに誰が贄《にえ》になるのかと、嫁ぎ先の決まっていない令嬢たちは怯《おび》えて過ごしていたのだが。

王太子が阿呆ならその親も親馬鹿だが、さすが国王なだけはある。

そこに私を持ってくるとは、十分すぎる嫌がらせな上に、公爵の嫁問題も解決と、一石二鳥だ。

なんとか回避《かいひ》できないものかと頭を巡《めぐ》らしたけれど、反抗《はんこう》する間もなかった。

国王は一方的に告げると用が済んだとばかりに席を立ち、私は周囲を兵士に丁重《ていちょう》に囲まれて城を出され、そのまま馬車へと乗せられた。

家のボロ馬車ではない。煌《きら》びやかな馬車は街の中を迷いもせずに進み、日が落ちたと思った頃に公爵家に辿《たど》り着くと丁重に放《ほう》り出された。

嘘《うそ》だろ、である。

手続きとか。準備とか。家族への連絡《れんらく》とか。

私に人権などないとでもいうような扱《あつか》いである。

そもそも公爵とてこんな貧乏《びんぼう》令嬢が運ばれてくるとは思ってもいないだろうに。

この国は王太子を中心に回っているのか。腹いせでこれほど人を振《ふ》り回すとは。
この国の歴史はそう続くまい。

第一章　私の夫は犬なのですか

玄関《げんかん》ホールに入ると犬がいた。

それも、ぶりっぶりにかわいい子犬。いや、小型犬で成犬なのか？

真っ白でふわっふわな毛並みでまん丸な毛玉に手足が生えたようなそれは、広い玄関ホールの真ん中で小さな円を描くようにぐるぐると一心不乱に駆《か》け回っていたのだけれど、ドアが開いた音に驚《おどろ》いたのか短くて丸い尻尾《しっぽ》をぴぃんと震《ふる》わせた。

おそるおそるというようにゆっくりと振り向いた毛玉は、ふわふわな毛並みに埋《う》もれそうなまん丸の瞳で私を確認《かくにん》すると、びくりと全身を震わせ、ぴょいーんと大きく跳《は》ねた。

それから私を凝視《ぎょうし》したままビシッと固まり動かない。

その近くには、ふぁさりと脱《ぬ》ぎ捨てられた衣服。

なるほど。これは、あれか。

この屋敷《やしき》の主人が帰ってきてそのまま誰かと情熱的に何かが始まってしまい、飼い犬が主人の寝室《しんしつ》から追い出されて悲しさのあまり動転して駆け回っていたとか、そんなあたりだろうか。

でなければこんなところで下着まで脱ぎ散らかし、さらにはそれを公爵家《こうしゃく》の使用人が片付けずにおくなんてことは起きないだろう。

もしかしたら公爵様はおモテになるのかもしれない。

人嫌いだろうが冷酷だろうが塩公爵と呼ばれていようが、見ている分には眼福であることは確かだし、俺様な男性をかっこいいという女性も多い。それに二十三歳にもなるのだし、婚約者《こんやくしゃ》がいないからといってずっと一人ということもないだろう。

だがしかし、私はつい先程《さきほど》そんな公爵様の妻となったのだ。推測の通りだとすれば今後は改めてほしいが、噂《うわさ》を聞く限りでは私の言い分など聞き入れられはしないだろう。だとしたら、私も今後そういった旦那様《だんなさま》とそれを取り巻く女性たちとうまくやっていくしかない。

それならまずは実情を知る必要がある。

寝室に突入《とつにゅう》するか。

そうとなれば善は急げだ。

おそらく寝室は二階なのだろうが、端《はし》から順に開けていくのは非効率。誰かに場所を尋《たず》ねたいものの、辺りに人の気配もない。急に送られた馬車で強引《ごういん》に降ろされたのだからいたしかたあるまい。だがまあ、日も落ちたこの時間に厨房《ちゅうぼう》へ行けば誰かはいるだろう。

そう考え、私は固まる犬を通り過ぎ、すたすたと奥へ進んだ。

すると、はっとしたように犬がチャカチャカと爪《つめ》の音を立てて追いかけてきて、私の周りをぐるぐると回り始めた。

危ない。足元にまとわりつかれると、うっかり踏んでしまいそうで進めない。仕方なく足を止めると、犬もぴたりと止まる。まるで私の動きを止めはしたものの、その先は考えてもいなかったというような、途方《とほう》に暮れた顔。

それならばとまた歩き出すと、慌《あわ》ててまた私の周りを駆け回る。

なんだこの犬。

かわいすぎて撫《な》でくりまわしたいが、相手にも意思があるのだから勝手に触《ふ》れるわけにはいかない。さらには他人の飼い犬だ。いや、公爵様の飼い犬ならば、私も飼い主の一人になるのか？　かといって、言葉が通じない相手に「どいて」と言ってもなあ。

しばし考えた後、私はいきなりだっと駆け出した。

意表を突《つ》かれたようで犬は出遅《でおく》れたものの、さすがに速い。あっという間に回り込まれてしまった。

しかし私が足を止めると犬も止まる。

何がしたいんだ、この犬……。

埒《らち》が明かない。

面倒《めんどう》になって三度《みたび》私が強引に歩き出したその時、「いや、勝手にずんずん進むなよ！」

という声がした。

振り返るが誰《だれ》もいない。

そこにいるのは今も足元の犬ただ一匹だけで、横柄《おうへい》な言葉遣《ことばづか》いに対して甲高《かんだか》いかわいらしい声もそこから聞こえていた。

「今、喋《しゃべ》られました？」

そんなわけがあるかと思いながら尋《たず》ねると、「お、おお……。俺、喋れたのか」と驚いたような呟《つぶや》きが返る。

それと一緒《いっしょ》に白いふわふわの毛玉みたいな犬の口が動いていた。

遠隔《えんかく》操作の腹話術でもない限り、この犬が喋ったとみていいだろう。しかし、そんなことがあるだろうか。本人……本犬もびっくりしているし。

「ご自分のことなのにご存じなかったのですか？」

「いや、だって、おまえは独り言も言わんし、表情に動きもないから何を考えているのかさっぱりわからんし、そもそも声をかける発想などなかったしな」

まるで今初めて人と会ったような口ぶりでさりげなく人のせいにしないでほしい。

「ひとさまの家にきていきなり一人で喋り出すなんて、気味悪くありません？」

「いやそんなこと言ったら喋る犬のほうが怖《こわ》いだろ⁉　何でそんなに平然としていられる？　おまえ、なんなんだよ……」

私は小首を傾《かし》げると、改めて犬を見下ろした。

「人に何かを尋ねる時は自ら情報を差し出すのが定石です、という論理は犬にも通じます？」

「おま……、いちいち腹立つな……！　俺は犬じゃない」

どう見ても犬だが。

「ではどちらさまですか？」

「おまえが誰《だれ》かわからん限りそんなこと言えるか！　こわいんだよ、おまえ！」

「あら、怯《おび》えさせてしまっていたのですね。それは失礼いたしました。私はジゼル・アーリヤードと申します。しがない貧乏伯爵《びんぼうはくしゃく》家の娘《むすめ》でしたが、つい先程クアンツ・シークラント公爵様の妻となりました」

そう答えると、犬はぱかりと下顎《したあご》を垂らした。

「妻……？　なんでいきなり？　はっ……俺がこんな姿になったのはおまえのせいか！」

だからしがない（略）の私にそんなことができるわけもない。

「なんでも人のせいにするのはよろしくないかと。私とて望んで妻となったわけではありません。国王陛下がいつの間にか手続きを済ませていらっしゃったのです」

「伯父上《おじうえ》が……？　クソッ、嵌《は》められた！　俺が準備を整えられないうちにと手を打ったか……」

犬は苛々《いらいら》と考えるようにその場をぐるぐると回り始めた。

人間で言えば、顎に手を当てカッカッと歩き回っているのと同じだろうか。

しかしふと怪訝《けげん》そうに足を止める。

「で、何故《なぜ》おまえはぐいぐい迷いなく奥に行こうとしていた？」

「公爵様の妻となりましたので」

「説明が簡略すぎてわからん！　そもそも、他人の家に来たらずかずか進まないでまず人を呼ぶとかなんとかするだろうが！」

他人ではないと言い返すと話が堂々巡《どうどうめぐ》りするのでやめた。

しかし、そうか。我が家に使用人がいなかったから人を呼ぶという考えがなかった。

他《ほか》の家との付き合いもない名ばかり貴族だから、こういうときの勝手がわからない。

「使用人の方は捜《さが》すのではなく、呼ぶものなのですね。公爵様の寝室はどちらかお聞きしたかったのですけれど、ご存じで？」

「いや、なんで寝室なんだよ」

「どうやら公爵様はお盛んなご様子でしたので、妻として状況《じょうきょう》を把握《はあく》し、今後の身の振《ふ》り方を考えなければと思いまして」

そう答えると、犬は呆然《ぼうぜん》と私を見たまま口をぱくぱくとさせた。

犬は犬なりに赤くなるやら青くなるやらしているのかもしれない。

「何故そこに行き着く？　なんで伯父上はこんなおかしなやつを寄越《よこ》したんだよ……」

呆然とした呟きに、認めたくなかった推察を認めざるを得ないなと諦《あきら》める。

「先程《さきほど》から陛下を伯父上と呼んでいらっしゃるところから察するに、あなたはクアンツ・シークラント公爵様とお見受けしますが、これは私の勘違《かんちが》いでしょうか」

「察しがよくて助かるけどなんでおまえ平然と聞いてくるんだ？」

「それはそれは、今後ともよろしくお願いいたします。しかし、私は犬と結婚《けっこん》してどうしたらよろしいのでしょうか」

「あのなあ！　おまえが俺と結婚したから、俺がこんなことになったんだろうが！」

ということは、ずっと犬だったわけではないということか。

よかったのか悪かったのか今の時点ではわからないけれど、とにかく詳《くわ》しい話を聞かないことには先に進めない。

「ですから、一人で堂々巡りして人のせいにする前に経緯《けいい》を話してくださいませんか？」

ぐっと口を閉じた犬――もとい、公爵様がようやっと口を開いた。

「昔、魔女《まじょ》に迫《せま》られたことがあってな。断ったら呪《のろ》いをかけられた」

端的《たんてき》に言われてもなかなかに呑《の》み込みにくい話である。

黙《だま》って続きを待っていると、公爵様は思い出すだけでげんなりするというようにかわいらしい犬の顔をなんとも残念な感じに歪《ゆが》めながら、ぽつりぽつりと語りだした。

クアンツ・シークラント公爵は幼い頃《ころ》から天使と誉《ほ》めそやされる恵《めぐ》まれた容姿のため、年下からお姉様まで幅広《はばひろ》い女性に言い寄られていた。

いや、公爵様の魅力《みりょく》は男女問わず、年齢《ねんれい》問わずで、母親と同年代の人まで彼に襲《おそ》い掛《か》かってくることがあったらしい。

なんとかそれを切り抜《ぬ》け、純潔を守り通してきたが、そうして彼の意思などおかまいなく擦《す》り寄り、体に触《ふ》れてこようとする人々にほとほと嫌気《いやけ》がさしたらしい。

公爵様は強い態度をとることで人を避《よ》け始めたが、既《すで》にその美貌《びぼう》の噂《うわさ》は人里から離《はな》れた場所に住む黒い魔女にまで及《およ》んでいた。

黒い魔女というのは、呪いなど人を貶《おとし》める魔術を扱《あつか》う魔女たちの総称《そうしょう》である。

人々から忌《い》み嫌《きら》われており、黒い魔女たちも人を嫌っているというが、公爵様の噂はその中の一人の興味を強く引いた。

そこでまだ十四歳の公爵様は魔女から結婚しろと迫られたが、最初に語った通り一も二もなく断った。

「なんでよ！」と逆ギレする魔女に対し、公爵様は「怖いんだよ！」と毅然《きぜん》と返したという。

この人、強い態度をとってはいるが、どうにも言動はヘタレている。

だが公爵様の言い分にさらにキレた黒い魔女は、呪いをかけた。

それが、『結婚したら犬になる』というもの。しかも姿が犬になるだけではない。結婚した相手の命令に犬のように従ってしまうのだという。

両親は既になく、跡継《あとつ》ぎをもうけるため結婚しなければならないが、相手につけこまれては家も自分も守れない。だから相手を牽制《けんせい》し、自分を強い立場に置く必要があった。

そこで「嫁《とつ》いだからといってその家に金銭的にもその他も支援《しえん》などしない」「私の命令には絶対的に従ってもらう」「私の自由は私の物であり、誰《だれ》にもそれらを侵《おか》すことはできない」「妻は夫に何も要求してはならない」というような一方的で冷酷《れいこく》、傲慢《ごうまん》ともとれる制約を公言したのだそうだ。


「そういった経緯をお聞きすると、納得《なっとく》です。言い寄る相手を減らすこともできて、一石二鳥だったわけですね」

「先に公言しておけば、双方《そうほう》の時間を無駄《むだ》にせず済む。結婚を求めてきた相手にいきなり突《つ》き付けるのは酷だしな」

さも当然というように言った公爵様に、なるほど、と頷《うなず》いた。

傲慢で人嫌《ひとぎら》いの塩公爵と呼ばれる所以《ゆえん》となった言動はどれも自分を守るための物だったのだ。しかも傲慢どころか、気遣《きづか》いまである。

多くの男性は、たくさんの女性に言い寄られても困るどころか、これ幸いと片っ端《かたぱし》から遊ぶのだろう。だが彼は律儀《りちぎ》に断るものだから泣かれ、揉《も》めに揉めて、腹いせを受け、どんどん疲弊《ひへい》していったというのだから、実直すぎて不器用な人なのかもしれない。

恵まれた容姿ではあるが、本人にとってそれは恵みではなかったのだろう。

これまで聞いていた噂からはこんな中身や事情が隠《かく》れていようとは思いもしなかった。

人とはわからないものである。

「しかし、そんな呪いをかけたとして、黒い魔女にどんな利益があるのでしょうね」

「深く考えもせず適当に呪《のろ》っただけなのではないか？　相当ブチ切れていたからな」

「まあそうかもしれませんね。それで、どうやったらその呪いは解けるのですか？」

「俺が聞きたいわ！　本当に呪いなんぞあるのかも、さっき実際にこうなってしまうまで半信半疑だったし……。今話した以上のことは何もわからんのだ」

そうか。先程私と結婚したことで突然《とつぜん》犬の姿に変わり、公爵様も驚《おどろ》き戸《と》惑《まど》いの中にいたのだろう。だから動転してぐるぐる回っていて、犬の姿で喋《しゃべ》れることも知らなかったのだ。

脱《ぬ》ぎ散らかされた服も、ちょうど玄関《げんかん》ホールにいた時に姿が変わってしまったから。

事実を知らずにあの状況からこの答えを導きだせようはずもないわけで、解釈《かいしゃく》にこれほど隔《へだ》たりが出るのだから、知るということは偉大《いだい》だ。

「あれもこれもわからないでは不便ではありませんか？　呪った本人に聞いてみては」

「魔女がどこに棲《す》んでいるかなんて知るわけがあるか！　会いたくても会えないのだ！」

きゃんきゃん！　と噛《か》みつくように犬公爵《こうしゃく》が吠《ほ》えた時だった。


「やぁっと会いたいって言ってくれたわね」


いや、今のはそういう意図での発言ではないと思う。

というツッコミが瞬時《しゅんじ》に喉元《のどもと》にせり上がったけれど、それどころではない。

その妖艶《ようえん》な声が私の背後から唐突《とうとつ》に聞こえたから。

ぱっと振り返ると、そこには紫《むらさき》のスラリとしたドレスを身に纏《まと》い、綺麗《きれい》に巻かれた髪《かみ》を背に垂らした美女がいた。だがその顔の位置は私より頭一つ分上で、見上げる形になった。

浮《う》いている。

赤いクッションに座った格好のままふわふわと浮き、こちらに――いや、犬となった公爵様に艶《あで》やかな笑《え》みを向けていた。

「お、おまえは！　たぶんあの時の魔女だな？」

犬となった公爵様が叫《さけ》ぶと、言葉の前後に「きゃわん！　きゃわん！」と鳴き声がつく。

感情的になると犬の本能が現れるのだろう。ぐるるるる、と唸《うな》る犬に、黒い魔女はキッと睨《にら》む目を向けた。

「たぶんって何よ！　そうよ、あの時あなたに呪いをかけた魔女サーヤよ！　あなたの人生がひっくり返るくらいの衝撃《しょうげき》を与《あた》えたんだから、それくらい覚えておきなさい」

「いや、あの時は動転していたし、随分《ずいぶん》前のことだし」

こいつ、言動はヘタレているが案外肝《きも》が据《す》わっている。

いや、抜けているというべきか、素直《すなお》すぎるというべきか。

「ふん……まあいいわ。だって、やっとあなたが私を呼んでくれたのだもの」

魔女はふふっと口角を上げ頬《ほお》に手を当ててるが、いや、だからたぶん呼んでない。だいぶ待ち焦《こ》がれたせいで耳に入る言葉は都合よく解釈されるようになっているのだろうか。

「だれか呼んだか……？」

そこの犬公爵もきょろきょろするな。他《ほか》に誰《だれ》がいる。

「さっきあなた、会いたくても会えないって言ったじゃない！　絶対言ったわ！　私聞いたんだからね！」

「ああ……」

そういえば、っていう顔をされると困る。

犬のきょとん顔はかわいいすぎて撫《な》でまくりたくなるではないか。

「ほら。やっと私しかいないとわかってくれたのね。今すぐにでも結婚《けっこん》してあげるわ」

なるほど。呪いのせいで公爵様は誰とも結婚したくなくなる。では自分が結婚してやると持ち掛ける。そうして公爵様を意のままにしようとしていたわけか。随分と狡《こす》い。

しかしある意味真っ直《す》ぐすぎる公爵様にはそんな腐《くさ》った思考は通じないようだった。

「いや、私は既に結婚している。だから犬になったのだぞ」

何を言っているんだとばかりにもふもふの眉《まゆ》を顰《ひそ》めた公爵様を見下ろし、魔女はしばし黙り込んだ。

こちらでもそういえば、っていう顔をするな。

しかし魔女《まじょ》の開き直りは早かった。

「別にいいわ。私に人間の戸籍《こせき》なんて関係ないもの」

垂れた巻き髪《がみ》をバサリと背に払《はら》い、ふん、と居丈高《いたけだか》に笑うが、この魔女、あまり計算は得意でないようだ。どうにも行き当たりばったり感が強い。

「おまえに関係なくとも、俺には大いに関係ある」

「魔女の結婚は、血の契《ちぎ》りを交《か》わすだけよ、すぐ済むわ。そんな女は放《ほう》っておいて私と楽しく暮らしましょう?」

「それは嫌だ」

「なんでよ!」

「だっておまえ、自分本位そうだし、人の話聞かないし、気分屋っぽいし。一緒《いっしょ》に暮らすのは疲《つか》れそうだから」

　正直だな。だが正直ならいいわけではない。大人は建前も必要なんだぞ。

　案の定魔女は、思ったままを言ったというように凜《りん》としている犬の公爵様を睨みつけ、顔を真っ赤にして怒《いか》りを滾《たぎ》らせた。

「なぁんですってぇ!?　この期《ご》に及んで、まだそんなことを言うの!?　私しかあなたの呪《のろ》いは解けないっていうのに」

「その呪いの解き方って？」

　さりげなく質問を挟《はさ》むと、魔女は勢いよく答えてくれた。

「心から愛され口づけを受けるだけよ。でも犬だもの。人嫌いで冷酷な塩公爵だもの！　真実の愛なんて生まれるわけがないわ！」

　どやっと言われたわりにはどこかで聞いたことのあるような解呪《かいじゅ》方法だが、『真実の愛』とは魔法でどのように判定されるのだろう。興味深い。

「なるほど。公爵様は元の姿に戻《もど》りたいですか？」

「もちろんだ！」

　勢い余ってわきゃん！　という鳴き声と併《あわ》せて答えた公爵様に、魔女がふふんと笑った。

「じゃあ私と結婚して一生傍《そば》にいて。それなら今すぐにでも呪いを解いてあげる」

「それはいやだ！」

「だからなんでそんなに頑《かたく》ななのよ！　大体ねえ――」

食い気味に拒絶《きょぜつ》された魔女がぎゃーぎゃーと喚《わめ》いている間に、私は足元の公爵様の前にしゃがみこみ、尋《たず》ねた。

「では、私が口づけをしてみてもよろしいですか？」

「え？　なぜ？」

「真実の愛なんてどのように判定するのかと疑問に思いまして。案外口づけだけで戻ることもあるのでは、と」

「確かに。ではお願いする」

「承知しました」

その答えを聞くと、私は犬の公爵様をひょいっと抱《だ》き上げた。

「あ、だが待て、口づけなんてしたこと――いやいや」

「待ったは聞きません」

「え？　まっ、なんでそんな男前!?」

この期に及《およ》んできゃんきゃんとうるさい。

私は顔の前まで犬の公爵様を持ち上げると、その濡《ぬ》れた唇《くちびる》に触《ふ》れるだけの口づけをした。

まるで氷に触れて驚《おどろ》いたかのように、ふわふわの毛並みに埋《う》もれていた耳がぴぃんと立っ。

その一瞬後。

ぼっふぅんと辺りに白いもくもくとした霧状《きりじょう》の何かが溢《あふ》れ出し、視界が真っ白になった。

私の手には、さらりとした素肌《すはだ》。

そして霧が晴れると、目の前には素《す》っ裸《ぱだか》の男が立っていた。

「うおわあああ！」

裸《はだか》にひん剝《む》かれたみたいに叫ばれると私が加害者っぽく映るのでやめてほしい。

しかし驚いた。

透《す》き通るようなふわふわの白髪《はくはつ》に、天使と見まごうような美しく整った甘い顔。

ほどよく筋肉のついたたくましい胸板《むないた》。

もちろんそれより下に視線は向けないだけの分別は持っているし、すぐにさらさらとした素肌からも手を離《はな》したけれど、なるほどこれは裸ではなくても色気がだだ洩《も》れな上にとてもとても顔がいい。

「戻った！　戻ったぞ！」

だが残念ながら、公爵様と思われる男が自らの手を見下ろし、そう歓喜《かんき》の声をあげた瞬間だった。

ぼしゅんと気の抜《ぬ》けるような音がして、目の前の成人男性は消えた。

代わりに現れたのは、先程《さきほど》の犬。

「なんでだ――――!!」

「ふん、当たり前よ。そんな出会って間もない女が真実の愛なんて持ってるわけがないじゃない」

それはそうだ。これまで見てきた犬の公爵《こうしやく》様に好きになるような要素はなかった。案外肝《きも》が据《す》わっていて素直なのだと知ったものの、だからといって好感を抱《いだ》くほどではない。

だが。

「一瞬《いっしゅん》、変わりましたね」

魔女はさっとあらぬ方に目を向け、聞こえていなかったかのように素知らぬ顔をしたが、その反応だけで十分だ。

愛といっても、友愛、親愛、家族愛に師弟《してい》愛、他に特殊《とくしゅ》な愛もたくさんあるだろう。今の私と公爵様の関係を鑑《かんが》みれば、今回は友愛か動物愛がわずかでもあると判定されたのかもしれない。

犬に戻ってしまった公爵様はいまだ持ち上げられたところからの急降下（物理含《ふく》め）に呆然《ぼうぜん》としているけれど、上々の結果が得られたのではないだろうか。

黒い魔女はそんな公爵様を見て気分を良くしたのか、すうっと高度を下げ、ふふんと笑った。

「一瞬なんてなんの意味もないわ。やっぱりあなたは私を選ぶしかないのよ」

「それは無理だ。おまえは私の顔が気に入っているだけだろう」

予想外にきっぱりと言われたためか、魔女は束《つか》の間黙《だま》った。事実だったらしい。

「顔が好きだろうが体が好きだろうがあなたを愛していることに変わりはないわ。体から始まる愛だってあるもの。それこそ試《ため》してみないとわからないじゃない？　そこの地味女の前例もあるし」

「試さないでもわかる。無理だ」

「無理無理うるさいわね！　口づけなんて減るもんじゃなし、いいじゃないの！」

「減る！」

それはごめんんね。

「一度私と口づけをすれば、虜《とりこ》になるわよ。とろけさせてあげる」

ふふふふふ、と妖艶《ようえん》な笑《え》みを浮《う》かべ、どんどん高度を下げてくる魔女を見上げ、犬の公爵様はぞっとしたように「来るな、痴女《ちじょ》！」と頭を低くしてチャカチャカと三歩下がった。

「なんですって⁉　私のこの魅力《みりょく》にその言い種《ぐさ》！　ありえないわ！」

「つい、すまん！　だがいやだ！　俺は妻との間に真実の愛を探す！　不貞行為《ふていこうい》はしたくない！」

意思も何もない結婚ではあったたが、既《すで》に口づけも交わしている。

口づけが初めてらしいとか、あの美しい顔で信じられないことだったが、この純情一直線そのものな口ぶりからすると本当だったのだろう。よくここまで守り抜けたものだ。

魔女は「ぬぬぬぬぬ……！」とギリギリ歯嚙《はが》みをしていたものの、ふん、と荒《あら》い鼻息を吐《は》くと忌々《いまいま》しげに高度を上げた。

「いいわ。好きなだけ犬の姿でいることね！」

そう言って背を向けたが、最後にくるりと振《ふ》り返り、うふっと笑った。

「呼んでくれたら私はいつでも駆《か》け付けるから。その時は、呪《のろ》いから解放してあげるわね」

そう言って、すっと姿を消した。

一人で温度の高低差が激しいことだ。

犬の公爵様はしばらく警戒《けいかい》するように何もいなくなった宙にぐるるると唸《うな》っていたけれど、戻ってこないとわかると、はふうと詰《つ》めた息を吐き出した。

先程公爵様は私との間に真実の愛を探す宣言をしたわけだが、私はこの犬、もとい夫を愛せるだろうか。

噂《うわさ》通りの冷酷《れいこく》、傲慢《ごうまん》な人ではないようだが、それだけで好きになるわけもなく、恋愛《れんあい》や友愛を抱けるか今のところ自信はない。

慈愛《じあい》だったらいける気もするが、それにしたって時間はかかるだろう。

先程の魔女《まじょ》の様子では突発《とっぱつ》的であまり計算が得意ではなさそうだし、呪いの力もそれほど強くなさそうだ。

真実の愛以外の呪いを解く方法を探すほうが早いかもしれない。

魔女に啖呵《たんか》をきっていたものの、再び犬に戻《もど》ってしまった公爵様は服の脱《ぬ》ぎ散らかったままの玄関《げんかん》ホールに佇《たたず》み、途方《とほう》に暮れたように項垂《うなだ》れていた。

一瞬の希望を見せられただけに始末が悪い。

「大体事情はわかりました」

「何故《なぜ》そんなに落ち着いていられるんだ……」

公爵様は「もっとあるだろう、『呪いなんて怖《こわ》い！』とか『犬になるなんて信じられない！』とか」とぶつぶつ言っていたが、騒《さわ》いだところで事実は既に目にしたのだから納得《なっとく》するよりない。

「何がどうなっているのかと思いましたし、信じられない思いでしたが、姿が変わるところも目《ま》の当たりにしましたし、幸いにも当事者が揃《そろ》っていましたので適宜《てきぎ》質問させていただきましたし。一通りは理解できました」

「肝が据わりすぎじゃないか？」

「『面白《おもしろ》い女だ』と言うのは食傷気味なのでやめてくださいね」

「何か嫌《いや》なことでもあったのか？」

「そこから今に至ります」

「ええ……？　全然わからん」

もふもふな白い毛に埋もれそうな目が戸惑《とまど》い、こちらを見ている。

私は改まってきちんと向き合った。

「では、今度は私がここに来ることになった経緯《けいい》をお話しさせていただいてよろしいでしょうか」

「それはそうだな。俺も聞きたいことがたくさんある。お茶を飲みながらゆっくりと話してもらおう。ずっと立たせて悪かったな」

口調はぞんざいだが、きっと、自分を悪く見せるためにこれまでそうしてきたのだろう。言葉の端々《はしばし》に気遣《きづか》いがあるし、気品は隠《かく》せていない。

なるべく丁寧《ていねい》を心掛《こころが》けているもののまったくそうはできていない私とは正反対だ。

こちらだ、と公爵様がチャカチャカ爪《つめ》を鳴らす。

後について歩き出そうとしたが、少し待たないと踏《ふ》んでしまう。

公爵様が進むのを待っているうち、やっと騒ぎに気付いたのか、渋《しぶ》いシルバーグレイの紳士《しんし》が「申し訳ありません、お客様をお待たせしてしまいまして」と駆け付けた。

おそらく公爵家の執事《しつじ》なのだろう。

しかし、足元をチャカチャカ進む犬を見下ろすなり、その顔は驚愕《きょうがく》に染まった。

「ああ、ロバート。紹介《しょうかい》しよう、こちらはジゼ――」

「キャ――！　犬が旦那《だんな》様《さま》の喋《しゃべ》り方で喋ってる！　でもかわいい！　でも旦那様！」

渋いオールバックの紳士も本気で驚《おどろ》くと悲鳴が出るらしい。

そうか。私もこういう反応を求められていたのか。

ただ、執事は一声叫《さけ》びを上げただけで、私と公爵様を交互《こうご》に見るとすぐに姿勢を正した。

呪いの話は聞いていたのだろう。「ついにこの時が来てしまったのですね」と、なんとも言えない目で公爵様を見下ろした。


ティールームに案内され温かなお茶を飲んでいると、ほどなくして城から手紙が届いた。

そこにはしっかりと私と公爵様が正式に結婚《けっこん》した旨《むね》が書かれていた。

順番が逆だ。どうせ当人たちの意思を無視して進めているのだから、私を送り込む前に手紙くらい送っておいてほしい。

しかしそれだけで執事は私が誰《だれ》で、何故ここにいるのかを理解したようだ。

「私は執事を務めさせていただいております、ロバートと申します。ジゼル様にご不便のないよう、誠心誠意お仕えさせていただきますので、よろしくお願いいたします」

「ジゼルもロバートも、突然《とつぜん》のことで驚かせてすまなかったな」

一番驚いていたのは公爵様《こうしやく》だと思うが。

「しかし、公爵様が犬に変わったのは勝手に結婚させられていると知る前ですよね。魔女はそうでなくとも、人間は戸籍《こせき》にしばられているから、手続きが完了《かんりょう》した時点で呪いが発動したということなのでしょうか」

魔法とは、術式を陣《じん》にして描《えが》くことで生成されるという。結婚を発動条件にするためには明確な定義が必要だったのだろうし、『真実の愛』も明確に定義があったはずだ。

だとしたら、あの魔女は何をもって『真実の愛』だとしたのだろう。

顎《あご》に手を当て考え込んでいると、犬、もとい公爵様がじっと私を見ていることに気が付いた。

「気になるのはそこなのか。本当におまえ、おもしろ――」

「その評価を下されると、私が阿呆《あほう》と心で呼ばせていただいている王太子殿下《でんか》と同一視してしまいそうなのでおやめください」

椅子《いす》にクッションを重ねてテーブルの上になんとか顔を出した公爵様は、「なにがあった?」と戸惑った顔ながら、平たい皿に注がれたお茶をぺろぺろと舐《な》めた。

最初は犬らしい行動をとることに抵抗《ていこう》があったようだが、カップなんてとても持てないし、ずっと「ハッ！　ハッ！」と荒い息を繰《く》り返しているからとても喉《のど》が渇《かわ》いて堪《た》え難《がた》かったらしい。

　そんな公爵様を前に、私はため息を堪《こら》え、話し始めた。

「この世の不条理を描いたような話です」

　学院の食堂で王太子殿下に反論したことから、体面を保つために『面白い』という評価のもと側室になれと言われたこと。断ったら国王陛下に公爵様の妻になれと命じられたこと。あまりの腹立たしさで頭に罵詈《ばり》雑言《ぞうごん》が渦巻《うずま》く中、なんとか抑《おさ》えてあらましを話した。

「王太子殿下は最近隣国《りんごく》マルタニアから帰国されたばかりで、俺もあまり人となりを知らなかったのだが。王太子をうつけに育て、この国を弱体化させるというマルタニアの策略かと疑ってしまうな」

「王宮内でごたごたがあって隣国に出されたと聞きましたが、そもそも何故国外で育てられたのでしょう」

　異文化を学ぶというほどマルタニアとこの国に違《ちが》いはない。元々同盟国で長く友好関係が続いているし、流通も盛んだ。

「第一王子と第二王子が亡《な》くなったことは知っているだろう？　あれは派閥《はばつ》同士の争いが元だったと言われている。王宮がきな臭《くさ》くなり、第一王子が亡くなった段階で陛下は第三王子に保険をかけたのだろうな。案の定、第一王女も第二王子も亡くなったが、すぐ連れ戻さなかったのは、そのままマルタニアで過ごすほうが安全だと考えたのだろう」

犠牲《ぎせい》となったのは王族だけではなく、側近や女官など、周囲で何人も亡くなったそうだ。

「しかし、第三王子の命まで奪《うば》いはしないのでは？　いくら公爵様がいるとはいえ、現国王陛下の直系の血が途絶《とだ》えれば国は混乱に陥《おちい》ります」

「いや。そもそも第三王子は早々に隣国へやられたのだから、王位継承《けいしょう》権など放棄《ほうき》したも同然とみなされていて、実質第一王子と第二王子の争いだった。それなのに第二王子まで命を落とすとは、それこそ当初考えられなかったことだった。死が絡《から》むと人は計算だけではなくなるのかもしれない」

「第一王子の死で取り乱した一派が弔《とむら》い合戦《がっせん》をしかけた可能性があるということですね。もしくは、第三王子派か、クーデターか、他国の策略か……」

「複数人の思惑《おもわく》が複雑に絡み合っていたんだろう。落ち着くのに長年かかり、その間に王宮の人事も大多数が入れ替《か》わり、それは宰相《さいしょう》にまで及《およ》んだ」

「それで平和になって、ようやく第三王子が帰国し立太子したかと思えばこれですか」

私が言うと、公爵様は項垂れて頬《ほお》を肉球でぷにっと支え、深いため息を吐《は》き出した。

「しかし、何故陛下がジゼル様を公爵夫人となさったのかはわかるような気がいたします」

落ち着いた声色《こわいろ》で一人納得げに呟《つぶや》いたロバートに、思わず首を傾《かし》げたのは私だけではなかった。

「どういうことだ？　あの伯父上《おじうえ》が腹いせでいきなりこんなことをするほど親馬鹿《ばか》だった

ろうかと俺は首をひねっているところで、さっぱりなんだが」

「そこなのです。浅薄《せんぱく》な方ではないはずですから――いえ、推測で物を言っても詮無《せんな》いことですのに、軽々しく口を出してしまい申し訳ありません」

そう言葉を濁《にご》したものの、執事が落ち着き払《はら》っているところを見ると、悪く捉《とら》えてはいないようだ。

公爵家の執事のほうが私などより国王陛下のことを知っているだろうし、私は怒《いか》りで阿呆な親子だと心の中で罵《ののし》るばかりで見えていないものがあるのかもしれない。

それでも今はまだ、冷静に分析《ぶんせき》する気にもなれない。

「とにかく、こうして発動してしまった以上は呪《のろ》いを解くしかない」

そう言って公爵様はぺろりと垂れる舌をしまい、キリッと私を見た。

「ジゼル。そなたにとっても意に染まぬ結婚だったことはわかっている。だが、どうか妻として協力してくれないだろうか」

「協力するのはやぶさかではありませんが、なかなかの難題ですね」

「そ、それは、塩公爵などと言われている男を愛せと言われても難しいことはわかるが、好意を持ってもらえるよう努力する」

「その前に、『真実の愛』とは何か、定義を知らねばなりません。無償《むしょう》の愛、というのをよく聞きますが、見返りを求めず一方的に愛すればそうだと言えるのでしょうか。しかし、先程《さきほど》の彼女のように一方的すぎて相手にとっては迷惑《めいわく》でしかないということもあります。それは果たして真実の愛と言えるのかというと疑問に思います」

魔女《まじょ》と言うとまた呼ばれたと思って出てきかねない。

それを察したのか、公爵様もその言葉を避《さ》ける。

「しかし、あのま――、あの女性は、その場の感情だけで動いているように見えるからな。それほど難しく考えることもないのではないか」

「難しくも何も。そもそも、好きとか愛とかってどういうものですか？」

「え？」

「そういった感情に覚えがありませんので教えていただきたいのです」

私がそう言うと、公爵様はゆっくり五を数えるくらい黙《だま》り込んだ。

自分だって口づけは初めてだと言いかけていたのにその沈黙《ちんもく》は何なのか。

「公爵様はご存じなのですか？　でしたら教えてください。『真実の愛』の定義とは何ですか」

「え？　いや、そう言われると……」

「呪いを解く条件としてどのようなものが『真実の愛』と判断されるのかがわからなければ、努力の方向性がわかりません」

「一般論《いっぱんろん》で考えればいいのではないか？」

「では、一般論ではどのようなものなのですか？」

「いや、それは俺もわからんが……。そもそも異性は恐怖《きょうふ》の対象でしかなかったし、なんとか遠ざけることしか考えたことがなかった」

答えを持っていないのは私と同じではないか。

「ではロバートは？『真実の愛』はどんなものか知っている？」

こちらを生暖かく見守っている余裕《よゆう》ぶりだ。渋《しぶ》い魅力《みりょく》があるし、きっと酸《す》いも甘いも経験してきたのだろう。

急に矛先《ほこさき》を向けられ戸惑《とまど》いつつ、ロバートは「そうですねえ」と遠慮《えんりょ》深げながらも話し出した。

「私自身は仕事のことばかりで、そこまで誰《だれ》かを思うこともなく、薦《すす》められた相手と結婚《けっこん》を決めてしまいましたから、穏《おだ》やかな夫婦《ふうふ》愛、というところかと思いますが。私がこれまでに見聞きした経験から言いますと、相手を受け入れること、ではないかと思います」

「具体的には？」

経験が足りないゆえに全然「なるほど！」とはならない。重ねて問えば、ロバートは少し困ったように首を傾げた。

「嫌《いや》なところもいいところも丸ごと愛《いと》しい、と思うのだそうですよ」

想像がつかない。嫌なところは嫌に決まっているのに。

私があまりに難しい顔をしていたのか、公爵《こうしやく》様はやや諦《あきら》めたように、話を締《し》めくくった。

「とにかく、まずはそこだな。真実の愛とは何か、そしてどうしたらそこに至れるのかを検討しなければ」

「そうですね。広く意見を聞き、文献《ぶんけん》もあたってみましょう」

妻となったのだからできる限りのことは協力するつもりだが、一方的な逆恨《さかうら》みで呪いをかけられたことを思えば、自分がここに至る経緯《けいい》と重なり、共感も同情もある。

いや、そもそも公爵様がいきなり結婚することになってしまったのは、私がうまく立ち回らずに王家を敵に回したせいだ。元々結婚相手を探していたとはいうものの、選ぶ自由もなく強引《ごういん》に相手が決まってしまったのだから、私は公爵様に対して責任を取らなければならないだろう。

まあ、動物愛とか慈愛《じあい》とか友愛方面だったらいけそうな気がするし、その線で頑張《がんば》るのもありだと思うのだが、それを言ってしまったら「人としてあなたを愛せる気がしません」と言っているのと同じことになるわけで、夫婦としてさすがにそれは憚《はばか》られる。

「少しずつ打ち解けてもらえるように努力する。だから、ジゼルも遠慮なく何でも言ってほしい」

そんなにうるうるのつぶらな瞳《ひとみ》で照れたように上目遣《うわめづか》いに言われては、「わかりました」と言うしかない。

わかってやっているのか。無意識だとしても、強制していないのにこの有無《うむ》を言わせぬ小動物の力はすごい。

そこで気が付いた。

「そういえば。私は公爵様を従えることができるのですよね」

私がぽつりと呟くと、ギクリというように主従が揃《そろ》って肩《かた》を震《ふる》わせた。

とはいえ、こんな怯《おび》えて震えながら私を見ているような子犬に無茶《むちゃ》な命令などするつもりもない。

無理に相手を従えるのは本意ではないし、「対等な関係になりなさい」とでも命令すれば安心させられるところだろうけれど。

それはいつでもできるし、まだ様子を見たいところだ。もしかしたら猫《ねこ》を被《かぶ》っているだけかもしれないし。――犬だが。

だって、どうやったって彼の立場のほうが上なのだ。

国家権力に抗《あらが》うこともできずガタゴトとこのようなところまで身一つで運ばれてきた身としては、保険をもっておきたい。

『おまえ』から『そなた』に、そして『ジゼル』へと変わったことを考えると、少し見直してもいいかとは思うのだが。

だから私はこう聞いた。

「ところで、噂《うわさ》ばかりが一人歩きしていますが、実際に公爵様は結婚相手にどんな制約を求めておいでだったのですか？」

「俺に関与《かんよ》しない。俺の行動を制限しない。俺に命令しない。それだけだ」

なるほど。相手の自由を奪《うば》うのではなく、自分の自由を保障したかったのだろう。

それならばいい。

「わかりました。では私も公爵様も、お互《たが》いにそれを守ることにいたしませんか」

「え？」

「公爵様は妻となる人に命令されたくないから、牽制《けんせい》しておきたかったのですよね。そしてまだ私のことが怖《こわ》い。でもそれは私も同じです。ですから、公爵様が安心して暮らせるように、私はそれに従います。その代わり、私も同じことを公爵様に求めます」

「え？　だが、それでは、真実の愛など育《はぐく》めないのでは——」

「自分が命じるつもりだったことでしょう？　何か不都合でも？」

「——ありません」

「もちろん、命令はしません。あくまで守るかどうかは公爵様次第《しだい》です」

「いや、だが、しかし……、その、ジゼルはそれでいいのか？」

束《つか》の間考え、小首を傾《かし》げた。

「それはどういう意味でしょう」

「俺は公爵だ。王家に最も近く、金もある。そんな男を従えることができるのだぞ？　何でも自由に命令することができるんだぞ？」

「はあ」

「『はあ』って……」

声真似《まね》をしないでほしい。

「貧乏《びんぼう》貴族だと言っていただろう。実家に援助《えんじょ》をしろだとか」

「それを命令しては禍根《かこん》が残るのでは？　一時的に利益を得ても、最終的にそれが得になるとは思えません。聞いてくださるなら、実家への援助はお願いしたいところですが」

私がそう言うと、公爵様は言葉を噛《か》みしめるようにじっと黙り込んだ。

「……そんな風に言われるとは思っていなかった。その、言葉では命令なんてしないというくらでも言うだろうが、ジゼルの言葉は、なんというか信頼《しんらい》に足るな。上辺だけではないし、ただの能天気で考えなしなわけでもない。きちんと己《おのれ》で考えた言葉で、実がある」

それは計算高いということだろうか。

しかしどこか感心した様子なのを見ると、嫌《いや》みではないのだろう。

公爵様は一人頷《うなず》くと、さっぱりとしたように顔を上げた。

「ジゼルの実家へは援助する。妻として協力してもらうのだし、何より結婚したのだから当然のことだ」

「ありがとうございます。そうして公爵様が私のことを気遣《きづか》ってくださるなら、私はそれで十分です。命令する必要などなく、ただお願いや相談をし、助け合えればよいだけなのですから。それが普通《ふつう》の夫婦ですよね？」

「そうだな……。そう言ってもらえるとは思わなかったのだ」

爵位や金銭を求めて結婚した相手に公爵様を意のままにできると知られたら、どうなるかなどわかりきっている。だから一方的で傲慢《ごうまん》に見えるような公言をして、そういう相手を避《さ》けたかったのに違《ちが》いない。

これだけ良識を持った人だ、これまでさぞ心苦しかったことだろう。言葉や命令で縛《しば》らずに済みほっとしているように見える。

評判とは正反対に、この人は真面目《まじめ》で優《やさ》しすぎるのではないだろうか。わざわざ公言したのだって、自分が不利益を被《こうむ》ることより相手を考えたがゆえだ。

呪《のろ》いが解ければ天使のような美しい顔が出てくるし、そうでなくとも犬の姿はかわいらしく見ているだけで癒《いや》されるし、気遣いもできて、互いの自由を尊重してくれる。

この結婚はもしかしなくても最高なのではないだろうか。

「俺はジゼルと結婚できて恵《めぐ》まれていたのかもしれない」

「私も今同じことを思っていました。公爵様のような方でよかったです」

結婚《けっこん》しても援助など望めないと思っていたし。

あくまで結果論だから、殿下《でんか》にも陛下にも感謝は塵《ちり》ほどもしないけれど。

「互いを疑い、牽制し合い、命令しあっているようでは真実の愛など生まれようもありません。お互いに自由にいきましょう」

「ああ、わかった」


そう言いながら「では実家に帰ります」とお辞儀《じぎ》をした私に公爵様は「ええー!? さっきの今で!?」とまん丸の目を見開いたけれど、身一つでこの屋敷《やしき》へと連れてこられたのだから簡単な荷造りくらいはしたいだけ。それに家族も気にかかった。

本音を言えば、本当に私を自由にするつもりがあるのかどうか公爵様を試《ため》したかったというのもあるのだが、執事《しつじ》と二人揃っておろおろする姿に完全なる杞憂《きゆう》だとすぐにわかったし、疑ったのが申し訳なくなった。

不安そうなうるうるの瞳が頭にちらつき、急ぎ公爵家へ戻《もど》った頃《ころ》にはすっかり夜も更《ふ》けていて、玄関《げんかん》ホールにある階段から相も変わらず犬の姿のままの公爵様が帰りを待っていたかのように出迎《でむか》えてくれた。

「も、戻ってきたのか」

「はい。許可をいただきありがとうございました。父と兄たちとも直接話ができましたので、もう憂《うれ》いはありません」

「母親とは会えなかったのか？」

「とうに亡《な》くなっておりますので」

そう答えると、公爵《こうしやく》様は「そ、そうか」とまん丸の目をしぼませた。

悪いことを聞いてしまったと思っているのだろうけれど、公爵様こそご両親とも既《すで》に亡くなっているはずだし、私の母が亡くなったのは幼い頃のことだ。

「本来なら俺も挨拶《あいさつ》に行くべきところだったのだが」

公爵様が犬の姿の己を悲しそうに見下ろす。

「いいえ。人の姿であってもいきなりお連れすれば大変なことになりますので」

先に王宮から手紙が届けられていたおかげで、思ったよりすんなり話を聞いてくれたのは拍子抜《ひようしぬ》けしたけれど。

「そ、そうか。食事を用意してある。このように早く戻ってきたということは、夕食は食べていないのだろう？」

「はい、ありがとうございます」

夕食には遅《おそ》い時間だが、待っていてくれたのだろうか。

ずっと忘れていた空腹が思い出され、一気にお腹《なか》が切なく鳴きそうになる。

階段を下り切った公爵様はちらりと私を見てから廊下《ろうか》を歩き出した。ついてこいということだろう。

嫁《とつ》ぎ先で意地悪をされて満足に食事を与《あた》えられないという話もたまに聞くから、そのようなことはなさそうでほっとした。

我が家では備蓄《びちく》すら領民たちに配ってしまい、夕食を我慢《がまん》していた時期があったから慣れてはいるが、やっぱりご飯は三食食べたい。

思ったより普通の生活を送れそうだと肩《かた》の力を緩《ゆる》めた私の前に並んだのは、我が家では見たこともない豪華《ごうか》な食事だった。

さすが公爵家。

公爵様の目の前に用意されたのも同じメニューではあるが、犬が食べてはいけないとされている食材は除外され、小さく切り分けられていた。

確かに、ナイフが使えないのだからそうせざるを得ないだろう。

小型犬の口にはちょうどよさそうだけれど、公爵様はそれを悲しい瞳《ひとみ》で見つめ、諦《あきら》めるように少しずつ、はぐっと食べていく。

哀愁《あいしゅう》が漂《ただよ》う沈黙《ちんもく》が堪《た》え難《がた》い。

「どれもとてもおいしいです」

「そうか。それはよかった。好きな食べ物はあるか？」

「卵と鶏肉《とりにく》とパンとジャガイモ以外ですね」

「なに？　大体の食事に出るものばかり嫌《きら》いなのだな」

「いえ、嫌いなのではありません。よく食べていたので、それ以外が食べられると嬉《うれ》しいというだけです」

「ああ……、なるほど……」

そんな悲しげに納得《なっとく》しないでほしい。

「公爵様は何がお好きなのですか？」

「俺は………別にないな」

たっぷり間を置き、考えた末に気が付いたようにそう答えた。

「ジ、ジゼルはなにかやりたいことなどはあるか？　今度の休みの日に、どこにでも連れて行ってやるぞ」

「特にありませんね」

「いや、街に買い物に行くだとか、ピクニックだとか、遠乗りだとか。観劇はどうだ？」

「特に興味ありません」

「なんだと……？」

そのまん丸な目で途方《とほう》に暮れたような顔をされても困るのだが。

「では公爵様は？」

「え……？　いや、俺も特には……」

結局同じではないか。

まさか夫婦《ふうふ》揃《そろ》って無趣味《むしゅみ》とは。

互《たが》いの理解を深めようとあれこれ聞いてくれているのだろうけれど、これではさっぱりだし、むしろ物悲しさがどんどん漂っていく。

公爵様は他《ほか》に何を聞こうかというように、そわそわと部屋の中を見回し、視線が忙《いそが》しい。

その視線につられて、気が付いた。

「私の家には執事と料理人しかおりませんでしたので、公爵家はもっとたくさん使用人がいるのだと思っていましたが。それほど差はないのですね」

これまで姿を見かけたのは、執事と料理人、御者《ぎょしゃ》、それから護衛と、侍女《じじょ》らしき人が二人だけ。

「ああ。人は極力少なくしている。いつかこんな姿になるかもしれなかったからな。何より、人が多いとその分だけ面倒《めんどう》も増える」

なるほど。多くの人間に口止めをするのは難しい。

それに男女問わず好意を寄せられていたというから、使用人とて例外ではないわけで、家で気を抜けないのは辛《つら》い。財産があっても、そんな理由で人を減らさねばならないとは、私などよりよほど悲しいのではないか。

そんな風に、これまでしなくてもいい苦労をしてきたのだろう。

けれど公爵様は、ふっと吐息《といき》で笑った。

「理由は違《ちが》えど、屋敷に人が少ないというのは初めての共通点だな」

「そんな共通点は私たちくらいのものでしょうね」

公爵様が少しだけ声を上げて笑った。

ゆっくりとこうして仲を深めていくのもありかもしれない。

それで呪《のろ》いが解けるのがいつになるかはわからないけれど。


食事を終えると、今日は日が暮れてからシークラント公爵家に辿《たど》り着き、実家と往復までしたから私もくたくただった。

「で、寝室《しんしつ》はどこです？」

執事に尋《たず》ねた私に、公爵様が「ん？」と割り入った。

「ジゼルの部屋に続き部屋があっただろう」

「あれは私の寝室ですよね。夫婦の寝室はどこですか？」

「うん……？」

公爵様は今日一番、目をぱちくりとさせた。

「私たちは本日、戸籍《こせき》上で夫婦となりましたので、私が寝《ね》るのも夫婦の寝室になるかと思いますが」

きょとんとする公爵様にそう返すと、「お、おま、そん……！」とチャカチャカ爪《つめ》の音を立てながらじたばたと手足を動かした。

「私は満足に淑女《しゅくじょ》教育を受けられてはおりませんが、基本として教わっております」

「いや、その、だな、いくら夫婦とはいえ、俺たちは、その、いきなり伯父上《おじうえ》に結婚《けっこん》させられただけであって、婚姻《こんいん》手続きとて同意なく進められてしまったのであるから――」

「こちらです」

公爵様がもだもだやっている間にロバートがにこやかに案内してくれるので、「ありがとう」と答えてすたすた歩き出す。

その後ろを「お、おい！　待て！」とわんきゃん鳴きながらついてくる。

「別に公爵様も一緒《いっしょ》に寝なければならないという決まりはありませんから、お好きな場所でどうぞ。お互いに自由。そういうお約束ですし」

「いや、だが……」

公爵様はむにゃむにゃと言葉を濁《にご》した。

仲を深めようというのにそれぞれ自由にやろうというのが矛盾《むじゅん》しているのはこういうところだ。けれど、決して両立できないことでもないし、相反しているわけでもない。

公爵《こうしゃく》様は背後と進行方向を交互に見つつ困惑《こんわく》していたものの、結局そのままチャカチャカと爪の音を鳴らしながらついてきた。

「……俺だけ自室で寝たら、逃《に》げたみたいで格好がつかないからな」

夫が来てくれないと妻として扱《あつか》われず惨《みじ》めな思いをすると習ったのだけれど、男性側もそういうことを考えるものなのか。貴族とは、夫婦とは面倒なものだ。

ロバートに案内された寝室は、さすが夫婦用だけあって広い。

場所だけ確認《かくにん》し、自分で寝る準備を整えようとしたものの、慌《あわ》ててやってきた侍女にあれよあれよと連れていかれて、結局湯あみまで手伝ってもらった。

そうして寝室に戻《もど》り、さっさと布団《ふとん》に潜《もぐ》り込むと、公爵様はベッドの下でぐるぐる回り続けていた。

犬の習性なのか元来の癖《くせ》なのかわからないが、困ったり悩《なや》んだりするとそうして全身に表れるのがとてもわかりやすい。

「どうぞ」

布団を少しめくって声をかけると、「あ、ああ」と戸惑《とまど》ったような声が聞こえ、しばらくして覚悟《かくご》を決めたようにぴょんとベッドに飛び乗ってくる。

戸惑いながらも枕《まくら》の置かれた場所に顎《あご》をのせ、伏《ふ》せの形で収まったのを確認すると、私はその上に布団をぱさりとかけた。

「おやすみなさいませ、公爵様」

「あ、ああ」

　それしか相槌《あいづち》が返ってこなくなった。

　居心地《いごこち》が悪いのだろう。そっとしておこうと背を向けて目を瞑《つぶ》ると、あまりの疲《つか》れですぐに眠《ねむ》りに落ちていったから、公爵様がいつ眠ったのかはわからなかった。


　布団はふかふかでシーツはパリッと張りがあり、石鹸《せっけん》のいい匂《にお》いがして心地《ここち》よい眠りだった。おかげで目覚めも爽《さわ》やかだ。

　公爵様はまだ眠っているだろうかと寝返りを打つと、そこには思ってもみないものがあった。

　ふわふわの白髪《はくはつ》。布団から突《つ》き出したたくましい腕《うで》。

　そしてなにより、陶器《とうき》のような肌《はだ》に、整った顔面。

　昨日一瞬《いっしゅん》だけ見た、人間の公爵様がそこにいた。

　さすがに驚《おどろ》いて淑女らしく「きゃあ」と悲鳴をあげそうになったけれど、「なんで⁉」という思いが勝《まさ》り、気づけばじっと観察していた。

――まつ毛長いな。

昨日は一瞬すぎてよく見ていなかったけれど、形のいい唇《くちびる》は男性にしては厚めで。今は閉じられている瞳《ひとみ》は、確か橙色《だいだいいろ》だった。天使のような少年らしさと色気の同居した佇《たたず》まい。

これは幼少の頃《ころ》から年齢《ねんれい》問わず襲《おそ》われてきただけのことはある。

しかし、ここにこうして人の姿で寝ているということは、呪いは解けたのだろうか。

もちろん私は何もしていない。昨夜はぐっすりと眠っていた。だから夜の間に愛を育《はぐく》んだということはないし、口づけだってしていない。

いや、寝ぼけた私が襲ってしまったということもあるだろうか。

寝起きで働かない頭を巡《めぐ》らせながらも眼福な顔をじっと眺《なが》めていると、まつ毛がふるりと震《ふる》え、瞼《まぶた》がゆっくりと開いた。

「おはようございます、公爵様」

「あ、うん。おは……、おは……？　え？　あ!!」

誰《だれ》？　と聞かなかっただけ褒《ほ》めてさしあげよう。

私の存在を思い出したのか、人間版公爵様が慌てて起き上がろうとしたので、私は手のひらを突き出し制した。

「お待ちください。そのまま飛び起きると公爵様の諸々《もろもろ》まで飛び起きます」

人妻になったとはいえ、初夜は同じベッドに横になっただけで終わった清い身であるか

ら、朝の光が燦々《さんさん》と差し込む中でいきなり公爵様の公爵様を目《ま》の当たりにするのは刺激《しげき》が強い。

「わあ！　うそだろ！　俺……!?　キャー！」

昨日と人格が違う。

公爵様は一人青くなったり赤くなったり百面相をしながら、最終的に布団の中に隠《かく》れた。

「落ち着かれましたらお聞きしてもよろしいですか？」

「……なんだ」

我《われ》を取り戻したらしく、布団の中から低めた声が返った。

「公爵様の呪いは解けたということでよろしいですか？　昨日のおためしが時間差で効いてきたのでしょうか」

「いや、違う。犬の姿になるのは夜だけだと魔女《まじょ》が言っていたんだ。朝になったから一時的に戻っただけだろう」

「何故《なぜ》それを寝る前に教えてくださらなかったのですか」

「忘れてたんだよ！」

抜《ぬ》けているなと思ってはいたが、そこまで大事なことを忘れないでほしい。

「犬の寿命《じゅみょう》は短く、すぐ死なれては困るからと言っていた」

「魔女も何も考えていないわけではなかったのですね。でしたら、昼間は人間の姿でいられて、命に関《かか》わることもないということで、呪《のろ》いが解けずとも支障はないのでは？」

「それじゃいつまでも初夜ができないだろ！　跡継《あとつ》ぎだって作れない」

「魔女は結婚しても結ばれないよう邪魔《じゃま》をしたかったのかもしれませんね。しかし、昼間に事を済ませてしまえばよいのでは」

公爵様が「なるほど」というように布団から顔を出す。

「今からします？」

「なななな、そんな破廉恥《はれんち》な！　しょ、初夜は夜にすると決まっているものだ！　こ、こんな明るい朝っぱらからでは、全部丸見えではないか！　いいのか!?」

真面目《まじめ》なのか、正直なのか。

「別に、夫婦《ふうふ》なのですから夜だろうと朝だろうとかまわないのでは？」

「いや、しかし、だから昨夜も言っただろう。俺たちは互《たが》いに気持ちがあって結婚したわけではないのだし」

「そういう貴族は少なくありませんし、むしろ、だからこそ子を作ることが夫婦としての役割なのでは」

再び「確かに」というように真面目な顔で黙《だま》り込む。

「体から始まる愛もあるそうですから。試《ため》してみましょうか？」

夫婦なのだからそれを試すことに何の支障もないし、初めての夜は必ずしろという教育まであるくらいだ。

しかし公爵様は視線をあちこちに彷徨《さまよ》わせ、「その、なんだ」と言葉を探す。

「そこから始めるのもありなのかもしれんが、やはりそういったことはもっと、こう、心を持って臨《のぞ》みたい。家同士が決めた結婚《けっこん》であれ、普通《ふつう》は相手が決まってから何か月も何年も時間があるわけで、その間に互いの人となりを知り、理解を深め、その日の夜に至るわけだろう？　そこが決定的に欠落しているのだから、昨日知り合ったばかりでやはりそれはよくない」

真面目か。乙女《おとめ》か。

「その……、昨夜ジゼルも言っていた通り、女性はこういうものを『義務』だと教育されてくるだろう。その結果、その体に子を宿し、腹の中で守り育てねばならないのは女性で、それを昨日のように覚悟だとか義務だとか、そういう気持ちで臨むのは、だな……」

子どものためによくないとか、そういうことだろうか。

だが黙って話を聞く私をちらりと見て公爵様が続けたのは、違《ちが》うことだった。

「ジゼルばかりが背負うことはないのだ。もちろん仕方ない場合もあろう。だができるなら、愛とまではいかなくとも、やはりちゃんと俺自身を知った上で、受け入れてもいいと思えてからのほうが、互いによいのではないかと。これからの長い人生を共に歩んでいくのだから、無理はしてほしくないのだ」

悩《なや》みながら言葉を選んでいるけれど、言わんとしていることはわかった。

女性にとってはたった一度で人生と体が変わってしまうことであり、長いことそれらと向き合っていく必要がある。

その時に覚悟《かくご》と義務だけではやるせない。そう思ってくれたのだろう。

だが実際には割り切って考えざるを得ない女性はたくさんいただろうし、私もそのつもりだった。そんな風に女性のことを考えてくれる人がいるとは、思いもしなかったから。

私がなおも黙っていると、公爵《こうしやく》様は焦《あせ》ったように続けた。

「い、いや、その結果やはり俺のことが気に食わないとか、生理的に受け付けないとかそういうこともあるだろうが、その時はきちんと話し合ってだな――」

「公爵様のこと、嫌《きら》いではありませんよ。いい人だと思います。それに、人の公爵様も犬の公爵様も、触《ふ》れるのが嫌《いや》ということはありません。むしろ愛《め》でたいと思います」

「いや、まあ、犬はな。もふもふだからな。撫《な》でたかろう」

人間の公爵様も、と言ったのだがそこは綺麗《きれい》に流された。

耳を赤くしながら視線を彷徨わせているあたり、聞こえていないはずはないから、まあいいだろう。逃《に》がしてやるとする。

しかし。思わず笑いが込み上げて、堪《こら》え切れずに、ふふ、と息が漏《も》れ出てしまった。

「塩公爵の欠片《かけら》もありませんね」

最初はこんなヘタレな人が何故あのような強い態度を取っているのかと思ったが、正反対だからこそ効果的だったのだろう。

それにヘタレではない。優《やさ》しすぎるだけなのだ。

強くて傲慢《ごうまん》な態度は自分を守るためだし、一方的な宣言は結婚相手のことを考えたからこそ敢《あ》えて公言していたのだから。

しんとしていることに気が付き公爵様を見やると、驚《おどろ》いたように固まっていた。

「なにか？」

「いや……。笑ったな、と思って」

「私も人ですが？」

「それはそうなんだが、その……」

公爵様はもごもごしていたものの、「とにもかくにも、まずは朝食だな」とどこか棒読みで声を張り上げた。

「そうですね。お腹《なか》が空《す》きました」

公爵様はベッドを下りようと体をひねりかけて、はっとしたように己《おのれ》の体を見下ろした。

それから、ちらちらと私を見る。

「なにか？」

「い、いや、先に寝室《しんしつ》を出てくれないか？　俺がこのまま立つと、その……」

「なるほど。ではお先に失礼いたします」

ベッドから下りて一礼し、くるりと背を向けると、公爵様がいそいそとシーツを体に巻き付ける気配がした。乙女かな。

「では、お食事の席にて今後のことをお話しいたしましょう。この国を乗っ取る手筈《てはず》とか」

振《ふ》り返らないよう気を付けながらそう声をかけると、背後で息が止まる音が聞こえた気がした。

「はあ――!?」

朝から響《ひび》く大声に、続き部屋から気遣《きづか》うようなノックが響く。

「旦那様《だんなさま》、奥様、いかがされましたか!?」

侍女《じじょ》の声だ。

「公爵様が少々驚かれただけよ。問題ないわ」

「いやいやいやいや、ちょっと待て！　何を平然と――！」

「ご安心ください。まずはこの結婚に対する国王陛下の意図を確認《かくにん》するところから始めますから」

「旦那様!?　奥様!?　本当に大丈夫《だいじょうぶ》なのですか？」

「大丈夫なわけがないだろう！」

「ええ!?　開けてよろしいですか!?」

このように騒《さわ》がしい朝は領民の一揆《いっき》が起きた時以来だが、それに比べて随分《ずいぶん》と平和だ。

「本当に問題ないから、そのままそこで待っていて。公爵様も落ち着かれてください」

「落ち着いていられるか！　今俺は国家転覆《てんぷく》の片棒を担《かつ》がされようとしているのではないのか⁉」

「失礼しました、言葉の選択《せんたく》が過激すぎましたね。少々腹立ちを思い出してしまいまして。本当にあれが阿呆《あほ》王子で、国王陛下もただの親馬鹿《ばか》ならいずれこの国は傾《かたむ》きますから、その時は公爵様に国王として立っていただこうというだけです」

先程《さきほど》シーツを巻き巻きしていたようだから、振り向いても平気だろうか。黙り込んでしまった公爵様を確認しようと振り返ると、啞然《あぜん》としたまま口をぱくぱくさせていた。

「そんなことを考えていたのか……。まさか、従属の呪いを使って無理矢理《むりやり》……⁉」

「ですから申し上げたはずです。命令せずとも聞いていただく方法はいくらでもあると。それに、無理矢理祭り上げても同じことの繰《く》り返しになるだけですし、国のために動けないただの第二位王位継承《けいしょう》権持ちならそれこそ――」

「待てその先は聞きたくない。何も言うな。笑うとかわいいなとか思った一瞬《いっしゅん》後にこれとは、本当に予測がつかない……」

後半は口の中で呟《つぶや》いていたからよく聞こえなかったけれど、呆《あき》れていることはよくわかった。

別に、公爵様をどうこうしようと思っているわけではない。

第二位王位継承権持ちまでが、腐《くさ》りゆく国を何とかしようという気概《きがい》がないのなら、この国は見限るほかないと思っただけだ。南の隣国《りんごく》に移住とか、いいかもしれない。

「朝から冷や水を浴びた気分だ」

「今私は大きな権力を手にする人を配偶者《はいぐうしゃ》としておりますので。使える立場にある者が使わなければ苦しむのは国民ですし」

「言っていることは理解する。だがやっぱり使うとか言ってるじゃないか……」

「それは公爵様のことではなく権力のことですよ」

公爵様はため息を吐《つ》きながら、疲《つか》れたようにソファにどさりと座り込んだ。

シーツを何重にも巻き巻きしているから拘束《こうそく》されているみたいで、今侍女にドアを開けられたら私にあらぬ疑いがかけられるだろう。

「安心してください。短絡《たんらく》的にいきなり譲位《じょうい》を迫《せま》るようなことはしません。それこそ権力に押しつぶされて跡形《あとかた》もなくなりますしね。その前に、一つ教えてください。一晩寝《ね》て頭がスッキリしたら、どうにも引っかかったのです」

「うん？」

「陛下は公爵様の呪《のろ》いのことをご存じなのですか？」

「ああ……。話してはいないが、何かしら事情があることは察しているだろうな」

「では、『嵌《は》められた』と仰《おっしゃ》っていたのは」

「俺が結婚《けっこん》相手に条件を突《つ》きつけて誓約《せいやく》書を書かせる前に、結婚手続きを進めただろう？　それはつまり、結婚相手を介《かい》して俺を自由に動かすつもりだと思ったんだが。今はわからなくなった。ジゼルが手駒《てごま》とはどうしても思えんし。普段《ふだん》は平静なのに、伯父上《おじうえ》の話題になるとそこまで憎々《にくにく》しげな顔をするし、ここに来た事情が事情だしな」

「当然です。雲の上の人すぎて関《かか》わりなど持ちようもありませんでしたし、初めて会ったと思ったら腹いせであの横暴なのですから、手駒になれと言われようと全力で反発します」

「はっきり言うな……。まあ、気持ちはわかるが」

　これでも表現はだいぶ抑《おさ》えている。

「公爵様と陛下との関係性はどうなのですか？」

「特別扱《あつか》いされているわけではないし、何を考えているのかはいまいちわからない。だが甥《おい》としても公爵家の人間としても注視されているのは感じる。良くも悪くもだが」

　公爵様は嵌められたと疑ったけれど、私が公爵様を従えることができることまで知られていたとして、陛下に利点はあるのだろうか。

　いや、国王なのだから直接命令したほうが早いだろう。そうなると、他《ほか》に私を嫁《とつ》がせる利点など思いつかないし、やっぱりただの腹いせとしか思えない。

　そんなことで人の人生を振り回したのだとしたら、国民の意地は見せてやろう。

「とにかく、これからは早まらずに俺に相談してほしい」

「わかりました。では手始めに、国王陛下と王太子殿下《でんか》の周辺についてご存じのことがありましたら教えてください」

「……何故《なぜ》だ？」

「まずは敵を知るべきですから。とはいえ、潜《もぐ》り込んで弱点を探《さぐ》れというのではなく、社交界で話されているようなことでかまいません」

「完全に敵と言ったな」

「私が公爵《こうしやく》様に嫁いでも堪えている様子が見られなければ、殿下は追加で腹いせを企《くわだ》てるかもしれません。そうなった時に手を打てるよう備えておきたいですし、また何もできず国家権力に振り回されるのは嫌《いや》ですから」

「いや弱みを握《にぎ》ろうとしているようにしか聞こえないんだが」

公爵様は引き気味に私の様子を窺《うかが》うけれど、期待に添《そ》えず申し訳ないが「まったくそんなつもりはありません」と否定することはなく、さらりと話を流した。

「それに私はこれまで家や領地のことで手一杯《ていっぱい》で、貴族としての一般《いっぱん》常識に疎《うと》いので。公爵夫人となったからには、いつ何時《なんどき》社交の場に出ても問題ないようにしておかねばなりませんので。そう考えると、そうですね、お二人個人というよりは、王家や貴族の人間関係を把握《はあく》しておくのが先でしょうか。社交界は情報戦ですので」

完全に臨戦態勢じゃないか？　と警戒《けいかい》しながらも、公爵様はわかったと頷《うなず》いた。

「ロバートに頼《たの》んでおく」

「ありがとうございます。それと」

「まだあるのか」

「はい。国王陛下とお話しできる機会を作ってくださいませ」

公爵様は学習能力が高いらしい。

「断ると強引《ごういん》にその機会を自分で作るつもりだな？」

「もう私のことを理解してくださったのですね。話が早くて嬉《うれ》しいです」

「わかった……。二週間後に王家主催《しゅさい》の園遊会がある。その時に結婚の挨拶《あいさつ》という名目で時間を作ってもらうようにするから、暴走するなよ？」

「ええ、大人しくお待ちしております」

急いではいないし、待っていればその機会が来るというのならそれに越《こ》したことはない。

公爵様は私の答えにほっとしたように頬《ほお》を緩《ゆる》ませ、それからはっとしたようになり、厳《いか》めしい顔を作った。

もう怖《こわ》い人ではないとわかっているのだから無駄《むだ》なのに。

「まだ演技が必要ですか？」

「いや、なんというか、これは習慣で、外に出た時に気が緩まないようにと……」

「まだ私を警戒していらっしゃいます？」

嫌《いや》みではなく、普通に聞いたつもりだ。

「いや。何を考えているのかわからないという意味では確かに警戒しているが、進んで俺を害することはないのも、俺の自由を尊重してくれているのもわかった」

「ありがとうございます。十分です」

「……おまえはおもしろ」

「なんですか？」

「いや、興味深いと思ってな。普通は『私を信じてくれないのですか⁉』と泣いたり批難したりするだろう」

食い気味で口を挟《はさ》んだ私の勢いに怯《ひる》んだように言葉を訂正《ていせい》し、公爵様は頰をかいた。

「昨日会ったばかりの人をどうやって信じるのです？　そもそも泣いて脅《おど》してではむしろ不信になりますよね」

「そう考える人間ばかりではないということだ」

まあ、目的のために使えるものは使うというのはわかる。私は涙《なみだ》なんて不確定すぎるものは使わないだけで。

そんな私を見下ろし、公爵様はふっと口元を緩めた。

「だから、ジゼルの距離感《きょりかん》は居心地《いごこち》がいい」

本当にそれは、固く閉じた蕾《つぼみ》が朝日に緩んだようなささやかな変化なのに。

うっかり見惚《みと》れてしまった。

私が甘かった。この人の満開の笑《え》みはもはや凶器《きょうき》にすらなるだろう。

傲慢《ごうまん》で人嫌《ひとぎら》いの塩公爵と呼ばれているほうが安心なのかもしれない。

第二章　呪いの解き方

本やら何やら、あれこれ調べてみたけれど、『真実の愛』がどんなものなのかいまいち摑《つか》めない。

結局のところ呪いを解く条件としてどう判定されるのかがわからなければ非効率だ。

そう結論づけた私は、古い知り合いを訪ねることにした。

折よく今日は学院も休みで、公爵様も仕事を片づけてついてくることになった。

馬車は公爵家の紋章《もんしょう》が入っていないものを用意してもらった。どこの誰《だれ》だと大っぴらに宣伝しながら行くところではない。

念を入れて王都の外れで馬車を降り、歩き出すと少し離《はな》れたところから護衛がついてくる。さすがは公爵家、と思ったが、貴族の家なら普通なのだろうか。

公爵様は「道はこちらであっているのか？」「こんなところに本当に？」「間違《まちが》いではないのか？」と周囲をきょろきょろしながら私のやや後ろを歩く。子犬を連れている気分だ。

複雑に入り組んだ道を右に曲がり、左に曲がりすると細い路地に出て、そこには小さな店が並んでいた。

「これは道を覚えるのも大変だが……。ちょうど撒《ま》けたらしい」

ちらりと横目で背後を見やるように公爵様が何か言ったけれど、よく聞こえない。

「何か？　着きましたけど」

「一見すると普通《ふつう》の店だな。こんなところに住んでいたのか……」

公爵様は蔦《つた》が絡《から》まる白木のドアを上から下まで不思議そうに眺《なが》める。

「誰もそうだとは思わないからこそ隠《かく》れ住めるのです」

答えながら軽くノックをすると、「はーい」と軽い声が返った。

ドアが開くと、綺麗《きれい》な長い金髪《きんぱつ》の女性がにこりと笑みを浮《う》かべ「いらっしゃいま」まで言いかけた口を、ぴくりと引きつらせた。

「なによ！　あんたの腎臓《じんぞう》なんていらないって言ってんでしょ！」

いきなりの勢いに戸惑《とまど》ったのは公爵様だ。私はそれにかまわず、かいくぐるようにしてさっさと中に入った。公爵様も慌《あわ》てて後に続くが、狭《せま》い店内だから護衛には外にいてもらう。

「彼女が店主のレオドーラです」

レオドーラは私の隣《となり》に立つ公爵様にじろじろと遠慮《えんりょ》のない視線を向けた。

「今日は一人じゃないのね。誰よ、それ」

「旦那様《だんなさま》です」

「ついに侍女《じじょ》にでもなったの？　働き口が見つかってよかったじゃない。これで臓器の押し売りもなくなってせいせいするわ」

高笑いしたレオドーラに、公爵様が律儀《りちぎ》に口を挟む。

「いや、彼女は俺の妻だ」

「いやだからあんた誰……、って、ええ？　本気で言ってる？　何でこんな得もないし徳もない女と結婚《けっこん》を」

「そこは無理矢理《むりやり》」

正直に、かつ端的《たんてき》に答えた私に、レオドーラが引いた目を向けた。

「あんた、本当に人でなしね」

あまり話せる経緯《けいい》でもないから端折《はしょ》ったのだけれど、無理矢理結婚させたのは私ではなく国家権力だ。

ただ、得もないし徳もないというのは一言一句同意する。

「いや、それは誤解だ。ジゼルも随分《ずいぶん》な言われようだが、一体何をした？　そもそも、腎臓とは――」

「ああ。暮らしが貧しかったので、白い魔女《まじょ》に臓器を売って金銭に替《か》えようと」

「はああ!?」

「まあ、断られましたが、薬草が高価だとわかったので、屋敷《やしき》の庭に薬草畑を作って売りに通うようになりまして」

そう。白く裾《すそ》が長いスラリとしたワンピースを着ていて、見た目にはどこにでもいそうだけれど、彼女は白い魔女だ。

白い魔女は、人の助けとなる様々な魔法を扱《あつか》い、薬師《くすし》よりも古く広い知識を持ち、医者には治せない病気も治せると言われている。

基本的に自ら正体を明かすことはなく、多くはレオドーラのような薬師や怪《あや》しげな雑貨屋など人の暮らしの中に交じっている。

人に手を貸すのは気まぐれだと言われているが、疫病《えきびょう》や災害が起きると白い魔女に助けられたという話がそこここで聞かれ、次第《しだい》に事態が好転していくことがある。

ただ、国や権力に利用されることを嫌《きら》い、居場所が知れ渡《わた》るようなことがあればすぐに姿を消してしまうから、どこの国でも白い魔女を歓迎《かんげい》し、尊重している。

片やサーヤのような黒い魔女は呪《のろ》いや人を害する魔法を扱うため人々から忌避《きひ》されており、正反対の存在だ。

「臓器を売るほど困っていたとは……。すまない、同じ貴族でありながらとても想像がつかない。そんなに貧しいなら、領地の税率をあげれば――」

「貧しい土地ですから、領民から巻き上げるものもないのですよ。みんな生活がカツカツなので、むしろこちらが食料を配らねばならないのです」

「そ、そうか。それなら、治水工事とか、根本的な対策を」

「根本的な対策を取るには資金が必要です。代々国王陛下にもお力をお借りできないかとお願い申しておりますが、『そこをなんとかするのが領主の役目であろう』と返されただけで放置ですので」

「それは、その、すまない――」

まあ、臓器を売ろうとしたのはさすがに短絡《たんらく》的すぎると父にも怒《おこ》られた。

資金を得て、悪循環《あくじゅんかん》を断《た》ち切るためテコ入れしたい一心だったのだけれど、確かに臓器を失って体を壊《こわ》しては働き手が一人減ることになり、長い目で見れば損失となる。

そう反省しているからこそ、懸命《けんめい》に薬草を育てていたのだ。

「で、結局何の用なのよ。結婚したんなら、あんたのことだからしっかり資金の援助《えんじょ》もとりつけたんでしょ？　もう薬草を売りつけに来る必要もないじゃない」

言いながらレオドーラは、私が青臭《あおくさ》さがだだ洩《も》れする麻袋《あさぶくろ》を持っていないことを確認《かくにん》するようにちらりと見る。

「今日は黒い魔女と呪いについて教えてほしくて来たの」

私の言葉に、レオドーラの顔が一気に嫌《いや》そうに顰《しか》められる。

「何よ、それ。あんた、また面倒《めんどう》くさいことに巻き込まれたんじゃあ……」

「直接的な被害《ひがい》には遭《あ》っていないから大丈夫《だいじょうぶ》」

ってことは、とレオドーラの憐《あわ》れむような目が私の隣に向けられる。

「呪《のろ》われたのはあなた？」

「あ、ああ。かけられたのは、もう何年も前のことだが」

「それが最近になって発動して、なんとかしたくて来たってことね。でも無理よ。私に呪いは解けないわ」

そうだとは思った。公爵《こうしゃく》様にもそこは期待しないでほしいと伝えていたのだけれど、やはりどこかで希望を持っていたらしい。

見るからに絶望した顔で眉《まゆ》を下げる公爵様に、レオドーラがますます憐れむような目を向ける。

「だとしても、レオドーラなら呪いについては知っていることもあるでしょう？ わかる範囲《はんい》でいいから、教えてほしい」

「まあ、さすがに呪われている人を目の前にしてそのまま帰すのは忍《しの》びないしね。そこに座って、その黒い魔女について話してくれる？」

「ありがとう」

「感謝する。話せば長くなるのだが……」

店内に置かれたテーブルに向かい合って座り、公爵様が一通り経緯を話すのを聞いている間、レオドーラは顔を顰め、眉を顰《ひそ》め、黒い魔女サーヤが話に出てくると怒《いか》りのこもった目になり、最後は大きなため息を吐《つ》いた。

「また厄介《やっかい》な魔女に絡まれたものね。まあ、これだけ見てくれがよければわからないでもないけど」

そう言いながらも、レオドーラは公爵様の見た目に態度を変えるでもない。

伏《ふ》せた瞳《ひとみ》は長いまつ毛にふちどられ、憂《うれ》えたそんな姿すら色気がだだ洩れだというのに。

白い魔女は精神力が高いと言われているが、こういうところなのかもしれない。私の前では随分と感情を荒《あら》ぶらせているような気がするけれど、それは私のせいでもあることは自覚している。

「このような容姿で得をしたことなどない。いつもいつも、災難に見舞《みま》われてばかりだ」

「なるほど、随分な苦労をしてきたようね。だから呪いもかかりやすかったんでしょうし」

そう言われると、公爵様は明らかにショックを受けたようだった。

それはそうだ、本人は悪くないのに悪循環しか呼んでいないのだから。

「呪いって、構築も難しいし、扱うには多くの魔力を必要とするから高度なのよ。だから慣れていないとうまくいかないこともあるし、いろいろと制約もある」

「犬になるのは夜だけ、とかいうのもそうか？　黒い魔女は寿命が短くなり、すぐ死んでしまうからだと言っていたが」

「生死に関《かか》わるような呪いは代償《だいしょう》も、必要な魔力も高くなるから、それを避《さ》けるために夜だけにしたんでしょうね」

とはいえ、一日の半分は犬に変わるわけだし、何度も姿が変わること自体が体にどんな影響《えいきょう》を及《およ》ぼすのかもわからない。できるだけ早く呪いを解くに越《こ》したことはないだろう。

レオドーラはそう言い添《そ》えた。

「それなら、具体的な呪いを解く条件ってわかる？　真に愛する者が口づければいいと彼女は言ってたけど、それは何をもって判定されるのかしら」

「それは、どういう心の状態なのか、それとも言動や振《ふ》る舞《ま》いなのか、ってことね。でも残念ながらそれは答えられないわ」

「ケチ……」

「そう言うとは思ったけど。他人がかけた魔術の種明かしをするのは、魔女にとって禁忌《きんき》なのよ」

私に恨《うら》まれるのは嫌だと思ったのか、レオドーラは丁寧《ていねい》に説明してくれた。

魔女の間では、よく使われる術式や、基礎《きそ》となる術式が共有されているらしい。道具を作る時と同じで、ネジの作り方から調べていたらそれだけで時間がかかってしまう。部品や過去に作られた成果物を利用することで効率が上がり、新しいものを生み出す余力が生まれるのだ。それと同じように、魔術においても共通して使える部品となる術式を共有するため、いわゆる魔術書のようなものがあるのだそうだ。

だがそれは魔女だけが知ることで成り立つもの。誰《だれ》かがそれを裏切れば、信用関係は壊れ、知識の共有はされなくなり、魔女《まじょ》たちの衰退《すいたい》につながる。

「私が一人で作り上げた術式だったら、それを誰に明かそうが自分の問題だし、その黒い魔女自身が作ったものならそいつを黙《だま》らせればいいんだけど。犬になるとか、口づけで解けるとかはよく聞くから、呪いに関してまとめられたものを利用したんだと思うわ」

「となると、その中には他《ほか》にもいろいろな呪いが書かれているってことで、この呪いを解いてもまた別の呪いをかけられるかも」

あの黒い魔女が諦《あきら》めない限り永遠に終わらないではないか。

うんざりした私に、レオドーラは「それはないわ」とあっさり言った。

「いくら知識があったって、使えるようになるにはかなりの時間と労力が必要になるわ。高度ならなおさらね。だからその呪いを覚えるだけで手一杯《ていっぱい》だったはずよ。話を聞く限りでは、あんまり頭もよくないみたいだし」

「それはよかったが。俺の呪いを解いたら、今度はジゼルが腹いせに犬にされるかもしれん」

「それなら問題ありません」

「え。何でよ。まさか、既《すで》にあんたを愛する人がいるとでも……!?」

誤解な上に、地面が割れたかのように衝撃《しょうげき》的な顔をしないでほしい。

そこの公爵様も「なんだと!?」ではない。

「犬の姿になるのは夜だけだもの。私は別にそうなっても困らないわ」

夜は寝《ね》ているうちに明ける。犬の姿で不便なことは日が暮れるまでにやっておけばいい。

本心からそう思って言ったのだが。

ぽつりと「割り切りが良すぎない……？」と呟《つぶや》いたレオドーラには、「そう？」と尋《たず》ね返すしかない。

呪われて苦悩《くのう》している公爵様の前で言うことではなかったかもしれないとちらりと見やれば、公爵様は黙り込み、何かを考え込んでいるようだった。

「まあいいけど……。ただ、たぶんそんなことにはならないと思うわ。東の国には『人を呪わば穴二つ』って言葉があってね。呪《のろ》いを解かれると、倍の反動があるものなのよ」

「……ということは、あの魔女は公爵様に口づけを迫《せま》っていたけどあれは本気ではなかったということね。だって、自分でかけた呪いを自分で解いたら自分に跳《は》ね返ってくるんでしょう？」

「それを忘れていたよほどのバカか、こっそり呪いを解除してから口づけして、ほら私は真実の愛を持っているのよ！　って言うつもりだったのかもしれないわね」

「なるほど……。どっちもありそう」

「まあ、だから、気に入らない奴《やつ》がいたからといって、呪いをほいほいかけたりはしないと思うわ。話を聞く限り突発的《とっぱつ》な行動だったみたいだし、だからこそ今は慎重《しんちょう》になってると思うわよ」

じゃあなおさら、私が黒い魔女に呪いをかけられる可能性は低いということだ。

それなら思う存分やれる。

「――今なんで、ちょっと笑ったの？」

「笑ってたかしら」

無意識だったのだが。ますますレオドーラが引いていく。

しかしその向かい側で、公爵様が私に期待するような目を向けていることに気が付いた。

「ジゼルを見ていると、不思議となんとかなりそうな気がしてくるな」

「まだ何もしていませんよ」

「俺にとって呪いはどうしようもない重い壁《かべ》だった。だがジゼルは普通《ふつう》に歩くようにどかどかと向かっていこうとする。実際に俺が犬の姿に変わって呪いが本当だとわかった時、混乱して慌《あわ》てふためくことしかできなかった。だが今、ジゼルに寝ているうちに夜は明けると言われ、確かになと思った。初めて冷静になれた。呪いも、突然《とつぜん》降って湧《わ》いた結婚《けっこん》も、そのこと自体にとらわれてしまって、『それでどうするか』を考えればいいのだという簡単なことさえ思い至らなくなっていたと気が付いた」

一人で呪いなんて未知なものと手探《てさぐ》りで向き合わねばならないのは辛《つら》かったことだろうと思う。安易に他人に明かすこともできない。明かしたとて、助言を得られるでもない。

呪いは公爵様《こうしゃく》を追い詰《つ》め、苦しめるものでしかなかったことだろう。

その中にいると冷静になれず、悪循環《あくじゅんかん》にもなっていたのかもしれない。公爵様は憑《つ》き物が落ちたように、どこかすっきりとして見えた。

「それはジゼルにとっては他人事《ひとごと》だからでしょ」

レオドーラの冷ややかな指摘《してき》にも、公爵様は冷静に「そうかもしれない」と返した。

「だが俺と共に歩こうとしてくれているだろう。それで十分で、それがすべてだ。ジゼルは呪いだ犬だと騒《さわ》ぐことなく、ただ妻としてやれることをやろうと共に歩んでくれる。それは俺にとって想像もできなかった、奇跡《きせき》に近いことだ」

「公爵様がいきなり結婚することになったのは私のせいですし、結婚したのであれば、妻としての責任も果たさねばなりませんし」

「何も知らず無理矢理《むりやり》妻にされたら、普通は逃《に》げ出すだろう？　それよりもっと恐《おそ》れていたのは、利用されることだ。俺は、ジゼルが結婚相手でなければ、怯《おび》えて部屋に閉じこもっていただろう」

「あまり私を信用しすぎると痛い目を見るかもしれませんよ」

私に対する期待値が高すぎる。

「これまで誰も信じることができなかったが、ジゼルは他の誰とも違《ちが》う。ここで信じなければ、俺は一生涯《いっしょうがい》誰も信じることなどできないだろう」

「そう決めつけるのは早いですよ。人と関《かか》わることを避けていたからまだ出会っていないだけで、根っからのお人好《ひとよ》しとか、善意しかない人とか、他に信じるべきまともな人がちゃんといるはずです」

「ただの善意など、俺はもはや信じられそうもない」

「重症《じゅうしょう》ですね。私だって状況《じょうきょう》によっては裏切るかもしれませんよ」

「そういうこともあるかもしれないと最悪を想像しておけるからこそ、安心なのだ。絶対に大丈夫《だいじょうぶ》、裏切らないと信じ込まされるほうがよほど怖《こわ》い」

「そういうの、『やぶれかぶれ』って言うんですよ」

「そうだな。だがいい。どうせすべては動き出した。それなら今あるこの状況で、できることをやっていくしかない。そうジゼルから学んだ」

きっぱりと言い切った公爵様に、もはやなんと言えばいいかわからない。

「魔女の呪いなどどうにもならないと思っていた。道が開けた気分だ」

そう言って公爵様が、それはそれは晴れやかに笑ったから。

その凶器《きょうき》のように光溢《あふ》れんばかりの笑顔《えがお》はしまっておいてくださいとは言えなかった。

「収穫《しゅうかく》はあったが、どうしたら呪いが解けるかはわからなかったな」

屋敷《やしき》に帰り、温かな湯気の立つカップとレオドーラの店で買ったハーブ入りのクッキーを二人で囲んだ。

レオドーラの店ではこういった緩《ゆる》やかな効能のハーブを使ったものも取り扱《あつか》っている。このハーブには気分を解《ほぐ》してくれる効果があるそうで、温かいお茶と一緒《いっしょ》にクッキーを口に含《ふく》むとほろりと溶《と》けて、ほのかな甘みにほっとする。

「考えてみれば、かけられた呪いを解く条件を魔女に聞くのは確かに営業妨害《ぼうがい》でしたね」

手品師の種を明かしてくれと言っているようなものだ。

「それでも言える限りのことは伝えてくれたんだろう。最初は恐ろしげだったが、いい魔女だな」

「はい。なんやかやと面倒見《めんどうみ》がいいのです。だからはっきりとは教えてくれませんでしたが、方向性はわかったかもしれません」

「方向性？」

「はい。レオドーラに呪いを解く条件として真実の愛がどう判定されるのかと聞いたとき、

『どういう心の状態なのか、それとも言動や振《ふ》る舞《ま》いなのか、ってことね』と返したのです。思っていた通り、真実に愛しているという心のありようだけでなく、真実の愛とみなされるような言動や振る舞いも条件としてありうるのだと思います」

「しかし、それでは結局どちらなのかわからないだろう」

「別れる間際《まぎわ》にレオドーラは、『きっとあなたなら解けるわ』と私を見て言いました。それはつまり、レオドーラを埋責めして白い魔女《まじょ》だと正体を見破った上、あの手この手で薬草を高値で売りつけてきた小賢《こざか》しい人間である私なら直球でなく抜《ぬ》け道を探せるだろうということだと解釈《かいしゃく》しました」

「それはレオドーラに同情するが、なるほど。つまり言動や振る舞いとして判定される可能性が高い、ということだな」

すんなり納得《なっとく》したあたり、公爵様もレオドーラと同意見なのだろう。まあ理解してくれたなら話が早い。

「それに、真実の愛に至るには信頼《しんらい》を深め、愛を育てる時間が必要かと思います。その間にいろいろと試《ため》せば時間の無駄《むだ》にもなりません」

「確かに」

「そこで、これまでに読んだ本や人から聞いた話を総動員して考え、試してみたいことがいくつか浮《う》かびました。失敗するかもしれませんが、試してみますか？」

そう尋ねると、公爵様は大きく頷《うなず》いた。その目にはどこか希望の色が宿っている。

また期待値だけを上げたくはないのだが。

「別に失敗してもかまわない。前回はその場ですぐに姿が変わったからぬか喜びで気落ちしてしまったが、今はジゼルのおかげでおおよそのことはわかったしな。それと、今後は試すときは人の姿の時にしよう。夫婦《ふうふ》とはいえ、毎回いきなり裸体《らたい》の男が現れるのも心臓に悪かろう」

『はい。いろんな意味で。しかし、『減る』と仰《おっしゃ》っていましたがそれはいいのですか？』

根に持っていたわけではないが、忘れてはいない。公爵様は魔女に減るもんじゃなしと口づけを迫《せま》られてそう抗《あらが》っていた。

「ジゼルは別だ。妻なのだから、仲が深まることはあれど減るものなどない。だから、その、ジゼルが嫌《いや》でなければ、やってみてくれないか」

挨拶《あいさつ》よりもよほど中身がない、実験としての口づけで仲が深まるのかはわからないけれど。

自分から言い出したことで、しかもきらきらとした目を向けられては否《いな》やはない。

「わかりました。あくまで一つの仮説ですので、これがダメでもまた新しい方法を試してみましょう」

「頼《たの》む。俺もいろいろと考えてみる」

「では、まずはこちらでお茶を飲みながらお待ちいただけますか？」

「かまわないが」

「少々お時間をいただきますね」

そう言い置くと、私は礼をしてティールームを出た。そして廊下《ろうか》の端《はし》まで全力で駆《か》け抜ける。壁にドンと手をつくと、そのままくるりと振り返ってまた全力で端に向かった。

ティールームの前を通り過ぎる時、中から「何が起きている!?」と戸惑《とまど》う声が聞こえたが、無視してもう一往復。まだ余裕《よゆう》がある。あと二往復。念のためもう一往復。

最後は疲《つか》れでダァンッ！　と荒《あら》く壁《かべ》に手をついて止まり、そのままの勢いでティールームへと戻《もど》った。

「お待たせいたしました」

私はぜえはあと乱れる息をそのままに公爵様のもとへ歩み寄った。思い切り引いている。

「その今にも折れそうな華奢《きゃしゃ》な体で全力疾走《しっそう》してきたのか？　一体何故!?　しかもなんだかものすごい音がしたぞ」

「これくらいのことで折れはしません。領地で一揆《いっき》が起きたり、小麦泥棒《どろぼう》に出くわしたり、それなりの荒事《あらごと》にも立ち会っておりますし」

「いやいやいやいや経験値の幅《はば》!!」

息を切らさずに喋《しゃべ》ろうとすると、心臓がばくばくと破れそうに痛くなる。頬《ほお》は赤く上気しているだろうことがわかるほどに熱く、背中にはうっすらと汗《あせ》をかいている。

公爵様《こうしゃく》は眉《まゆ》と目と口元、顔の持てるものすべてを使って困惑《こんわく》を表しており、私は苦しさでやや潤《うる》んだ目でその顔を見上げた。

「お喋りはひとまずそこまでです」

せっかくの状態が落ち着いてしまわないうちにと、私は公爵様の口に自分のそれをそっと触《ふ》れさせる。

顔を離《はな》すと、見下ろす公爵様は耳が赤く、恥《は》ずかしげに目を伏《ふ》せているから色気が三割増しで、私が襲《おそ》ったようで変な気分になる。

「これで『恋《こい》をしている状態』の身体《しんたい》変化を伴《ともな》う口づけができたはずです。どうでしょう、呪《のろ》いが解けたような感触《かんしょく》はありますか？」

「走ってもいないのに胸がどきどきするし、やたらと顔が熱い。だが、呪いが解けそうな気配は特に感じないな。そもそも、それがどういうものかもわからないが」

「では、他《ほか》にも試しておきますか？」

「……まだあるのか？」

頬を赤くし目を見開く公爵様に、当然と頷く。

「はい。可能性のありそうなものから微妙《びみょう》なものまで様々ですが、いくつか考えました。恋人《こいびと》のように見つめ合って口づけ。『本当に愛している』と言葉で愛を言い表しながらの口づけ。それから、ロバートが相手を受け入れることだと言っていましたので、頬をつねった後に許してもらい、口づける。いかがでしょうか」

「いや、うん、最後のはそういうことなのかという疑問もあるが、嫌でも結果のわかる夜までただ待つのも、一日に一つずつ試すのも非効率だし、どんどん試してみよう」

「では、毎回背伸《せの》びをするのが大変なので、公爵様は椅子《いす》に座っていただけますか？　次は『見つめ合って口づけ』です」

「わ、わかった」

戸惑いながらも覚悟《かくご》を決めたように公爵様は椅子に座る。そうして私はまず公爵様をじっと見つめる。

しかし公爵様はすぐにふいっと目を逸《そ》らしてしまう。

「公爵様。実験になりません。私を見てください」

「いや、その、ジゼルのその黒い瞳《ひとみ》で見つめられると、なんというか」

「もじもじしないでください。変な気を起こしますよ」

「え!?」

「逃《に》げられると攻《せ》めたくなるんですよね」

「いや、ちょっ、普通《ふつう》逆じゃないか!?」

「いえ。私もこのような感情は初めて知りました。色気のある人が頬を染めて目を伏せると、なんというか、こう、もっと――」

「わかった、もう言わなくていい。落ち着くまで少し待ってくれ」

「承知しました」

公爵様は胸を手で押さえ、何度か深呼吸をすると、姿勢を正して真正面を向いた。

それにあわせて私も公爵様を真正面から見つめる。橙色《だいだいいろ》の瞳は窓の光を受けて金色に近い色合いで。彫刻《ちょうこく》のように整った輪郭《りんかく》はシュッとしているのにどこか滑《なめ》らかで、線からしてごつごつとしたうちの父や兄とはまったく違《ちが》う。何も言わず閉じられた唇《くちびる》は少し厚めで、それが甘さを加えている。

そんな公爵様が恥ずかしさを堪《こら》えるようにじっと私を見上げている。

これは想像した以上に心理的に難易度が高い。しかし躊躇《ためら》ったら負けだ。ここで一度引いたら、たぶん恥ずかしすぎて二度とできなくなる。勢いでいくしかない。

私は無になると屈《かが》みこむようにして口づけ、すぐに顔を離した。

「どうでしょう」

「……さっきよりも心臓が痛くなった。ジゼルの黒い瞳を見つめていると、呑《の》まれそうだな」

「それは私も同じですので、呪いが解けた兆候かどうかわかりませんね。次もいってみましょうか」

「ああ。ここまで来たらいくしかない」

公爵様は右手で心臓を押さえ、左手で赤い頬に風を送りながらも、覚悟を決めたように強い瞳で頷いた。

その心意気に応《こた》えるべく、私も気合いを入れる。

「では、少々失礼しますね」

私の胸より下にある公爵様の頬をにゅっとつまみ、きゅっと捻《ひね》る。

「さひにそっひひゃ……」

公爵様が頬を押さえながら呟《つぶや》く。

「つねって受け入れられてからの口づけは最後に言いました？　よく覚えておらず申し訳ありません」

「いや、いい。ジゼルは俺のためにしてくれているのだから」

おお。心から許されている感がある。これはいけるのでは？

また屈みこんで唇を触れさせると、公爵様は腕《うで》で顔を覆《おお》うようにして項垂《うなだ》れてしまった。俯《うつむ》いた耳が先程《さきほど》よりも真っ赤になっている。

「どうかしましたか？」

「いや、なんだか、こう、男女の立場が逆というか、ジゼルから屈みこんで口づけをされると、その――」

「ああ、公爵様はいつも女性に襲われていたのでしたね。それを思い起こしてしまうようなら、やり方を変えましょうか」

つねってから口づけるなど、暴力的だし。

しかし公爵様は「いや、ジゼルはあれらとは違う！」と、ぱっと顔を上げた。

「同じとは微塵《みじん》も思っていない。だがなんというか、こう、屈みこまれると、その、倒錯《とうさく》的というか、なんだかいけないことをしているような感じが」

「なるほど。それはそれでいいのでは？」

つまり、雰囲気《ふんいき》が加算されるということではないだろうか。

「しかし、されるだけというのはなんだかこう、たまらなくなるな」

「確かに不公平ですよね。公爵様もします？」

「は⁉ いや、そんなことはできない！」

さんざんしている私を目の前に、どういうことだ。

そもそも、どちらから近づけるかの問題だけで、接触《せっしょく》することに変わりはないのに。

「ただでさえジゼルには付き合ってもらっているのに、俺の身勝手な、その——」

「公爵様。先はまだ見えないのですから、不満は溜《た》めないようにしてくださいね。でなければ夫婦《ふうふ》関係にも禍根《かこん》を残しますし」

不快に思われるようでは元も子もない。

「今日はもうやめておきますか？」

「いや、問題ない。本当に、嫌《いや》だとかそういうことではないのだ。ただ、ジゼルに申し訳ない気持ちもあってだな」

「私も慣れてきましたので、問題ありません」

申し訳ないなんて思わなくていいのに。そう思って言ったのだが、何故《なぜ》か公爵様はどこか挑戦《ちょうせん》的に「そうか？」と私を見上げた。

「ではもう一つ言っていたのがあったな。それを試《ため》してみるか」

「はい。では」

最初のような躊躇いもなく、真っ直《す》ぐに私を見上げる公爵様と目を合わせ、私は告げた。

「『本当に愛しています、公爵様』」

棒読みであることは許していただきたい。愛を知らない人間にそれっぽい演技など無理だ。

今日思いついたのはこれで最後。私はそっと顔を近づけ、唇を落とした。

顔を離《はな》し、どうだろうかと窺《うかが》うように公爵様の顔を見下ろすと、再び真っ直ぐにこちらを見つめる目と目が合った。

そして。公爵様は私の腕をとり、すっと立ち上がった。

その過程で、私の唇と公爵様の唇が触《ふ》れる。

これまでのただ「くっついた」というような口づけとは何か違う。

公爵《こうしやく》様の唇の柔《やわ》らかさ、温かさ。それと、どこか優《やさ》しさを感じて、私は顔を離した公爵様を思わず見つめてしまった。

「いつかジゼルが心からその台詞《せりふ》を言ってくれたらいいのに」

そう言って少しだけ笑った。

それが私たちの目指すところで、それをただ口にしただけなのだろうけれど。公爵様がモテ散らかしていた理由がわかった気がした。

それと。たぶん、間違えた。私が公爵様をつねって口づけるのではなく、私がつねられ許して口づけなければいけなかったのに。だけど今さら言えるわけもない。

そんなとりとめもないことを考えて、私は私の中に湧《わ》いた小さな不安をごまかした。

このまま試行錯誤《さくご》と並行して、私は公爵様を愛さなければならない。だが、その先は？

役割を果たしたその時自分はどうなるのだろう。

そんなことを考えてしまったから。

第三章　塩公爵は砂糖になったともっぱらの噂です

結局日が暮れると公爵様は犬の姿になってしまったけれど、そう簡単にいくはずもない。

公爵様もそこは割り切れていたようで、前のように落ち込んだ様子はなかった。

それから、毎日口づけをしてみようということになった。

恋《こい》も愛もわからない私が、いつ公爵様に『真実の愛』を抱《いだ》くようになっているかわからないし、また思いついたものがあればついでに試してみればいい。

はっきりとした条件がわからない以上は手探《てさぐ》りでやっていくしかないし、二人でそう決めた。

ちなみにレオドーラにも「真実の愛ってなんだと思う？」と聞いてみたけれど、「知ってたら一人こんなところで引きこもってなんかいないわよ」と怒《おこ》られた。

しかし今朝起きて一番の問題は学院かもしれないとため息を吐《は》き出した。

今日は休みではない。

公爵様にアーリヤード伯爵《はくしやく》家の支援《しえん》を取り付けたのだから、立て直すために学院に通うという目的はなくなったが、その代わり公爵夫人に求められる教育というものがある。

なるべくひっそりと過ごそう。

何故なら、あの王太子の顔を見たら食ってかかってしまいそうだからだ。

私はなるべく穏便《おんびん》に、と自分に言い聞かせながら支度《したく》を済ませ、玄関《げんかん》ホールでロバートをくるりと振《ふ》り返った。

それから心の中で一呼吸。

「では、行ってくるわね。公爵様は冷たいし、ああ、心が折れそうだわ」

「元々警戒心《けいかいしん》の強い方ですから、お心が解けるまでには時間のかかることでしょう。お気になさらず」

「ありがとう」

「ではお気をつけて行ってらっしゃいませ」

棒読みになっていなかっただろうかと不安になった私と違《ちが》って、ロバートは決められた台詞をすらすらと喋《しゃべ》り、おまけにいつものようににっこりと微笑《ほほえ》んでみせた。

どうせ声しか聞こえていないのだからと顔は意識していなかったけれど、ロバートのように全身で演技することが重要なのかもしれない。

私は玄関扉《とびら》右の壁《かべ》をちらりと見てから外へと出ると、詰《つ》めていた息を吐き出した。

そこに掛《か》けられた絵の裏には、黒い魔女《まじょ》サーヤが仕込んだ魔法陣《まほうじん》がある。いつの間にそんなものを、と思ったが人手のない公爵家では不法侵入《しんにゅう》も容易だったことだろう。

魔法陣の存在を知ったのは、何故あれほどタイミングよく黒い魔女サーヤがやって来たのか疑問で、レオドーラに心当たりはないかと尋《たず》ねたから。

『その時会話していた場所か、その近くに魔法陣が仕込んであるのかもしれないわね』

そう聞いて、帰ってきた私と公爵様は玄関ホールをくまなく捜《さが》し、見つけたのだ。

なるほど、込み入った話を聞きたいのなら応接室や私室に仕掛《しか》けるだろうけれど、彼女は来客が把握《はあく》できれば十分だったのだ。それで結婚《けっこん》の動きがあるかどうかはわかるから。

私たちは考えた末、その魔法陣を消さずそのまま置くことにした。こちらが黒い魔女を利用できる唯一《ゆいいつ》の手だからだ。どこかで有効に使える時が来るかもしれない。

それまではひとまず私と公爵様の仲が進展していないと思わせるため、形だけの妻として冷遇《れいぐう》されていますアピールをしておこうと相談して決めた。

屋敷《やしき》の使用人たちにも手伝ってもらって『公爵夫人を迎《むか》え入れるための大掃除《おおそうじ》』をよそおい屋敷中を捜索《そうさく》したが、それ以外に魔法陣も怪《あや》しいものもなかった。

これでとりあえず黒い魔女が当面仕掛けてくる心配はないとして、他《ほか》に生活をしていく上で困るのは、公爵様と結婚したことを周囲にどう『やんわりと』伝えるかだ。

こちらが黙《だま》っていてもあの王太子殿下《でんか》が見せしめとして触れ回る可能性が高いから、その前に友人には自分の口から直接話しておきたい。

だとして、どう言えば友人たちの心臓を止めてしまわずに、穏便に話せるだろうか。

そう考えながら馬車に揺《ゆ》られていたせいだと思う。降りてすぐさま注目を浴びていることに気が付き、もしやもう知れ渡《わた》っているのだろうかと警戒したのだが。それらの視線が私と私の背後に向けられていることに気が付き、悩《なや》んでいたことが無意味だったと知る。普《ふ》通《つう》に送られるまま公爵家の馬車に乗って来てしまったのだから、それは秒でバレるに決まっている。

あーあ、やってしまったなと思いながら前に向き直れば、そこには顎《あご》を落とさんばかりに口をぱかんと開けている友人、ノアンナ様がいた。

「そういうことになりました」

「いえ、全然わかりませんわ……。序章から順を追って説明してくださる？」

「はい。まずは移動いたしましょう」

とにかく今は刺《さ》さるような注目から逃《のが》れたい。

「ここなら落ち着いて話せますわね」

「いえ、私は落ち着かないのですけれど……。何か、臭《くさ》いような」

私がノアンナ様を連れて行ったのは、学院の端《はし》にある温室。緑化委員と称《しょう》して食用の野菜を育てているのだが、それはもちろん私腹を肥やすためだ。文字通りの意味で。

肥料の臭《にお》いに慣れていないノアンナ様は鼻を指でつまむようにし、鼻声で話を促《うなが》した。

「それで？　一体何があってシークラント公爵様の馬車で登校するに至ったのです？」

「それが、かくかくしかじか……」

「かくかくしかじかで済むと思ったら大間違いでしてよ？　授業が始まってしまってもかまいません、しっかりじっくり前言通り序章から説明してくださいな」

逆の立場だったら私も同じように話を聞くまでテコでも動かないと思う。

私は家族に話したのと同じように、公爵様の呪《のろ》いや素顔《すがお》については除いて、かいつまんで話した。

私が話し終えるとノアンナ様は眉《まゆ》を下げ、ぱっと頭も下げた。

「申し訳ありません、ジゼル様！　私が巻き込んでしまったばかりに……」

「いいえ、ノアンナ様のせいでは決してありません。どう考えても国家権力を濫用するほうが悪いのです」

王太子殿下だけではない。ノアンナ様の妹、マリア様もそうだ。私はマリア様のこともきちんと恨《うら》んでいる。

「それはそうですが……。ジゼル様、シークラント公爵家におられるということですが、大丈夫《だいじょうぶ》ですか？　ひどい扱《あつか》いは受けていませんか？」

予想以上の眩《まぶ》しい笑顔《えがお》に目をやられそうになりはしたが、むしろ快適に過ごさせていただいているから、心配させてしまっているのが心苦しい。

「いえ、何も問題はありません。諸々《もろもろ》事情があり詳《くわ》しく話すことはできないのですが、現在シークラント公爵と私はほぼ対等な関係にあります。そうしていただくよう互《たが》いに約束しましたので。ですから、ノアンナ様が気に病《や》まれることはありませんわ」

「さすがジゼル様ですわね……。なんやかやと言いくるめて対等な条件にさせたとは」

そういうわけでもないのだけれど、そういうことになるだろうか。

「それと、実家にも援助していただけることになりましたので、経緯《けいい》はどうあれ、私はこの結婚を前向きに継続《けいぞく》していこうと思っております」

「援助を⁉　絶対しないと公言なさっていたのに……。一体どんな交渉《こうしょう》を？」

「ノアンナ様のほうこそ大丈夫でしたか？　王太子殿下に何か腹いせのようなことをされてはいませんか？」

「殿下は私のことなどすっかり忘れておいでですもの。何もありませんわ」

ふふっと笑ったノアンナ様にほっとする。私がいらぬお節介《せっかい》をしてしまったせいで、ノアンナ様に何かあったらと心配していたのだ。

「それならよかったです。でも、またマリア様は裏で荒《あら》ぶっていらしたのでしょうね」

「ええ。あれほど綺麗《きれい》に論破されてもなお、『お姉様がいけないのですわ！』の一点張り。他の言葉を覚える隙《すき》もないようで、相変わらず私だけを敵視しておりますから、間違ってもジゼル様に矛先《ほこさき》は向かないと思いますわ」

お二人は実の姉妹《しまい》であり、幼い頃《ころ》は仲の良い時期もあったというけれど、成長するにつれ妹のマリア様がノアンナ様を貶《おとし》めようと画策するようになったのだそうだ。

ノアンナ様は王太子殿下の婚約者であるルチア様と並んで淑女《しゅくじょ》の鑑《かがみ》と言われ、令嬢《れいじょう》たちの憧《あこが》れの的となっている。そんな姉を持てば、常に比較《ひかく》されてしまい、卑屈《ひくつ》になるのも理解できなくはない。

それがわかっているからノアンナ様はやり返すことなく、真っ直《す》ぐに諭《さと》していたのだけれど、それがまたマリア様を刺激《しげき》してしまうとわかり、今はひたすらに流していた。

そうしてマリア様は自分一人では相手にされないからと、王太子殿下とルチア様を巻き込み、味方にしようとしたのだろう。

「本当にノアンナ様のことしか見えていませんのね」

「でも、あの子もいよいよね……。これまでは殿下とルチア様に取り入ろうだなんてそんな大それたことまで考えはしなかったでしょうに。婚約者ができてから我儘《わがまま》と自己中心的な考えに拍車《はくしゃ》がかかるばかり」

「ハーバート侯爵《こうしゃく》家のご長男、ジョシュア様だったかしら」

「ええ。何でもマリアの言うことを聞いてしまうんですもの。お父様とお母様に続いて絶対的な味方を得て、マリアもよりつけあがってしまったのでしょう」

ずっとノアンナ様の婚約者であるローガン様に粉をかけていたらしいけれど、まったく相手にされず、自分にはもっといい婚約者をと両親に泣きついたのだという。

お二人のご両親はとにかく人がいい。だがそれは公正とか公平とか物事の善悪とかとはまた別で、ただひたすらにマリア様が泣けば言うことを聞くという、ダメマリア製造機のような人たちだった。

もちろんこれは私が言ったのではない。ノアンナ様が猛然と怒りながらそう称したのだ。

「ノアンナ様とローガン様のようにお互いに支え、悪い時はたしなめ、共に成長していけるような関係性を婚約者との間に築けたら、マリア様も違《ちが》っていたのでしょうね」

「そうですわね……。まあ、ローガン様のようにできた人間もそういないと思いますし、マリアがあれではいい相手と巡《めぐ》り合うというのも難しい話でしょうけれど」

両親におねだりした婚約者の条件が『とにかく財産と地位が高い』だったのだという。

ジョシュア様は侯爵家の長男で、その父であるハーバート侯爵は宰相《さいしょう》の座に就《つ》いているから、マリア様には願ったり叶《かな》ったりであったことだろう。

ローガン様は伯爵《はくしやく》家の方だから『お姉様より私のほうが上ね！』としばらくは満足していたようなのだが。そこでやめておけばいいものを、まったく羨《うらや》ましがりもしないノアンナ様に腹が立ち、ああして愚行《ぐこう》に至ったらしい。人の妬《ねた》みや嫉《そね》みとはきりがないものだ。

「ところで、ノアンナ様。ローガン様との仲睦《なかむつ》まじい様子は何度拝見しても微笑《ほほえ》ましいものですが、そのように互いを想《おも》い合うようになったきっかけなどはあるのですか？」

「何故《なぜ》いきなりそんな話を――？　もしや公爵様と結婚《けっこん》なさったからですか？」

「ええ。勝手に決められたこととはいえ、どうせ共に過ごすなら、互いに居心地《いごこち》よくありたいものですし、私も公爵様と仲を深めなければと」

「なるほど、ジゼル様らしく前向きで素敵《すてき》なお考えですわね。それはぜひ応援《おうえん》したいところなのですが、ただ、私とローガン様も、特にこれといって劇的な何かがあったわけではありませんし。しいていうなら共に過ごした時間が育《はぐく》んだというところでしょうか。ですから焦《あせ》らずとも、ジゼル様なら公爵様との間にもよい関係を築いていけますわ」

「まあ、そうですよね。やはり時間が必要ですよね……」

「あら、がっかりなさったお顔。本当に珍《めずら》しいこと」

確かに公爵様はいい人だ。だからきっといつかは夫婦《ふうふ》愛というようなものが芽生えるのではないかと思う。だが、のんびりしてはいられない。寿命《じゅみょう》に差し障《さわ》らないよう半日は人間にしたといっても、裏を返せば半日は犬だ。ゆっくりとだが寿命に影響《えいきょう》は及《およ》ぶはず。

鐘《かね》が鳴り、一通り情報共有が済んだ私たちは教室へと向かった。廊下《ろうか》でも、教室でも、あちこちからさわさわとした囁《ささや》きが聞こえ、刺さるような視線を感じる。居心地が悪い。

午前の授業が終わった頃には疲弊《ひへい》し、今日は温室で採れた野菜で昼食にしようと決めた。

ノアンナ様に断って先に教室を出ると、ばったりとルチア様にでくわした。

そこでふと思い出した。

何故ルチア様は王太子殿下《でんか》を止めなかったのかしら。ノアンナ様はそう言っていた。私もよく知っているわけではないけれど、ルチア様は聡明《そうめい》な人だ。マリア様に都合よく使われていることなど、すぐに気づきそうなものだが。

扇《おうぎ》で口元を隠《かく》したまま一言も発しなかったのも気になる。

あれだけ人の目があるところで王太子を諫《いさ》めるようなことを言えば株を下げてしまうというのはわかるが、もっと手前で止めることもできただろうに。それとも、ルチア様も権力を手にして変わってしまったのだろうか。

そんなことを考えている私のほうに、ルチア様はどんどん近づいてくる。廊下を一人で歩いていて、殿下はおらず、取り巻きもいない。

私に気が付いたように顔を上げると、ルチア様はにこりと笑みを浮《う》かべた。

「あら、ジゼル様。この度《たび》はおめでとうございます」

「ありがとうございます、ルチア様」

やはり知っていたか。にっこりと微笑んで返したいところだったけれど、いかんせん私は作り笑いができるほど器用ではない。慣れるほど社交の場にも出ていないし。

ルチア様はじっと私を見つめると、パラリと扇を広げ、口元を覆《おお》った。

「公爵家の執事《しつじ》が人を使って何やら嗅《か》ぎまわっているようね。あまり首を突《つ》っ込まないほうがいいわよ?」

いきなりの牽制《けんせい》だ。しかし、ちょっと待ってほしい。

これはきっと私が敵を知るため、そして公爵夫人として社交界を生き抜《ぬ》くために王家や貴族の人間関係を把握《はあく》したいとお願いしたことを言っているのだろうけれど、社交界で聞けるような類《たぐい》のものでかまわないと言ったはずだ。潜《もぐ》り込んで来いとは言っていないのだが、一体どんな怪《あや》しげな動きをしたものやら。

ただ、まあ、これまで社交界に無頓着《むとんちゃく》だった公爵家の人間が情報を集め出したのだから、何か企《たくら》んでいると思われてもおかしくはない。

社交界に疎《うと》かったからだと言っても完全に疑いが晴れることはないだろう。

「それと、あまり一人にならないほうがいいかもしれないわ。もう大丈夫だとは思うのだけれど、念のため、ね」

言葉だけならそれは脅《おど》しに聞こえた。けれどルチア様にそんな様子は見えないし、むしろじっと私を見る目には案じる色があるように思う。

私が何故危険だと考えたのだろう。公爵様と結婚したから?

ふと、王宮に向かう馬車で賊《ぞく》に襲撃《しゅうげき》されかけたことを思い出した。けれどそこまでして狙《ねら》われるような覚えはないし、いくら王家といえどそこまでするとも思えない。

何と答えればよいのかわからないでいるうちに、ルチア様は私の背中の向こうへと歩き去って行ってしまった。

そうしてぼんやりと考えていた私は、完全に気を抜いていた。

ルチア様がいたということは、あれも近くにいておかしくないということなのに。

「ほう！　これはこれはシークラント公爵夫人ではないか。ご機嫌《きげん》いかがかな？」

そう声をかけられ、思わずげんなりと顔を崩《くず》してしまった。

阿呆《あほう》改め王太子殿下だ。

「おい。相変わらず顔が正直だな」

私が殿下にげんなりする理由がわかっているのだから多少は理解力があるらしい。

「王太子殿下は相変わらずご機嫌がよろしいようで」

「まあな！」

不必要なくらいに声を張り上げてくるのは、わざと周囲に聞かせているのだろう。

案の定、一気に注目を浴び、すぐに辺りはざわついた。

そちらの思惑《おもわく》になど乗ってやるものかと、型通りの挨拶《あいさつ》をしようと片足を引くと同時、人の挨拶すら待ちきれないらしい殿下がまくしたて始めた。

「聞いたぞ、あの恐《おそ》ろしいシークラント公爵と結婚したそうだな！　二人仲睦まじく、この国を支えてくれることを期待しているぞ」

いちいち強調するようなその大声に、周囲が一気にざわついた。

結婚？　あのシークラント公爵と？

そんな声がはっきりと聞き取れる。

ノアンナ様に話した後、友人にも自分の口から話せたからまだよかった。

殿下は周囲のざわつきを見回し、「とにかくこれで一安心だ」とどこか満足げだ。

何が安心なものか。国か？　独り身だった公爵の跡継《あとつ》ぎか？　それとも腹いせが済んだことか？

遠巻きに見ている人たちの中には、にやにやとこちらを見ている人もいる。

どこにでも他人の不幸を喜ぶ人とはいるもので、それは先日の断罪劇でもそうだった。

だが残念ながら、他人から見て不幸でも、私自身は不幸ではない。

「ありがとうございます。この国のため、何ができるかを模索《もさく》していく所存でございます」

自然とにっこり笑うことができた。

殿下は一瞬《いっしゅん》驚《おどろ》いたような顔をすると、何故だか「そうか、見込み違いでなくてよかった」と静かに笑った。

先日の阿呆王子とは違うそんな顔に戸惑《とまど》っているうち、王太子殿下はさっさと歩き出してしまった。

「これで彼らも動けまい」

通り過ぎ様に小さくそんな声が聞こえて、思わず振《ふ》り返った。

どういう意味だろうか。彼らとは誰《だれ》のことだろう。

食堂でノアンナ様の断罪劇を始めた時は何も考えていないただの阿呆にしか見えなかったのに、今日の殿下は何かひっかかる。

ふと、散っていく人だかりに目を移すと、その中にマリア様の婚約者であるジョシュア様の顔があった。

眉間《みけん》に皺《しわ》を寄せているのは、大事にしているマリア様よりも私のほうが地位も財産もある人と結婚したからだろうか。マリア様が荒《あら》ぶることを予想しているからか。

だとして、そんな遠いところでまで敵認定《にんてい》される覚えはない。

しかし、それだけ公爵《こうしゃく》様との結婚が衝撃《しょうげき》的な話題なのだと私は嫌《いや》でも思い知ることとなった。


「あの、シークラント公爵と結婚ですって」

「貧乏《びんぼう》貴族の分際で、王太子殿下に盾突《たてつ》くからだ」

王太子殿下の不必要なまでの大声によって一気に話が広まったせいか、私に突き刺《さ》さる視線は好奇《こうき》と嘲《あざけ》りの色が強くなった。ひそひそと笑い合う中に、そんな声が聞こえる。

これまで目立たず堅実《けんじつ》に生きてきたのに、たった一日でこの変わりよう。

どんな評判が立とうとかまわないと思っていたこれまでとは事情が異なり、公爵夫人となった以上、学院では知識を得るだけではなく、人脈も必要になる。これでは前途《ぜんと》多難だ。

まあ、ひそひそと笑い合っているような人と付き合う利はないし、早速《さっそく》ふるいにかけられたと思うことにしよう。

授業が終わり、ノアンナ様と共に教室を出ると、廊下《ろうか》にいた人々の視線が一気に私に集まる。

「一躍《いちやく》注目の的ですわね」

「突然《とつぜん》でしたし、話の出所があの王太子殿下となれば騒《さわ》ぎになるのは不可避《ふかひ》ですから」

「先日の食堂でのことをご存じなく、お金が目当ての身売りだと思っている方もまだいらっしゃるわ。ジゼル様もはっきり否定なさればよろしいのに」

「因果関係は逆ですが、確かに金銭上の利益は求めましたから」

「その因果関係こそが大事なのではありませんか」

「事実がどうあれ、人は見たいようにしか見ませんもの」

誤解だといくら真実を聞かせたところで、そんなに必死になるのは裏があるのではないかと勘繰《かんぐ》られて徒労に終わるだけな気がする。だからまずは自分の周囲にきちんと説明し、そこを足掛《あしが》かりに必要な人の誤解を解いていくしかない。

すべての人に理解を求めるのが難しい以上、優先順を定めておかなければじたばたもがくだけで、余計に身動きがとれなくなってしまうから。

だが校舎を出るとさらに遠くからも視線が集まっているのが感じられ、さすがにげんなりする。

「諦《あきら》めが良すぎるのも損な性分《しょうぶん》ですわね」

「ノアンナ様はきちんと私を理解してくださっていますから、それで十分ですわ」

「やだ、きゅんとしちゃう」

頰《ほお》に手を当てたノアンナ様が、すぐにシークラント公爵家の馬車を見つけて「あら」と声を上げた。

「そうでした、ジゼル様のお迎《むか》えは今後こちらの馬車なのですよね」

「ええ、私もうっかり通り過ぎそうになりますが、そうなのでした」

さすがにまだ慣れない。にこにこと見守るノアンナ様に別れを告げると、ガチャリと馬車の扉《とびら》が開き、予想外の人物が降りてきた。

「所用があったからな。ついでに迎えに来た」

仏頂面《ぶっちょうづら》でそう言ったのは、公爵様だった。

橙色《だいだいいろ》の瞳《ひとみ》は冷たく周囲を一瞥《いちべつ》してから私を見下ろした。

周囲の驚《おどろ》いたような視線もものともせず、今まで見た中で一番硬《かた》くて一番不機嫌《ふきげん》な顔で、

「帰るぞ」と短く告げる。

　視線を集めることには慣れているのだろう。

　そうか。これが外での公爵様なのか。人を寄せ付けないよう、いつもこうして怖《こわ》い人を演じてきたのだろう。

　それならと、私もそれにあわせて殊勝《しゅしょう》な態度をとることにした。

「お待たせしてしまい、申し訳ありません」

「いや、べ、別にそれほど待ってはいない」

　揺《ゆ》らぐのが早い。

「お仕事の邪魔《じゃま》になってしまいましたね。早くお屋敷《やしき》に帰りましょう」

「邪魔ということはない。私が自ら迎えに寄っただけのこと」

　何故《なぜ》だ。なんとか恐ろしい公爵様を引き出そうと乗っかったのに、何故一瞬で怖い公爵様を壊《こわ》す？　私が嫌《いや》みで言っているとでも思ったのだろうか。だとしても、構わず演技を続ければよかったのに。

　もしかして、今まで誰かとあわせて演技などしたことがなくて、勝手がわからないのだろうか。それとも、本当に私が怒《おこ》っていると思ったのか。こんなに恐ろしい顔ができるのに、本当に人の気持ちを気遣《きづか》ってばかりだ。そう思って、つい頬が緩《ゆる》んだ。

「公爵様は根が優《やさ》しすぎます」

やはり怖い人のフリをするのは向いていない。変人っぽく振る舞《ま》うとか、人を避《さ》ける方法は他《ほか》にもあるのに。いやしかし、それも自尊心がズタズタになるか……。

そんなことを考えていたら、気づけば辺りがしんと静まっている。

顔を上げると、そこには真っ赤になり口元を腕《うで》で覆《おお》った公爵様がいた。

「だっ、おま、そん……！」

「ええ……？　何故怒っていらっしゃるのですか」

「違《ちが》う！　いきなりジゼルが笑うからだ」

「ですから、私をなんだと思っておいでで？　笑うことだってあります」

「だが、急にそんな風に……」

「どんな風ですか」

問えば、思い出したのかまた顔を赤くする。

そんな変な顔だったろうか。自分で自分の笑った顔など見たことがないからわからない。

思わずすんと真顔になると、公爵様は面食《めんく》らったような顔になった。

「いや、すまない。ジゼルでも拗《す》ねるのだな」

そう言って、ふっとほころぶように笑った。それは蕾《つぼみ》が花開くような、楽しげな笑《え》みで。

溶《と》けた氷がことりと音を立てたような音を胸で聞いた。

一瞬時が止まっていたが、はっと思わず身を硬くする。周囲から息を呑《の》むような気配が感じられ、一気にざわめきが起こる。

「先程《さきほど》までツンとしていたのに。塩から砂糖になったわ」

「あんな甘い顔がこの世に存在するなんて……」

「胸がギュンッってしたわ。ギュンッって」

「あれこそが天使の微笑《ほほえ》みというものなのだろう……あまりの尊さに悟《さと》りを開きそうだ」

これはまずい。このようなところで悟りなど開かないでほしいが、その前に騒ぎになる。

だが時すでに遅《おそ》しだ。

「なに!?　塩公爵が砂糖になっただって？」

「見えない、そこをどいてくれ！」

「違う、天使になったんだとよ」

「胸を射貫《いぬ》かれて死んだのか？　大事件じゃないか」

動揺《どうよう》が動揺を呼び、ざわめきが輪を広げていくのを後目《しりめ》に、私は慌《あわ》てて公爵様を馬車に押し戻《もど》した。

「早く帰りましょう」

「あ、ああ、そうだな」

馬車に乗り込み、扉がバタンと閉まると思わず長い息を吐《は》き出した。

「公爵様。長年傲慢《ごうまん》で人嫌《ひとぎら》いの塩公爵を演じていらしたのですよね？　何故それを貫《つらぬ》き通さなかったのです」

「ジゼルを前にしたら無理だった」

確かに、今朝まで普通《ふつう》に話していたのだから今さら難しいのかもしれないが。

すまん、と顔を覆ってしまった公爵様《こうしやく》だが、その隙間《すきま》からちらりとこちらを覗《のぞ》く。

かわいいか。

「それに、ジゼルも演技などもういらないと言っていただろうが」

言った。確かに言った。しかしすぐさま後悔《こうかい》したのだ。

「あの時は公爵様がここまでの破壊《はかい》力をお持ちだとは思わなかったのです」

「……」

「公爵様?」

「それは、ジゼルも俺にキュンとしたということか?」

真顔で尋《たず》ねられ、私はしばし黙《もく》した。

「キュン……。いえ、もっとこう、破壊音に近いと言いますか、心臓を拳《こぶし》で殴打《おうだ》された時の衝撃《しょうげき》に似ていると言いますか」

「殴《なぐ》られたことがあるのか!?」

「大麦泥棒《どろぼう》を捕《と》らえようとした時に、泥棒が振《ふ》り払《はら》った手がちょうど心臓を直撃《ちょくげき》しましして。一瞬息が止まって、心臓も止まったような気がしました」

「大麦泥棒もいたのか。そのまま心臓が止まらなくて本当によかった……」

「とにかく笑顔だけは、どんなにささやかでも外では出さないほうがよろしいかと思います」

「ああ、すまない。しかし、ジゼルと話していると自然とな……。前は自分を殺すことなど簡単だったのに」

公爵様は申し訳なさそうに眉間《みけん》に皺《しわ》を寄せ、頰をむにむにと引っ張る。それから表情を改めて私に向き直った。

「だが、ジゼルも人前では笑わないでほしい」

「私が笑おうが、天地がひっくり返ることはありませんよ」

「いや。先程《さきほど》の群衆の中に、ジゼルを呆然《ぼうぜん》と見つめる目がいくつかあった」

「本当に揃《そろ》いも揃って私を何だと思っているのでしょう……」

「そうじゃない。ジゼルは普段表情に乏《とぼ》しいから一見すると怖く見えるが、笑うとかわいい。そのことに気づいた奴《やつ》がいると言ったんだ」

むっと口を閉じた公爵様に、私は首を傾《かし》げた。

「いえ、それはさすがにないかと……」

こういうのを欲目と言っていいのかわからないが、自分の妻だからそう思うだけなのではないだろうか。

瘦《や》せぎすで黒髪《くろかみ》に黒い瞳《ひとみ》で地味。中身ならいざ知らず、見た目に人を惹《ひ》きつけるものがあるとは思わない。

「ジゼルは公爵家に来てから血色もよくなったし、表情もよく変わるようになってきた。最初は何を考えているのかさっぱりわからなかったが、意外と情に篤《あつ》くて、真っ直《す》ぐで。好きになる奴だってそりゃあいる」

「……ありがとうございます」

一瞬貶《けな》されたような気もするのだが。公爵様はわかればいいとでもいうように頷《うなず》いた。

「ジゼルは自分がどんな顔をしているか見られないからわからないだけだ。とにかく、俺も気を付けるからジゼルも気を付けてほしい」

「わかりました」

笑顔か、と一人考える。

確かに私も公爵様の笑った顔に何度も見惚《みと》れたし、心臓を止まらせかけた。笑った顔が好きというのはよく聞くし、笑顔は人の心を動かすものなのだろう。しかしそれは、見た目が好きということと変わらないのではないだろうか。それとも、そこに感情があって表れるものだから違うのだろうか。

顔が好き。笑顔が好き。一目ぼれ。どれがどう違うのだろう。それとも同じなのだろうか。

私は公爵様を好きになり、そこから真実の愛に至ればいいだけなのだから、理由なんてどうでもいいはずだ。それなのに、何故《なぜ》こんなにもつらつらと考えてしまうのだろう。

自分があの群衆や魔女《まじょ》と同じで、見た目にだけ心を動かしていると思いたくないのかもしれない。

好きになれるなら、それでいいはずなのに。辿《たど》り着く先は同じなのに。

私が突然黙《とつぜんだま》り込んだから、怒《おこ》ったと勘違《かんちが》いさせてしまったものらしい。

公爵様は何か話題を探すようにそわそわした後、思い出したように「そうだ」と声を上げた。

「今日は何か思いついた方法はあるか？」

呪《のろ》いを解く方法のことだろうが、もやもやと考え込んでいてそれどころではなかったし、そもそもそう思いつくものでもない。

「ありません」

にべもなく答えた私に、公爵様が目に見えてショックを受けているのがわかる。

何故私はこんな態度になってしまったのだろう。

他人のことは自由にならないが、自分もまた自由にはならない。

「――すまない。嫉妬《しっと》したんだ。ジゼルの笑った顔を、他の奴に見せたくないと」

嫉妬。その言葉に、自分を振り返る。

私が公爵様に笑わないように言ったのは、面倒を避けるためだ。でも本当にそれだけだったろうか。私も嫉妬していたのだろうか。

自分の心を覗いてみれば、他《ほか》の人に公爵様のふんにゃりした顔を見せたくないと思う私が確かにいる。

私は馬車の揺《ゆ》れが落ち着いた隙《すき》に立ち上がり、公爵様の肩《かた》に摑《つか》まるように手を置いた。

そして顔を近づけ、そっと唇《くちびる》を触《ふ》れさせた。

ただでさえうまくもないのに、馬車の中では距離《きょり》がはかれず、やや強引《ごういん》にぶつけるようになってしまった。

「今日は、不意打ちで口づけです」

ぽかんとした後、「そ、そうか」と口の中でむにゅむにゅと呟《つぶや》きながら顔を隠《かく》すように俯《うつむ》けた公爵様を見ているのは、今は私だけ。

そのことに何故だか満足しているのは独占欲《どくせんよく》というものなのだろうか。それとも人目がない今なら先程のように騒《さわ》ぎにならないと安心できるからか。

自分の気持ちがよくわからない。

だけどきっと、それは公爵様に対して様々な感情を抱《いだ》き始めた証拠《しょうこ》なのだろう。

きっとその中に公爵様の呪いを解く種がある。

今わかるのは、それだけだ。

翌日、学院内にはすさまじいほどの熱量で噂《うわさ》が駆《か》け回っていた。

「貧乏伯爵《びんぼうはくしゃく》家の娘《むすめ》が人嫌いの塩公爵を砂糖にしたんですって？　愛は物理をも超《こ》えるとかとんでもないことを騒がれておりましたわよ。正直私も驚《おどろ》きましたので、無理もありませんが」

どこか楽しそうなノアンナ様に言われ、私は心からげんなりした。

「半日の間、授業の間さえもさわさわとそのような囁《ささや》きが聞こえてきて、ずっと気が休まりませんでした」

「どうなさるのです？　特に令嬢《れいじょう》たちは、シークラント公爵の美貌《びぼう》はやはり捨てられない、あの天使のような微笑《ほほえ》みをもう一度見たいと、熱に浮《う》かされたような騒ぎになっておりましてよ」

「どうもこうも……」

もはや私に為《な》す術《すべ》はない。私を恐《おそ》ろしいものを見るように遠巻きに見る人もいたし、胸もないのにどうやって籠絡《ろうらく》したのかと上から下までまじまじと見る人もいた。

問題なのは、自分が公爵様の嫁《よめ》になるため私を叩《たた》き落とそうとする人まで現れたこと。

面倒なことこの上ない。これまでそういう嫉妬とか羨望《せんぼう》とか、足を引っ張り合うようないざこざとは遠く距離を取って来たのに。マリア様の陰謀《いんぼう》を発端《ほったん》として、私の穏《おだ》やかな日々が崩《くず》れていくのを止められない。

さらにはまさかのその諸悪の根源までそこに参戦してくるとは思ってもみなかった。

「ジゼル様⁉　あれは一体どういうことですの⁉」

突然教室に駆け込んで来た場違いのキンキン声にノアンナ様が立ち上がり、慌《あわ》てて私の前に立ちはだかる。

「マリア、いきなり失礼よ。このようなところまで来てジゼル様に何の用？」

「お姉様には関係ないわ、どいて！　ジゼル様、卑怯《ひきょう》ですわ！　誰《だれ》も嫁《とつ》ぎたがらないからって貧乏伯爵家の分際でシークラント公爵家にいきなり嫁ぐだなんて」

マリア様はぴょこん、ぴょこんと跳《は》ねてはノアンナ様の頭越《ご》しに私を罵倒《ばとう》しようとする。

バカでかわいい生き物だ。

「卑怯も何も、私の一存でそんなことがまかり通るわけがありませんのに。貧乏伯爵家に何の力もないことなど、少々お考えになればわかることでは？」

ノアンナ様の横からひょっこりと顔だけを出して見せると、マリア様は顔を赤らめ、頬《ほお》を膨《ふく》らませた。

有袋類《ゆうたいるい》ではなくて、頬を種でパンパンに膨らませるのは確かげっ歯類だったか。どちら

にせよ小動物だと思えばかわいらしい。歳《とし》もそれほど違わない令嬢だと思うとこの年でその仕草は大丈夫《だいじょうぶ》かな？　と心配になるが。

「貧乏伯爵家だからこそ遠慮《えんりょ》なく汚《きたな》い手も使えるのでしょう！　一体どんな手を使って塩……シークラント公爵に取り入りましたの？」

「マリア。いい加減になさい。これ以上ジゼル様およびアーリヤード伯爵家を愚弄《ぐろう》するのは許しません。今の発言はシークラント公爵閣下を貶《おとし》める発言でもあるわ。慎《つつし》みなさい」

「お姉様が許さなくたってそれが何よ。私にはジョシュア様がいるんだから。ルチア様だって、王太子殿下《でんか》だって私の味方よ」

ぐずぐずに甘やかされているというのは言い過ぎでも誇張《こちょう》でもなんでもないとよくわかった。善悪を己《おのれ》で考えることをせず、他人の権力があればすべて許されると思っているのが果てしなく危険だ。

「マリア様。他人の家の事情に無遠慮《ぶえんりょ》に踏《ふ》み入るのは行儀《ぎょうぎ》のよろしいことではありませんわ。どうぞ、お引き取りください」

私は言うべきことを言うしかないけれど、嫌《いや》みも正論も、彼女には意味をなさない気がする。

案の定、マリア様は私をひと睨《にら》みすると、ふんっ、と鼻を鳴らした。

「きっとクアンツ様は人との関わりがなさすぎて、何もかもの基準が低くなりすぎていらっしゃるのね。私が救って差し上げなくては」

こんなところでいきなりの名前呼び。しかも、マリア様が救うとはどういう意味か。

それを考える暇《ひま》もなく、マリア様はぷりぷりのツインテールごとくるりと踵《きびす》を返し、嵐《あらし》のように去って行ってしまった。

ノアンナ様は大きなため息を吐《つ》くと、私に向き直って頭を下げた。

「ジゼル様、まさか不肖《ふしょう》の妹がこんな時にまでご迷惑《めいわく》をおかけするとは。申し訳ありません」

「いえ、ノアンナ様のせいではありませんわ。それよりも、マリア様は何をお考えなのでしょう」

「ロクなことは考えていないと思います……。私、しばらくの間はジゼル様から離《はな》れないことにいたしますわ。なんとしてでも、マリアからお守りいたします！」


そんな男前なノアンナ様の言葉は心強かったけれど、問題はそれで収まらなかった。

マリア様の後に続けとばかりに、一日に何人もの令嬢および令嬢群に絡《から》まれ、やっかまれる日々が始まったのである。

もちろん、現実を見もせずにただ離婚《りこん》しろと迫《せま》る人ばかりではない。自分のものになららないとわかっていても、いや、わかっているからこそ許せず、その苛立《いらだ》ちをぶつけてくるのだ。

だが、こちとら領地で荒事《あらごと》に揉《も》まれてきた身である。ライ麦泥棒《どろぼう》と戦った貧乏伯爵令嬢を舐《な》めないことね、と忠告すると相手の令嬢はよほど悔《くや》しかったようで、あちこちに愚痴《ぐち》をばら撒《ま》いてくれたから、果敢《かかん》に物理攻撃《こうげき》に及《およ》ぶ人も今はあまりいない。

そうして今日も学院から帰った私は着替《きが》えると、公爵様の執務《しつむ》室に伺《うかが》った。

誰が何を思ってどの立ち位置にいるのか把握《はあく》しておくことは公爵様が社交の場に出た時にも重要だから、学院であったことはおおまかにでも報告しているのだ。

「今日は所用で迎《むか》えに行けずすまない。一応無事ではあるようだが……。見えないところに痣《あざ》など作ってはいないか？　ドレスを切り刻まれてはいないか？　嫌なことを言われてはーー」

「過激な方はほとんどおりませんし、言葉など実害はありませんので心配はご無用です」

「言葉だろうと、心に傷はあるだろうに」

貧乏伯爵令嬢と言われてもただの事実。色仕掛《じか》けしたのだろうと言われてもどうやって？　と首を傾《かし》げると大抵《たいてい》私の貧相な体を見て黙《だま》り込むのでそれで終わりだ。

「事実を言われてもその通りでしかありませんし、事実でないことを言われてもなんら心が痛むことはありませんので。ただ、できるなら今後は馬車でお迎えにいらっしゃらないでいただいたほうが火に油を注がずに済むかと思います」

「そうか、わかった。……ジゼルにばかり迷惑をかけてすまない」

「公爵《こうしやく》様が悪いことなど一つもありません。その麗《うるわ》しい顔も、優《やさ》しさも、笑顔《えがお》も、すべて公爵様のよいところです。本来ならそれを隠《かく》す必要などないのに、当人の迷惑を考えず、利己的に、無遠慮に騒《さわ》ぐ周囲が悪いのです」

公爵様はずっとあのように騒がれ、人を恐れ、一人で戦ってきたのだろう。

もう同じ思いはしてほしくなかった。こうなったのは私のせいでもあるし、それ以上に、公爵様には公爵様らしくいてほしい。人前で笑うなと言っておいてなんなのだが、何故《なぜ》公爵様だけがそんな思いをしなければならないのかともやもやするのだ。

公爵様は私の言葉に驚いたように黙り込み、少しだけ笑って頷《うなず》いた。

「ありがとう。ジゼルには救われてばかりだな」

そう言われると、まだ何もできてはおらずもどかしい思いがするのだが。

「このままにしておくつもりもないが、どう動くのが最も効果的か――」

呟《つぶや》いた公爵様に続けて報告をしようとして、公爵様の机の上に書類が山積みになっていることに気が付いた。

「お仕事中でしたよね。続きは夕食の時に」

「いや、ちょうど一息ついたところなんだ。一緒《いっしょ》にお茶をしないか？」

「はい。では、ティールームにご用意いたします」

真実の愛に近づくため、少しでも共に過ごす時間を作ろうと決めていたから、これも公爵様にとっては大事な仕事のうちなのだろう。

それなら私も仕事を果たすまでと、準備をしに部屋を出ようとして、足を止めた。

「今日の分、しますか？　何も思いつきませんでしたので、無策ですが」

「ああ、頼《たの》む」

口づけした後もずっと顔を合わせていなければならないのはわりと気まずいと馬車の時に学んだから、するなら部屋を出る前にしておきたかったのだ。

ただ、これも毎日すると決めていたことではあるのだが、「その、ジゼルに何か変化があるかもしれんしな」ともごもご付け足されると、一縷《いちる》の望みにかけているのだろうその期待に応《こた》えられそうにないことが申し訳ない。

「では失礼いたします」

座っているうちにと執務机に歩み寄ったのに、今日も公爵様は立ち上がってしまった。

仕方なく背伸《せの》びをして私よりも背の高い公爵様の唇《くちびる》に触《ふ》れると、すぐに踵《かかと》を下ろす。

やはりうまくできない。

公爵様がしてくれた時と触れあっている時間はさほど差がないと思うのだが、あの時は離れるのが惜《お》しいような、心が乱れるような口づけで、何度やってみても何かが違《ちが》う。あの口づけを試《ため》せたら呪《のろ》いも解けるかもしれないのに、私には再現できないのがもどかしい。

公爵様の様子を窺《うかが》うように見上げると、口元を腕《うで》で覆《おお》い、そっと視線を外している。伏《ふ》せられた長いまつ毛が艶《なま》めかしい。

その耳の先は赤く、何度口づけをしようと慣れないのは公爵様も同じようだ。

「どうでしょう。毎日したとて、一日二日で気持ちにさほど変化があるものでもないとは思いますが、何か変わったところはありますか？」

「いや。だが、ジゼルと唇を触れ合わせると、なんだか満ち足りた気持ちになるな。あ、いや、肉欲的なとかそういうことではなく、いや、なくはないんだが、その、心が埋《う》められていくような、心地《ここち》よいような」

「ああ、それはわかる気がします」

「そ、そうなのか？」

「体から始まる愛とは、こういうことなのでしょうか」

「それは違う！　いや、違わないのか？　俺は不純だな……」

「不純？　夫婦《ふうふ》なら口づけは挨拶《あいさつ》だそうですから、普通《ふつう》のことなのでは」

「そ……、そうだな。夫婦……だものな」

公爵様は何故か続けて「挨拶、だものな……」としょんぼりする。

いきなり知らぬ人と夫婦になったことに、まだ複雑な思いがあるのかもしれない。

公爵様はどこか寂《さび》しそうに笑った。

「ジゼルとは、もっと早く知り合っていたかったな」

そのもしもは、きっとありえない。だって、お互《たが》いにほとんど社交の場に出ていないのだから。公爵様は人を避《さ》けていたし、私は満足なドレスも装飾品《そうしょく》もなく、それどころではなかった。もし偶然《ぐうぜん》顔を合わせていたとしても、あまりに立場が違いすぎて会話するきっかけもなかったことだろう。

「夫婦になっていなかったら、このように話すこともないままだったかもしれません」

「そうだな……。そう考えると、陛下と殿下《でんか》に感謝しなくてはならないな」

いや、それはない。

少し前までの私なら即座《そくざ》にそう返していたのに。

もちろん、感謝なんてしていない。していないが、こういう巡《めぐ》り合わせもあるのだなと思う。

ティールームでお茶を飲みながら、今日一日気を張っていた肩《かた》の力がほっと抜《ぬ》けていくのを感じた。

公爵様にとって私は、他《ほか》の令嬢《れいじょう》たちのように強引《ごういん》に公爵様を襲《おそ》うことがないから、安心してくれているのだろう。

私にとっても、こうして何でもない時間を穏《おだ》やかに過ごすのは心地いい。

いつの間にか公爵様と一緒に暮らすことが当たり前になっていて、傍《そば》にいること、近くにいることに馴染《なじ》んでいることに気が付いた。

夫婦とは、こうして関係を築いていくものなのかもしれない。


まともなドレスをほとんど持っていない私のために、公爵様がドレスを買ってくれることになった。

「王家主催《しゅさい》の園遊会まで日がないから、今回は既製品《きせいひん》になってしまうのが残念だが」

そう言ってお店に連れて行ってくれ、あとはお店の人に任せるのかと思ったら、公爵様は真剣《しんけん》な顔で並ぶドレスを一つ一つ眺《なが》め、悩《なや》み始めた。

「ジゼルは背が高く細身だからな。スラリとしたドレスが似合うと思うのだが」

「そうですね、こういったドレスは奥様にとても映《は》えるかと思います。逆に腰元《こしもと》から下に何枚も生地《きじ》を重ねたような膨《ふく》らみのあるデザインも、華《はな》があってよろしいかと」

「華やかにするのもいいが、ジゼルのこの凛《りん》とした美しさを引き立てるのは、やはりこういう品のあるドレスのほうがいいと思うのだが」

なんだろう。自分について他者があれこれやり取りしているのを聞くとむず痒《がゆ》い。もう何でもいいからさっさと決めてしまいたい。

「では、最初に公爵様が選んでくださったドレスで——」

そう口を挟《はさ》むと公爵様はぱっと笑顔になり、大きく頷いた。

「ジゼルが気に入ってくれたのならそうしよう。だが園遊会で着るならこれもいいと思うのだが、どうだろうか。歩いた時にこう、生地がふわんとするだろう？　きっときれいだ」

「さすがシークラント公爵閣下。私もとてもオススメです」

「そうだろう？　ではこれも、あとはそれと、あれもジゼルに似合うかと思うのだが」

「はい！　どれもとてもよくお似合いかと思いますわ」

公爵様が優良顧客《こきやく》すぎて、店員の顔がらんらんと輝《かがや》くのを見ているのが忍《しの》びない。

「あの、そんなにたくさん買っていただかなくても——」

「何を言っている、これからいくらでも必要になるだろう。ああそれから、普段着用はどちらにある？」

「それでしたらこちらになります！　あちらやそちらはいかがでしょう！」

どんどん店員の鼻息が荒《あら》くなっていくのに比例して、公爵様もご機嫌《きげん》であれもこれもとどんどん決めていく。

もう、そんなに……と口を挟んでもまったく聞いてもらえない。

たまに「ジゼルはどう思う？」と聞いてくれるものの、「それは私には着こなせる気がしません」と言っても「そんなことはない。小ぶりで品のいいアクセサリーと合わせるといい。こちらを頼む」と決めてしまうし、「それは似たものを持っています」と答えると「着慣れているものも必要だな。こちらも頼む」と結局どちらも選ばれていく。

もう私が何を言っても無駄《むだ》だと悟《さと》り、私は選んでいるふりをしながら適当に店内を見て回った。

ドレスの反対側は男性向けのジャケットなども並んでいる。

何となくそれらを見ていると、グレイのジャケットが目を引いた。

光沢《こうたく》のある生地で、光の当たり具合でシルバーに見える。襟《えり》が黒だから、白いふわふわの髪《かみ》の公爵《こうしやく》様が着たらよく似合うだろう。白い肌《はだ》とも馴染《なじ》みがよさそうだ。

近くにあったタイを一つ選び、そのジャケットに合わせてみると、想像の中でさえも公爵様の色気が溢《あふ》れている。

「そちら、公爵閣下にお似合いになりそうですよね」

公爵様と盛り上がっているのとは別の店員にこそっと声をかけられ、戸惑《とまど》う。

「いえ、あの。ただ見ていただけで――」

そう答えたところに、ひょいっと公爵様の顔が覗《のぞ》き込む。

「それは？」

「いえ、ですから、あの」

「奥様がシークラント公爵閣下にお似合いになると」

店員ににこにことして言われ、否定もできない。

「ジゼルが。俺のために――？」

「あの。光沢があるグレイの生地が、公爵様に似合うのではと思いまして」

「ありがとう。ではこれを着て行くとしよう」

そう言って、溢れんばかりの笑顔《えがお》で「こちらも頼《たの》む」と即決《そっけつ》する。

「その日が楽しみだな」

目的は国王陛下と直接話すことだったはずだ。

けれど先程《さきほど》のドレス――のうちのどれか――とこれを着た公爵様を想像すると、少しだけ心が浮《う》き立つ自分がいた。

「――はい」

だから、ついそう答えたのがいけなかったのかもしれない。

店を出て、やっと終わったと肩から力を抜くと、「さて、隣《となり》にある宝飾店《ほうしょく》を見よう」と
そのままくるりと向きを変えられたのだ。

ここでもまったく同じことが起きたのは言うまでもない。

ただ。私がその園遊会に出ることはなかった。

学院にある温室に向かっている時のこと。

「お待ちになって！」

いつもと違《ちが》ってキリッとした声をかけられ、思わず足を止める。

祈《いの》るように胸元《むなもと》で手を組み、どこか慈悲《じひ》深い目で私を見つめているのは、なんともしつこいマリア様だった。

背後には小さな池。温室の植物たちに水をあげるためにいつも利用している池はきらきらと光を反射していて、水面の前に立つマリア様はさながら聖女のようだ。

それに反して、マリア様が着ているのはいつもより気合いの入ったドレスで、たっぷりと生地が使われ、ごてごてとした装飾が重そうだ。左側だけ生地が重ねられた非対称《ひたいしょう》なつくりだから、足がふらついたら池に落ちかねない。

「なんのご用でしょうか」

「よし、お姉様はいないわね！　ジゼル様。今日は二人でゆっくりじっくりとお話をしましょう。これからのこの国の未来と、クアンツ様の――」

「既婚者《きこんしゃ》の名を勝手に呼ぶのはいかがかと」

「いいから黙《だま》って聞いて！　このようにきれいな水の前ではジゼル様の薄汚《うすよご》れた心も洗われることでしょうと、わざわざここでじっと待ってたんだから！」

形から入る性質らしい。しかしどんなに待たれようと私がマリア様に時間を使う義理はない。昼食を食べ損《そこ》ねても責任を取ってくれるわけではないのだから。

「ごめんなさい。お昼休みは有限ですので」

そう断って私が再び歩き出すと、マリア様は焦《あせ》って足を一歩踏《ふ》み出した。

「ちょっとお待ちなさ……、キャー!!」

言わんこっちゃない。本当に落ちるとは思ってもみなかったけれど、マリア様は見事全身ずぶ濡《ぬ》れになり、バッシャバッシャと浅い水をかいては、「たすけてー!! がぼぼぼ」と盛大に池の水を飲んでいる。暴れるから池の魚が傷ついてしまいそうだ。

仕方なく私もざばざばと池の中に入り、マリア様に手を伸《の》ばす。

「つかまってください」

「あ、ありが……」

重っ!!

水を吸ったごてごてのドレスほど重いものはない。予想以上の重量に耐《た》え切れず、マリア様の上に倒《たお》れかかってしまった。

咄嗟《とっさ》に手をつくと、マリア様が「ひぁっ！」と変な声を出す。迫《せま》るような格好《かっこう》になってしまったのは確かだが、ぽっと頬《ほお》を染めないでほしい。

結局私までずぶ濡れになってしまい、二人で手を取り合いながらなんとか池から脱《だっ》した。

本当にはた迷惑《めいわく》なことこの上ない。

「あぁぁぁ!!　ジョシュア様から贈《おく》っていただいたドレスが、なんてこと!　せっかく助言もいただきましたのに……」

まさにごてごてドレスは婚約者の甘やかしの象徴《しょうちょう》だ。

しかし、まさかジョシュア様まで絡《から》んでいたとは、二人揃《そろ》って一体何がしたいのだろう。

ジョシュア様は、自分の婚約者が他人の夫にご執心《しゅうしん》でも気にならないのか。それとも何か別の目的があるのだろうか。

ジョシュア様と話したことはないが、どんな人なのだろう。思い出すのは王太子殿下《でんか》が私と公爵様の婚約を声高《こわだか》に言い回っていた時に険しい顔をしていたことくらいだ。

ここにきて、マリア様の話をちゃんと聞いたほうがよかっただろうかと気にかかった。

ジョシュア様と現在も仲睦《なかむつ》まじいのならば、マリア様も公爵様に乗り換《か》えるつもりではないのだろう。だったら、マリア様は何がしたいのか。私に何を求めているのだろうか。

もちろん、ノアンナ様と仲が良く、食堂でも割り入った私が自分より高位となったことも気に食わないのだろうけれど、クアンツ様を救うと言っていたのが気にかかる。私が無《む》理矢理《りやり》結婚を迫ったと思い、離縁《りえん》しろと言いたいのだろうけれど、そもそも何故《なぜ》そこまで余所《よそ》の夫婦《ふうふ》に執着するのか。

マリア様とはあまりに考えも価値観も違いすぎて、さっぱりわからない。

そんな疑問は、この後の騒動《そうどう》に紛《まぎ》れて隅《すみ》に追いやられてしまった。

第四章　いつの間にか当たり前になっていたもの

園遊会の朝のことだった。

いつものようにベッドの端《はし》と端で寝《ね》ていたクアンツだったが、ふと傍《そば》に熱を感じてうっすらと目を開けた。

そこにはジゼルの顔があり、そのせいかと思わぬ近さに慌《あわ》てて寝返りを打ちかけたが、気が付いてぴたりと動きを止めた。

触《ふ》れてはいないのに、ジゼルの華奢《きゃしゃ》な体から熱を感じる。この熱さは異常だ。

そのことに気づいたクアンツはがばりと身を起こし、慌ててジゼルの額に手を当てた。

熱い。

そっと手を離《はな》すと、その目がぱかりと開く。

「……申し訳ありません。風邪《かぜ》を引きました」

「だろうな。早く気づいてやれずすまない」

「いえ。ご迷惑をおかけしますが、今日はお休みをいただきます。いろいろと気がかりはございますが……」

「そんなことはいい。今日はしっかり寝ていてくれ」

いつもと違って頬は赤く、額にはじっとりと汗《あせ》をかいている様子に、クアンツは眉《まゆ》を寄せた。

「どこか痛むか？　辛《つら》いところはあるか？」

「いえ、特には。問題ありません」

「問題ないわけがあるか。──おい、医者を呼んでくれ！　ジゼルに熱がある」

そう声をかけると、隣の部屋に控《ひか》えていたのだろう侍女《じじょ》が返事をし、すぐに動き出す。

「大袈裟《おおげさ》ですよ。これまでも医者などなくとも寝ていれば治りましたし」

「これまでが大丈夫《だいじょうぶ》でも、今日は何か悪い風邪にかかっているかもしれないだろう。何より随分辛《ずいぶんつら》そうではないか」

「滅多《めった》に風邪を引かない人間なので、熱があるということに慣れていないだけですよ」

相変わらずの調子ではあるが、目を開けても体を起こそうとはしないし、瞼《まぶた》も重そうだ。

「冷やすものを持ってこよう」

「やめてください……凍《こご》え死ぬ」

小さな声に、クアンツは顔を曇《くも》らせた。

「寒いのか？　ということはまだ熱が上がるな……」

駆《か》けつけたロバートにもっと掛《か》けるものを持って来るよう指示し、他《ほか》にできることはないか、ジゼルの様子をそわそわと窺《うかが》う。

「公爵様はどうしたらよいかわからないとぐるぐる歩き回る癖《くせ》がおありですね」

「いやこんな時にそんな癖を見破らなくていい。俺のことは気にせず寝てくれ」

「無理ですよ。眠《ねむ》れる気がしません。朝ですし」

普通《ふつう》熱がある時はいくらでも寝られるものだ。頭痛や節々の痛みなどがあって眠れないのだろうと気が付き、クアンツはますます眉を寄せた。

もどかしい。ジゼルはいつものように振《ふ》る舞《ま》おうとするが、こんな時くらい甘えてくれたらいいのに。

「ジゼル、他には何かあるか？　してほしいことがあったら教えてほしい」

「いえ、大丈夫です。それよりも、国王陛下に会わせて欲しいと申し上げたのは私ですのに、これでは園遊会にも行けませんね。残念です」

ジゼルは苦笑《くしょう》したが、その瞳は熱のせいか潤《うる》んでいて、クアンツの胸が締《し》め付けられた。

「迷惑なことなど何もない。次の機会もあるだろう。今は気にせず休んでくれ」

「ありがとうございます」

少しだけ口の端《はし》に笑《え》みをのせると、ジゼルは再び目を閉じてしまった。眠れないと言っていたのに、少し話しただけで疲《つか》れてしまったのだろう。

そんな様子に、これはただの風邪なのだろうかとクアンツの背に不安が這《は》い上る。すぐに医者が駆けつけ、薬をもらってジゼルに飲ませたものの、昼を過ぎるとジゼルの熱はますます上がり、苦しそうに咳《せ》き込むようになった。

だがロバートは医者に診《み》てもらったことで、もう大丈夫とすっかり安心しているようだ。

「旦那様《だんなさま》、あとは私が看《み》ていますから、少しお休みになっては?」

「いや。だが……」

なんとなく不安が拭《ぬぐ》えない。夜になればさらに熱は上がるかもしれない。

「公爵様《こうしやくさま》もロバートもずっと付いていなくて大丈夫ですよ。それぞれお仕事もありますし。私も眠くなってきたので寝ますから」

「妻が大変な時に仕事などしている場合ではない」

「ですから大袈裟ですよ。お医者様もただの風邪だと仰《おつしや》っていましたし、薬もいただきました。あとは寝ているだけですから」

確かに口調もしっかりしている。辛そうではあるが苦しそうな様子はないし、医者に診せたのだからこれ以上できることもないのかもしれない。

だが、このまま夜を迎《むか》えていいのだろうか。無事夜を越《こ》せるのだろうか。

頭に浮《う》かぶのは、亡《な》き母が流行《はや》り病にうなされる姿だ。

あの時のクアンツはまだ幼かったとはいえ、今と同じように何をしたらいいかわからず、ただ狼狽《うろた》えることしかできなかった。

また病で家族を亡くすのは嫌《いや》だ。後悔《こうかい》もしたくない。

「……わかった。ジゼルはゆっくり寝ていてくれ。俺は少し出てくる」

「はい、いってらっしゃいませ」

いつも通り、表情はほとんど変わらない。しかしジゼルはそう挨拶《あいさつ》を返すと、静かに目を閉じてしまった。体が辛いのだろう。クアンツはぐっと踵を返した。

「ロバート、馬車を用意してくれ」

「かしこまりました。どちらにおいでで？」

クアンツはその場では答えず、ロバートと揃って部屋を出た。

「町の外れまでだ」

レオドーラに会いに行こう。

白い魔女《まじょ》なら見立てが違うかもしれない。よく効く薬を持っているかもしれない。

「呼吸もしっかりしていますし、大丈夫かと思いますが」

「何故《なぜ》かはわからぬが、じっとしていられないのだ」

「奥様が心配なのですね」

微笑《ほほえ》むロバートに、むすりと返す。

「心配でないわけがないだろう。あんなに辛そうなのに」

「ええ、そうでしょうとも、ええ……」

笑みを深めたロバートにかまうことなく支度《したく》をすると、クアンツは急ぎ馬車に乗り込んだ。

以前はジゼルと二人で向かった道が長く感じられた。

この間にジゼルに何かあったら。先程《さきほど》は落ち着いて見えたが、今になって苦しんでいるかもしれない。そう考えると、居ても立ってもいられなかった。

町中に入って人通りが多くなると、馬車は速度を下げた。もどかしくてたまらず、「あとは歩く」と御者《ぎょしゃ》に声をかけ、記憶《きおく》にある道を一人駆け出す。

複雑な道だったが、きちんと覚えていた。

右に曲がり、左に曲がり、クアンツは見覚えのある白木の扉《とびら》の前で立ち止まると、記憶を確かめるように上から下まで見下ろした。

そうだ、ここだ。

ノックをすると、以前と同じように軽い声が返る。

ドアを開けると「いらっしゃいま――」と長い髪《かみ》を靡《なび》かせ振り向いたレオドーラがクアンツの顔を見て、驚《おどろ》いたように言葉を止めた。

「あら、今日は一人？　その様子だとジゼルに何かあったのね」

さすが白い魔女だ、察しがいい。クアンツは頷《うなず》き、口早に説明した。

「医者には診てもらったんだが、薬を飲んでも熱は下がらないし、咳《せき》も出始めた。医者はただの風邪だと言っていたが……」

「薬草を売りつけておきながら、その世話になることもほとんどなかったジゼルがねえ。長く生きると稀有《けう》な事態に遭《あ》うものだわ」

そう笑いながら薬瓶《くすりびん》を並べる手を再開したレオドーラに、やきもきしながら続ける。

「本人は滅多に風邪など引かないからだと言うが、とても辛そうで見ていられない。何かいい薬はないか？」

「でも医者から薬はもらったんでしょう？」

「ああ。これなんだが……」

持って来ていた薬を見せると、レオドーラは軽く頷く。

「これね。解熱と、咳を抑《おさ》える効果もあるし、もう効いてる頃《ころ》よ。帰ったら案外けろっとしてるんじゃないかしら」

「だが、昼になってまた熱が上がったんだ。夜は熱が上がりやすいだろう？　何かあったら」

「あの子なら馬鹿《ばか》みたいに体力もあるし、心配いらないと思うけど。食べられるものを食べさせて、しっかり水分をとって寝《ね》ていることね」

「普通、熱があるとよく眠るものではないか？　家を出るときにやっと眠りについたくらいで、それまで体が辛《つら》くて眠れないようだった」

「あの子なら熱を出したくらいじゃ死なないわよ。腎臓《じんぞう》だって一つくらいなくても平然としてそうだし。いや腎臓はいらないけど」

そう言いながらレオドーラは薬瓶を並べる手を止め、クアンツを振《ふ》り返る。

「何でそんなに心配するわけ？　あんたにとって、ジゼルなんて突然《とつぜん》押し付けられただけの何を考えてるかもわからない面倒《めんどう》な妻でしょう。これで死んでくれたら助かるじゃないの。自分に都合のいい相手を妻に選び直せるんだから」

「そんなことは考えたくもない！」

「だから何でよ」

「ジゼルでなければ嫌だ」

きっぱりと、ただそれだけを返せば、レオドーラは面食《めんく》らったように目を見開いた。

「……それだけ？」

「ああ」

「なんとも説得力のある『それだけ』ね」

呪《のろ》いを解くため試行錯誤《さくご》する相手も、お茶をしながらその日の他愛《たわい》のないことを話す相手も、ジゼルだから向き合おうと思えるし、その時間が心待ちにもなるのだ。

犬の姿で共に食事をすることに抵抗《ていこう》がないのも、全部ジゼルだから。

他《ほか》の誰《だれ》かとそんな時間を過ごすなんて嫌だし、何よりジゼルが死んでしまうなんて考え

たくもない。

妻はもうジゼルの他にはいらない。

ジゼルがいいのだ。

「自分のために協力してくれる人なら誰でもいいのかと思ってたけど。そういうわけじゃないのね」

レオドーラは小さく呟《つぶや》くと、今度は棚《たな》から薬瓶をいくつか取り出して見比べ始めた。

「熱が出たきっかけは？　薄着《うすぎ》をしてたとか、お腹《なか》を出して寝てたとか。あとは症状《しょうじょう》だけど、熱と咳だけ？　他に変わったところは？」

「昨日、学院で池に落ちたんだそうだ。すぐに事務室でタオルと着替《きが》えを借りたと言っていたし、帰ってきたときはいつも通りの様子だったが、今朝熱が出てしまった。今のところジゼルは熱と咳だけだと言っているが、一度も起き上がろうとしないから体が辛いのだと思う。薬は飲んだが、食事も摂《と》れていない」

「はあ？　何があったら池なんかに――？　まったく、相変わらず突拍子《とっぴょうし》もないわね。落ち着いてるようで無駄《むだ》に行動的すぎるのよ」

レオドーラは背中を向けたままぶつぶつ呟き薬瓶を一本選ぶと、テーブルの上にことりと置いた。

「それならこっちの薬のほうが効くかもしれないわ。一日に三回。一回に二匙《さじ》、その後は必ずコップ一杯《ぱい》の水も飲ませてね」

続けて、引き出しから油紙に包まれた何かの葉のようなものを取り出す。

「咳がひどくてうまく飲めないなら、これを喉元《のどもと》に貼《は》って。少し強い薬だから、咳が治まったらすぐ剝《は》がすのよ」

「助かる。支払《しはら》いは――」

「結婚《けっこん》祝いにあげるわ。いい？　元気になっても顔を見せに来たり、間違《まちが》っても恩返しに来たりなんてしなくていいからね？　私と世界の平和のためを思うなら、遠くで夫婦仲睦《ふうふなかむつ》まじくイチャコラと元気にしててちょうだい」

面倒そうに言い、後は棚の整理に戻《もど》ってしまった。

もしかしたらいきなりジゼルの夫となった人間を、レオドーラなりに測っていたのかもしれない。

ジゼルは突飛《とっぴ》な言動も多く、驚かされてばかりだが、同時に人を惹《ひ》きつけるから。

自然と口元が緩《ゆる》み、深く頭を下げた。

「恩に着る」

クアンツは「はいはい」というレオドーラの返事を背後に聞きながら白木の扉をくぐり、一刻も早くジゼルのもとへ帰ることだけを考え、一心に駆《か》け出した。

だから。

「前回はちゃんと撒《ま》いてきたみたいだけど。よっぽど慌《あわ》ててたのね。面倒なものを連れて来てくれちゃって――」

そうレオドーラが呟いたことには気づかなかった。


「ジゼル、レオドーラの薬だ」

「ええ……苦いから嫌《いや》です」

「子どもか」

「薬ならさっき飲みましたし嫌です」

「高熱のあまり幼児退行しているな？」

「ばぶう……。起きるのも怠《だる》いんですよ」

返したい言葉が三種類くらい一気に喉元に詰《つ》まる。

「体を起こすぞ」

ジゼルがぶすりと唇《くちびる》を突《つ》き出したのを無視して背中の下に手を差し入れると、ベッドとの間にとてつもなく熱がこもっていたことがわかる。まだ相当熱が高いのだろう。ジゼルは体を起こしたものの、うつらうつらとしている。

「薬だけ飲んだらまた寝ていていいから、少し頑張《がんば》ってくれ」

「やだ……」

力の抜《ぬ》けたそんな声でそんなことを言われて一瞬《いっしゅん》意識が宇宙まで彷徨《さまよ》い出たが、どうせ熱が冷めたら覚えていないのだろうと思うと冷静になり、黙《だま》って薬の準備を始めた。だがその間に、起こしたはずの体が再びベッドに綺麗《きれい》に寝ていた。

「こら」

「大丈夫《だいじょうぶ》です。こう、薬の空気を吸い込むことによってたぶん治りました」

言っていることは支離滅裂《しりめつれつ》だが、子どもの頃からきっとこんな感じだったのだろうなと少しだけ苦笑《くしょう》する。

「頼《たの》むから飲んでくれ」

「寝ました。ぐう」

「起きてるな。はっきり起きてるな。たった二匙だ、すぐに済む」

再びむうと唇を突き出したジゼルは、両手をすっと天井《てんじょう》に伸《の》ばす。その意味を正確に捉《とら》えたクアンツは、片手で腕《うで》をとり、背中を支え起こした。

しかし体を起こすとジゼルは咳《せ》き込んでしまい、なかなか治まらない。

「先にこれを喉《のど》に貼ろう」

「嫌です。得体が知れなくてこあいです」

うまく口が回っていない。

やはりこのまま放《ほう》ってはおけないと、クアンツは問答無用でレオドーラに教わった通り喉元に葉のようなものをぺたりと貼りつけた。

「——冷たいです。これ嫌……」

こんなに嫌々ばかりのジゼルは本当に初めてだ。

貴重なものを見るような気持ちだが、不安になる。

口に出さないだけでいつも我慢《がまん》しているのではないか。

具合が悪くなり、それが表面化しただけなのではないか。

しかし嫌と言いながらジゼルは剥がそうとせず、大人しくしていた。

本当に子どもみたいだ。「俺の妻がひたすらに素直《すなお》でかわいい」と全力で叫《さけ》びたいが、相反して誰《だれ》にも見られたくはなく、うずうずするのをじっと堪《こら》える。

「そろそろ咳《せき》も治まったか？」

「スースーします」

言いながら、ジゼルは何度かふんすと鼻と口で呼吸をした。葉を剥がしてやると、興味深げにそれを目で追っている。

「ではこれを」

言いながら薬を掬《すく》って匙をジゼルの口元に運ぶと、あーんというようにぱかりと開く。

かわいいか。と心中でぐっと堪えながら、平常心を保ち口の中に匙をそっと差し入れる。

ぱくりと口を閉じたのを見計らって匙を引き抜くと、こくりと喉が上下し飲み込んだのがわかった。

「もう一度だ」

苦かったのか、うぇぇと顔を歪《ゆが》め、じっとクアンツを睨《にら》むように見たまま口を開かない。

「無理矢理《むりやり》飲ませるぞ」

「嫌です」

口をへの字に曲げていたが、観念したのかそっと口を開ける。

いちいちかわいいしかないと真顔になりながら、再び匙を差し入れるとなんとか飲み込んでくれた。

「では寝《ね》ます」

しかし、匙を置いている間にジゼルは再びぱたりとベッドに横になってしまう。

「まだ待て。水を飲まなければ」

「後ででいいです。疲《つか》れました」

やはり熱が高く辛《つら》いのだろう。かわいいを押し殺している場合ではない。

「コップ一杯でいいんだ。これだけ飲んでくれ」

しかしジゼルは小さくふるふると首を振《ふ》るだけで起きようとはしない。

「無理矢理飲ませるぞ。いいのか？」

今度はやれるものならやってみろとばかりに微動《びどう》だにしない。

それならと、代わりにコップの水を口に含《ふく》むと、ジゼルがふっと笑った。

「口移しですか？　王子様みたいですね」

王子などではない。クアンツには寝込むジゼルに無理矢理薬を飲ませるようなことしかできないのだから。

レオドーラのように薬を作れるでもなく、ただおろおろと駆け回るしかできない自分がもどかしくてたまらない。

クアンツはジゼルの耳元に手をつくと覆《おお》いかぶさるようにして、笑《え》みを象《かたど》る口に水を流し込む。

ジゼルがほうっと息を吐《は》いた。

「――おいしい」

触《ふ》れた唇はレオドーラの苦い薬の味がした。水を飲めばその苦みも薄《うす》れるだろう。

「……まだ水は残っている」

クアンツは再び口に水を含むと、ジゼルの口元に寄せた。

渇《かわ》いているのか、必死に水を飲み込もうとするジゼルに、少しずつ水を運び込む。

それをこくり、こくり、と音をさせて飲み込むのが、たまらなく愛《いと》しい。

「もっと」

乞《こ》われるままに水を流し込む。

むせてしまわないように、そっと。

もっとと乞うように、熱い手がクアンツの頬《ほお》に触れた。空になった口内をジゼルの舌が水を求めるように彷徨い、クアンツの唇に触れる。

びりりと電流が流れたように背に痺《しび》れが走り、一瞬何も考えられなくなるが、クアンツは無心で水を与《あた》え続けた。

コップの水が空になると喉の渇きも落ち着いたのか、ジゼルが満足そうに息を吐き出す。

そっと離《はな》れた手に寂《さび》しくなりながらも体を離すと、クアンツはジゼルの頭をさらりと撫《な》でる。

ジゼルは気持ちよさそうに目を閉じ、やがてすうすうと静かな寝息を立て始めた。

夕方目覚めた時にはすっかり熱も下がり、「治りました。完全体です」といつものジゼルに戻《もど》っていて。

どうやら先程《さきほど》のことは何も覚えていないらしい。

ほっとしたような、残念なような。いや。覚えていなくてよかったのだろう。

いつか熱のせいではなく、自分に甘えた姿が見たい。

翌日には咳も出なくなったものの、念のためと二日はベッドにこもらせた。既《すで》に元気であると主張するジゼルは不満そうではあったが、心配だからと頼み込むとしぶしぶ従った。

だからもちろん、口づけはもうずっとしていない。

なんとなく落ち着かない気がするのは、毎日の習慣となっていたからだろう。当たり前が当たり前ではなくなったから、そわそわするのだ。

とはいえ、今はそんな場合ではないし、ジゼルの体調が一番だ。

寂しくはない。全然、寂しくなんてない。

こうして快復したジゼルと久しぶりのお茶を飲んでいても、唇《くちびる》ばかり見てなどいない。いつ再開すればいいのだろうかとか、自分から言い出してもいいのだろうかとか、そんなことで悩《なや》んでなんていない。全然、まったく。もちろんだ。

我慢なんて全然していない。

そう自らに言い訳をしながら、ふと思い出してジゼルに顔を向けた。

「ジゼル。急に公爵《こうしやく》夫人としてこの家に来ることになり、見も知らぬ人間が夫となったわけだが、いつも我慢しているのではないか？　嫌《いや》なことを嫌と言えずにいるのでは……」

「この私が黙《だま》って不快な現状に甘んじているとお思いですか？」

「……だが、しかし」

「王太子殿下《でんか》にも盾突《たてつ》いた私にそのような心配をされるとは、本当に優《やさ》しい方ですね」

そうだった。だがきっと、優しさとは少し違《ちが》う。ジゼルのことになると、あれこれ考えてしまうのだ。

「何故《なぜ》急にそんなことを？」

「いや、風邪《かぜ》の時に薬を嫌がり、あれも嫌、これも嫌と言っていたから。あれが本来のジゼルなのかと」

「まったく記憶《きおく》にありませんが、完全に風邪がなした所業です」

先日挨拶《あいさつ》を済ませたジゼルの父も言っていた。子どもの頃《ころ》から意思がはっきりしていたわりに、あまり不満を言うことなく、むしろどんどん前向きに解決するよう動く子だったそうで、容易に想像ができた。

だがだとしたら、親もジゼルのあのような姿を見たことはないのだろうか。

そう思うとどこかほくほくとしたものが胸に湧《わ》く。

「そういえば。風邪を引いてすっかり中断していましたが、口づけはまだ数日はやめておきましょう」

突然《とつぜん》気にしていた話題を振られ、しかもそれが思っていたのとは逆方向で、たじろがなかったわけがない。

「あ、いや、それはまあ……」

「元気になったとはいえ、まだ体の中に悪いものが残っていないとも言い切れませんので」

確かに体の中のことは見えない。だがまさか既に深く口づけているから関係ないとは言えない。

あまり言い募《つの》ると口づけがしたくてたまらないように見えてしまうが、肯定《こうてい》もし難《がた》く口をもごもごさせる。

「しかし、だな……」

「一日でも早く呪《のろ》いを解きたい気持ちはわかりますが、公爵様が病に倒《たお》れては大変です」

「いや、俺の心配など不要だ」

キリッと言ったものの、やはり軽率《けいそつ》だったなと反省する。

たとえクアンツが熱を出してもただの自業自得《じごうじとく》だが、ジゼルはうつしたと思い自分を責めるだろうし、口移ししたとわかればなおさらだろう。何故自分を大切にしないのかと怒《おこ》る姿が目に浮《う》かぶ。

そんなクアンツが呪いを解きたくて焦《あせ》っているように見えたのだろうか。ジゼルが「それなら」と思いついたように声を上げる。

「魔女《まじょ》は心から愛する人が口づければいいと言っていただけで、口に、とは言っていませんでしたし。試《ため》してみます？」

どういうことかと理解が追い付く前に、慌《あわ》てていたクアンツは「ああ」と答えていた。

「では」

そう言ってジゼルは立ち上がるとクアンツのもとまで静かに歩き、身を屈《かが》めるようにしてそっと手を取る。柔《やわ》らかな唇が指の背に触れると、痺れるような感覚が腕《うで》を伝って心臓をぴりぴりと震《ふる》わせた。喉元《のどもと》が詰《つ》まったようになり、一瞬《いっしゅん》で熱が頰へと這《は》い上る。

指には何か特別な器官でもあるのだろうか。ただ唇が触れただけなのに、全身が脈を打つようで、正常に物が考えられなくなる。

「ゆ、ゆび、ゆび……！」

「そうですね。確かにこれだと忠誠を誓《ちか》うなど、意味合いが変わってしまいます。別の場所にしましょう」

そう言ってジゼルがクアンツの椅子《いす》の背もたれに手をかけ、口づける場所を探すようにゆっくりと迫《せま》る。

何故男である自分が迫られているのか。いや、子どもの頃からそういうことはあるにはあったのだが、あの時はただひたすらに恐怖《きょうふ》と嫌悪《けんお》感《かん》しかなかった。

だが今は何だか倒錯《とうさく》的なこの状況《じょうきょう》に胸がバクバクとうるさく、そのくせ体は逃《に》げようとしない。こんなことはジゼルだけで、どうしたらいいのかわからず動けないまま。

「顔は避《さ》けるとして、肌《はだ》が出ているところというと、首くらいですね」

——首。首にあの柔らかな唇が触れたら——。

思わず想像してしまった瞬間、触れられてもいないのに首にぴりりとした痺れが走り、たまらず頽《くずお》れた。

「公爵様？」

クアンツが椅子からずり落ちそうになったせいで、ジゼルが耳元に囁《ささや》くような格好《かっこう》になったのが追い打ちとなった。

思わず腕で顔を覆ったが耳は当然収まりきらず、いつまでも痺れが残っている気がする。

「いや、今日はもう……」

「そうですね。首は気道と近いですし、やはり今日は自重しておきましょう」

そう言われて、ほっとしたはずなのに。

何故だろう。気づけばクアンツの手はジゼルの柔らかそうな唇に伸《の》びていた。

親指でふにりと触《ふ》れると、もっと触れたくなって慌てて手を下ろした。

その滑《なめ》らかな頬《ほお》に触れたい。その華奢《きゃしゃ》で折れてしまいそうな体をそっと抱《だ》きしめたい。

口づけは呪いを解くために始めたことなのに。触れたって呪いなど解けないのに。

「何かついてました？　取っていただいてありがとうございます」

「――」

今は理由がなければ触れられない。そんな関係がもどかしい。

この焦《こ》がれるような苦しさはきっと、ただ触れるだけでは消えないだろう。

そこにジゼルの心がないから。
ジゼルの、心が欲しい。
強く、強く、そう思った。

第五章　触れるほどに、深まるほどに

柄《がら》にもなく風邪を引くなんて。

うっすらと覚えている。心配そうに私を見守る橙色《だいだいいろ》の瞳《ひとみ》。レオドーラの薬なんて苦いことがわかりきっているのに、飲めと迫るから嫌だなと思ったこと。必死に助けようとしてくれるその姿が王子様みたいだと思ったこと。

使用人なんてほとんどいなかったし、家族も領地やら何やらで手一杯《ていっぱい》だったから、自分のことは自分でしてきたし、これまで誰《だれ》かに助けを求めたことはなかった。

公爵様いわく、私があれこれ嫌がっていたらしいが、どこかに出かけていたらしい公爵様が帰ってきたと思ったらとても安心したせいで甘えが出てしまったのかもしれない。

とにかく喉《のど》が渇《かわ》いていたことは覚えている。水を飲みたいのに思うように体が動かないのがもどかしくて。とにかく頭も体も重くて怠《だる》くて、すべてが嫌になり、誰かなんとかしてくれと丸投げするように思っていたら、水がするりと喉に流れ込んで心地《ここち》よかった。

もっとと思うとその意図を汲《く》んだようにまたゆっくりと、少しずつ水が流れ込んで、苦しかった咳《せき》も治まり、やっと人心地《ひとごこち》ついた気分だった。

あれを公爵様が口移しで飲ませてくれていたなんて、そんな気がするのはさすがに妄想《もうそう》だ。そう思わなければ顔を合わせられないから、そういうことにしておこう。

公爵様には心配をかけてしまって申し訳なかったと心から思っている。

夜中に目を覚ました時、白いもふもふの子犬のうるうるとしたつぶらな瞳がこちらをじっと見ていて、申し訳ないと思うと同時にひどく安心した。

体調が悪いと、一人ではないことがとても嬉《うれ》しいものらしい。

ただ、それがロバートや侍女《じじょ》たちだったとしたなら。きっと、ひたすらに申し訳なく思っていただろうし、そのことでとても居心地《いごこち》が悪かったのではないかと思う。

公爵様《こうしゃく》にも申し訳なく思うのは確かだが、それを超《こ》えて、傍《そば》にいて欲しいと思った。

うまく言葉にできず、白いもふもふの頭を撫《な》でると、顎《あご》を私の布団《ふとん》の上にぽすんと乗せ、「早く元気になってくれ」と呟《つぶや》いた公爵様に何と返したのかは覚えていない。

後からロバートに聞いたのだが、公爵様の母親は病で亡《な》くなったのだそうだ。それを思い出し、不安にさせてしまったのかもしれない。

今後は体調には気を付けよう。そう心に誓った。

あと、溺《おぼ》れている人を見かけたときは自分も一緒《いっしょ》に水に入ったりせず、助けを呼ぶか救助道具を投げ入れるようにしよう。たとえどんなに浅く溺れるわけがないような池であっても。

もうあんなに心配そうな公爵様の顔は見たくないから。


そうして学院に復帰すると、マリア様は相変わらず元気でぴんぴんしていた。すごい。

一部では私がマリア様を池に突《つ》き落としたという噂《うわさ》が流れていたが、温室を管理している学院の教師が近くで見ていたから助かった。慌てて事務室からタオルを持ってきてくれたり、マリア様を叱《しか》ってくれたりといろいろ世話を焼いてくれていたのだ。

それでちょっとした騒《さわ》ぎにもなっていたため、真実を知っていた人が何人もいたからあちこちからすぐに訂正《ていせい》が入り、結局マリア様がまたやらかしたという事実通りの評判に落ち着くのはあっという間だった。

しかし私を気に入らない令嬢《れいじょう》の群れは引きも切らない。

「何故《なぜ》あなたなんかがシークラント公爵閣下と結婚《けっこん》を？　私に譲《ゆず》りなさい！」

と言われても、私の一存でどうこうできるわけもないのだが、とにかく思いと言葉をぶつけなければ済まないらしい。

そもそも、これまで誰がシークラント公爵に嫁《とつ》がされるのか、怯《おび》え、なすりつけあっていたというのに、この手のひら返し。

そんな風に流されまくる人たちといちいちまともにやり合っていてはキリがない。

そう判断した私は逃げることにしたのだが、その隙《すき》すら与《あた》えられなかった。

「ジゼル様。少々こちらにいらしていただけますか？」

誰だっけ。きれいに巻いた髪《かみ》を手でぷりんと払《はら》い、居丈高《いたけだか》に見下ろす令嬢は五人も取り巻きを連れている。

「ご用件は？」

「お心当たりはおありでしょう？　いいから早くこちらに」

「何故行かなければならないのでしょう」

「あなたはしがない貧乏伯爵《びんぼうはくしゃく》令嬢。私に逆らえるとでも？」

ということは、誰だか知らないがよほど家柄《いえがら》にだけ自信がある人なのだろう。

「今は公爵夫人ですが」

逆撫《さかな》でしてでも抵抗《ていこう》するか、黙《だま》って従うか悩《なや》んだ末に前者を取った。

「ですから、それが不当だと申し上げているのです!!」

結果、髪の毛が逆立つのではないかと見守ってしまうほど、令嬢は顔面を怒《いか》りでいっぱいにした。

このまま意地でも教室に居座ることはできたけれど、周囲の心配そうなハラハラとした視線と「またか……」というやや疲弊《ひへい》した空気に重い腰《こし》を上げる。

罪もない彼女たちを巻き込むわけにはいかない。

直接的には害がないとはいえ、何度もこういうやり取りを目の前で繰《く》り広げられるのは疲れるものだ。

「どちらに行けばよろしいのでしょう」

「いいから黙ってついておいでなさい」

親玉らしい令嬢がきれいに巻いた髪をぷりんと靡《なび》かせ、先に立って歩く。その後に私が続けば、その周りを取り囲むように令嬢たちも揃《そろ》って移動する。まさに『取り巻き』だ。

しかし、いちいちこんなやっかみに付き合う義理はない。

この方向は、中庭へと向かっているのだろう。だとしたら、今のうちに逃《に》げ出したほうが隠《かく》れる場所があるから体力を使わずに済む。

そう考え、私は予備動作もなく一気にだっと駆《か》け出した。

囲んでいた令嬢のことなど知るものか。強引《ごういん》にその隙間《すきま》を突破《とっぱ》し、猛然《もうぜん》と走り続けると、背後から虚《きょ》を衝《つ》かれたような「あっ」「え？」という短い悲鳴が遅《おく》れて聞こえた。

「こら！　お待ちなさい！　あなた、急になんてことを……！」

そちらこそ、人前で説明もできないようなことをしようとしていたくせに。

親玉が悪役らしく「逃がすんじゃないわよ！」と取り巻きに命令したものの、そんじょそこらの令嬢が私の足についてこられるわけがない。

そもそも彼女たちが他人のために本気で走るわけもない。スカートをちょこんとつまんだ令嬢たちは必死に走る素振《そぶ》りだけみせ、実際その足はさほど忙《いそが》しく動いていないのが振《ふ》り返った私にもわかる。

勝ったな。

確信した私の耳に「ジゼル殿《どの》。こちらへ！」と誘《いざな》う声があった。知らない声だ。

自然と無視するとちっ、と舌打ちが聞こえ、私の左腕《ひだりうで》が強引に引っ張られた。

前方向に進んでいた力をいきなり横方向に持っていかれたらそりゃ体勢を崩《くず》す。

だが相手は自分の想い通りにならなかったからと言って舌打ちをし、意に染まぬのに強引なことをするような相手だ。死んでも「きゃっ」ぽすん！　なんてことにはなりたくなかった私は、ぎゅっと左足で踏《ふ》ん張り、辛《かろ》うじて倒《たお》れ込むことだけは避《さ》けた。

引っ張りこまれたのはがらんとした空き教室で、誰かが潜《ひそ》んでいるような気配はない。

勢いで摑《つか》まれた腕を外し、距離《きょり》を取って正対すると、その顔を見て一瞬《いっしゅん》で全身を警戒《けいかい》させた。

「やあ、危ないところだったね」

さも乙女《おとめ》の危機を救った勇者のような爽《さわ》やかさだが、こんなに都合よく待ち構えられていては雰囲気《ふんいき》で騙《だま》されるわけがない。

「そうですね。いきなり腕を摑まれて顔面をすりむいてしまうところでした。大変危険な行為《こうい》でしたので、金輪際ご遠慮《えんりょ》いただけますか？」

「ははは！　噂通り、とても面白《おもしろ》い人だ」

ぴきり、とこめかみが引きつるのを止められない。

長い前髪《まえがみ》をふぁさりと払い、ゆったりとした笑《え》みを浮《う》かべているのは、マリア様の婚約者であるジョシュア様。対面してわずか数秒だが、敵として接することに決めた。

「何故ハーバート卿《きょう》がこちらに？」

「ジョシュアと呼んでくれていいよ。騒ぎが聞こえて、何事かと覗《のぞ》いてみたら追われていたから。間一髪《かんいっぱつ》だったね」

それは確かに大きな騒ぎではあったが、胡散臭《うさんくさ》いことこの上ない理由だ。

あまりに生温《なまぬる》い追跡《ついせき》だったから助けなどなくとも逃げ切れたし、ありがた迷惑《めいわく》でしかないから、助けたという状況《じょうきょう》を作りたいだけだろうと思ってしまう。

「前から君のことは気になっていたんだ。ぜひ話してみたいと思ってね」

「お話であればこのような場所ではなく、ふさわしい場所があるかと思いますが。それと、ハーバート卿にはマリア様がいらっしゃいます」

「婚約者とだけ話していても見聞は広がらないよ」

「それが他人の妻である必要性は？」

「そんなことは関係ないよ。君自身に興味があるんだ」

立場を度外視して無遠慮《ぶえんりょ》に近づくということは、私自身に幸があろうが不幸があろうが関係ないと思っているということだ。だって立場は必ず人について回るものであり、それは私に跳《は》ね返ってくるものなのだから。

たとえばこんなところに二人でいるところをマリア様に見つかりでもしたら、私はますます敵認定《にんてい》されるだろう。今私を追い落とそうとしている人にとっても、いい攻撃《こうげき》材料になる。

「興味が理由でしたら、私にはジョシュア様への興味がありませんので失礼いたします」

くるりと背を向けたら肩《かた》を摑まれぐるんと元に戻《もど》された。

何をする。

「それならこう言おう。私たちは同じなんだよ。私なら理解できる。だからこそ、家の都合に巻き込まれてこんなことになっている君を見捨ててはおけないんだ」

「安い常套句《じょうとうく》ですね」

「そう聞こえるかもしれない。だがそうじゃないんだ。君は貧乏な実家に援助《えんじょ》してもらうため、仕方なく悪評高い公爵と結婚するしかなかった。そうだろう？　公爵も選《え》り好みできず、降って湧《わ》いた縁談《えんだん》に飛びつき、必死に慣れない笑顔を振りまいて見せているようだが、そんなものは長続きしない。跡継《あとつ》ぎさえできれば、君は用無しになるのだから」

公爵様が選り好みできなかったというのは、彼が思うよりよほど真実である。呪《のろ》いが解ければ私など用無しというのも確かだ。だって公爵様は私を愛する必要はないのだから。

だがこの人は何もわかっていない。

「公爵様は跡継ぎが必要なのに人が寄り付かなくなるようなことを公言し、いきなり押しかけた妻との関係も良好に保とうとしているような不器用な人です。ですから用無しになったとて一度妻となった人間を放《ほう》り出すなんて、器用に割り切れる人ではありません」

あんなに純粋《じゅんすい》な瞳《ひとみ》で『妻との間に真実の愛を探す！』とか言ってた人が、しかも己《おのれ》の天使ぶりに襲《おそ》い掛《か》かられ人間不信になっている人が、そんな器用に妻をとっかえひっかえできるわけがない。

「だが君もいきなり塩公爵の嫁になんてされて、困っているだろう？　さっきだって大変な目に遭《あ》っていた」

「困ったことも、先程《さきほど》大変な目に遭ったことも事実ですが、それは私自身の問題であり、ハーバート卿には関係のないことです」

「私なら助けてあげられるよ？」

にっこりと、と形容したらいいのだろうか。だが『にこやか』とは言い難《がた》い笑みだった。

本人はきらきらとした笑顔のつもりなのだろうけれど、胡散臭《うさんくさ》さしか感じない。

偶然《ぐうぜん》を装《よそお》って助けたり、『私だけが理解できる』と寄り添《そ》うふりをしたり。そんな言動は、信頼《しんらい》させて何かしようと企《たくら》んでいますと言っているも同じだ。

しかし、マリア様は私が敵で公爵《こうしやく》様の味方という口ぶりだったのに、ジョシュア様はその逆だというのがまた解《げ》せない。

マリア様の言動から裏にジョシュア様がいるのだろうと思っていたけれど、もしかしてそれぞれの思惑《おもわく》で動いているのだろうか。

目的はわからないが、マリア様もジョシュア様も私に対する善意で動いているとは到底《とうてい》思えないし、こんな怪《あや》しげな手を取るわけがない。

「必要ありません。失礼いたします」

きっぱりと断り歩き出すと、腕をぱしっと掴まれた。先程のように咄嗟《とっさ》に振りほどこうとしたが、力が強く、動かせないことにまた腹が立つ。

「これまで誰《だれ》かに助けられたことがないからすぐには信じられないのかもしれない。だけど君のことを心から案じている人間がここにもいると知っておいてほしい」

言葉だけを聞けば大層な決め台詞《ぜりふ》かもしれない。孤独《こどく》に生きてきたヒロインならば一言で落ちもするだろう。

だが。

「間に合っています。私には心から心配してくださる旦那様《だんなさま》がおりますので」

ジョシュア様から見ればいつも怖《こわ》い顔をしている私のような人間は孤独に見えたのだろうけれど、見当違《けんとうちが》いだ。

私には家族も友人もいる。

何よりも、公爵様がいる。助けてもらうなら公爵様がいい。

「だが私なら、せめて命は助けてあげられるはず――」

不穏《ふおん》な言葉で不安を煽《あお》りたいのだろうが、目的が透《す》けて見えるようなそんな言葉に揺《ゆ》らぎはしない。目の前にいる私をまるで見ていない、独善的で、上滑《うわすべ》りした会話など時間の無駄《むだ》だ。

私は肩から腕をぶぉんと回して掴まれた手を思い切り振りほどくと、全速力でその場から走り去った。

触《ふ》れられたところがひどく不快で、拭《ぬぐ》い去りたくてたまらない。ジョシュア様は確かに胡散臭いが、嫌《きら》うほどよく知りもしないし、そういうことではないのだが。

あの優《やさ》しい手の温《ぬく》もりに慣れてしまったせいだろうか。

早く家に帰りたい。そう強く思った時、自然と頭に描《えが》いたのは公爵家で。いつの間にか私の家はちゃんと公爵家になっていた。

そして何よりも、そこで待っているだろう公爵様に会いたくてたまらなかった。

その後も大きな好奇《こうき》から小さな悪意まで様々に向けられ、ノアンナ様も奮闘《ふんとう》してくれたけれど躱《かわ》しきることはできず、私はぐったりとして帰りの馬車へと向かった。

そこでまた信じられない人が信じられないことに私を出迎《でむか》えたのである。

「公爵様……。お迎《むか》えにいらっしゃらなくて大丈夫《だいじょうぶ》だとお伝えしたはずですが」

驚《おどろ》いた。驚いたけれど、自然と肩の力が抜《ぬ》けたのがわかった。

「すまない。どうにも様子が気になってな」

「大きな問題はありません。さすがに人目のあるところで公爵夫人を害そうとする者はおりませんので」

ジョシュア様以外にも、足をひっかけられるとか、髪《かみ》を引っ張られるとか、因縁《いんねん》をつけられ囲まれるとか、今日一日でも面倒《めんどう》なことはたくさんあったけれど、今ここで話さねばならないようなことはない。

だが公爵様は何を感じ取ったものか、むっと眉間《みけん》に皺《しわ》を寄せた。

「何かはあったわけだな？」

「まあ、それは」

ますます眉間に皺が寄り、公爵様が何か言いかけた時だった。

「クアンツ様！」

親しげに呼ぶ甲高《かんだか》い声が聞こえ、ぎょっとして振《ふ》り向くとそこにはきらきらの笑みを浮《う》かべ、ツインテールをぷりんぷりんと揺らしながら駆《か》け寄る姿があった。

「マリア様……」

もうお腹《なか》いっぱいである。

だが。それ以上私が口を開く必要はなかった。

「クアンツ様、私、」

「うるさい。私に触れるな」

ビリッと空気が震《ふる》えるような、低く怒気《どき》を孕《はら》んだ声だった。

マリア様は用件すら伝えることもできないまま言葉を奪《うば》われ、公爵様の腕《うで》に抱《だ》きつきかけていた体はびくりと跳《は》ねて二歩、三歩と下がった。

「ジゼルを害そうとしたのはおまえか？」

「いえ、いえ、そんな——！　池のことでしたらあれはただの事故で、そもそも私はただ、クアンツ様のためにと」

「私の名を呼ぶことを許した覚えはないのだが、どういうつもりだ？　まさか、ジゼルなどやめて自分を嫁《よめ》になどとは言うまいな。覚えているぞ。おまえはいつぞや仕方なく出席した舞踏会《ぶとうかい》で、私を見るや否《いな》や脱兎《だっと》のごとく逃《に》げ出しただろう。嫁にと望まれては困るとばかりにな」

口をはくはくとさせたマリア様の顔がさあっと青ざめていく。

「それと、婚約者《こんやくしゃ》がいたのではなかったか？　このような公衆の面前で、しかも妻と二人話しているところに割り入り、抱きつこうとする恥知《はじし》らずだとは、おまえの婚約者は憐《あわ》れだな」

侮蔑《ぶべつ》するような目でマリア様を見下ろした公爵様は、私の肩《かた》をぐいっと抱き寄せた。

「誰でも私の妻になれるなどと思い上がるなよ。私が心を許すのはジゼル一人だけ」

よく通る声ではっきりとそう宣言すると、公爵様は私に手を差し出した。

「ジゼル、手を」

公爵様は私の手を優しく引き、凍《こお》り付いた人々を置き去りにして馬車に乗せた。後に続くかと思った公爵様は何故《なぜ》か乗ってこない。

どうしたのかと身を屈《かが》めて外を覗《のぞ》くと、公爵様はこちらに背を向け、まるで一人一人を凍らせていくようにたっぷりと時間をかけて人々を睨《ね》め付けた。

「ジゼルに害を為《な》す者は何人《なんぴと》たりとも許さん。言動にはよくよく気を付けることだ」

低い声があたりにしんと響《ひび》き、居合わせた人々は固まった。身に覚えのある令嬢《れいじょう》は青い顔で震え、他人事《ひとごと》だとにやにやしていた令息たちは顔を強張《こわば》らせている。

それらを後目《しりめ》に公爵様が乗り込むと馬車は動き出した。

私はなんだか脱力《だつりょく》し、壁《かべ》に背をもたれてしまった。

「有無《うむ》を言わせぬとは。お見事でした」

「ああいう手合いの話は聞くだけ無駄だ」

さすが慣れているだけある。

しかし余波がすごい。心臓がばくばくとしてなかなか鳴り止《や》まない。あの中で顔を熱くしていたのは私だけだろう。

私を守るために言ってくれたのだということはわかる。それは私が妻になったからだということもわかっている。けれどいつまでも頬《ほお》の熱が冷めてくれない。

「マリア様のこと、ご存じだったのですね」

「知らん」

初めて私の方が戸惑《とまど》った。

「大体そこらの令嬢など同じようなものだろう」

確かにこの年頃《としごろ》であれば多くの令嬢には婚約者がいるし、人との距離《きょり》が近いあの感じでは社交場にもあちこち出向いていると察せられ、どこかで会っている可能性も高い。偶然《ぐうぜん》でも奇跡《きせき》でもなく、マリア様のあのわずかな言動から導き出された推察が寸分違《たが》わず一致《いっち》した形だ。

「顔色が悪いな」

感心していた私に公爵様が眉《まゆ》を寄せ、心配げに覗き込む。

人の悪意を連日浴び続けていたから、さすがの私も正直応《こた》えた。先程《さきほど》のマリア様のこともざまあと思うより、逃《のが》れられてほっとしてしまったくらいだ。

私が答えずにいると、公爵様《こうしゃく》はきっぱりと言った。

「もうよい。明日《あした》からは外へ出るな」

「それは過保護ですよ。公爵夫人として学ぶ必要がありますし」

「せめてほとぼりが冷めるまででいい。ジゼルが外に出ている間、心配で気が気ではない。これまで俺に近づいた女性はみな嫌《いや》がらせを受けていたが、今さらこんな悪評高い男の嫁になったところで妬《ねた》む者もおるまいと思ったのが甘かった」

そりゃあ、ちょっと微笑《ほほえ》んだだけであの威力《いりょく》だ。これまでの悪印象を一瞬《いっしゅん》で塗《ぬ》り替《か》えるのには十分だったことだろう。

「あとは機械的に受け流しますので大丈夫です。慣れていなかっただけですし、もう大体の手口は出尽《つ》くしましたので」

「まあ聞くまいとは思ったが。――わかった。だが、とにかく今は少し休むといい」

そう言って公爵様は私の隣《となり》に座り直すと、頭を抱き寄せ、肩にもたれさせた。

急な近さのせいか、馬車が小石を踏《ふ》んだからか、心臓が跳ねる。

「それほどのことではありません。大丈夫です」

「そんな顔色で言われても離《はな》すことはできない。少しでいい。目を瞑《つぶ》っておけ」

「……、ありがとうございます」

珍《めず》しく頑《がん》として譲《ゆず》らない公爵様に、大人しく目を閉じた。

するとすぐに頭の奥から重いものがやってきて、とろりとした眠気《ねむけ》に襲《おそ》われる。自分でも気付かないうちに疲《つか》れがたまっていたのかもしれない。

触れあうところからじんわりと伝わる温《ぬく》もりが、心地《ここち》いい。一瞬の間に体から力が抜けていく。

「次に俺がもうだめだと思えば否やはないぞ」

「……はい」

「学院でこうだとすると、社交界に出たらなおさらだな。早計かと時期をみはからっていたが、もはや一刻も早く手を打つか——」

公爵様は何かぶつぶつと言っていたけれど、私はあっという間に眠りに引きずり込まれてしまった。

翌日学院に行くと、視線は相変わらず感じるものの、攻撃《こうげき》されることはなくなった。

やはり公爵様は長年恐《おそ》れられてきただけあって、一言でも十分すぎる効果があったようだ。

温室で食事を終えた私に、ノアンナ様は言った。

「恐ろしい旦那様《だんなさま》を持ったものですわね」

「まあ、そうですね」

いろんな意味で。

「私、昨日の公爵様を見て、やっぱり公爵様は公爵様なんだと思いましたわ」

「どういうことですか？」

「あれほど恐ろしく怒《おこ》った顔など見たことがありませんもの。――それに、あちこちの家から悲鳴があがっていたようですわよ」

「え……？」

聞けば、いくつかのお屋敷《やしき》に学院から通達が届いたのだという。

内容は、『国王陛下への叛意《はんい》があるととれる言動は慎《つつし》むように』というもの。

大袈裟《おおげさ》に感じるが、王命で結婚した私を認めないとなれば確かにそういうことにもなる。

「無作為《むさくい》に届いたのではなく、的確に心当たりのある方のもとにだけ届けられたようで、それがなお恐怖《きょうふ》だったようですよ」

つまりは『おまえが学院で何をしているのか知っているぞ』と言っているも同じだ。

屋敷に届けられたということは両親もそれを知ることとなり、内容を見れば子どもがいかに愚《おろ》かな振《ふ》る舞《ま》いをしていたかと顔を青くしたことだろう。

どうりで攻撃がさっぱりと止んだわけだ。

おそらく学院を通じて公爵様が送ったものなのだろう。

私が報告していた内容を書き留めている様子はなかったけれど、しっかり把握《はあく》していた上に裏でそのような行動をとっていたとは思わなかった。

「愛ですわね」

戸惑う私に、ノアンナ様はふふっと笑った。

「人々の前で牽制《けんせい》するにも、通達のように陛下への叛意ありとみなすと脅《おど》せば早かったかもしれません。それがわかっていても、ジゼル様の前ではそれを理由としたくなかったのでしょうね。あの時語られた言葉は、ジゼル様に向けたものでもあったのかもしれません。ジゼル様への愛をとても感じましたもの」

「愛？　まだ知り合って日も浅いのに、そんなこと——」

だって、これまでの私のどこに公爵様が好きになるような要素があっただろうか。

引かれたり、恐《おそ》れられたり、怯《おび》えられたり。

期待されているのは感じるし、妻が私でよかったとは言われているが、それはまた愛とは別物だろう。そもそも、真実の愛をもって口づけをしなければならないのは私だけで、公爵様は私を愛する必要なんてないのだ。

「愛は理屈《りくつ》ではありませんのよ。時間なんて関係ありません。落ちる時は落ちるのです」

理屈ではない。そう言われると、どうしたら公爵様を愛せるかあれこれ考えていた私はどうしたらいいのかわからなくなってしまう。

私の顔を覗き込んだノアンナ様は少しだけ目を丸くして、それからふふっと笑った。

「きっと、ジゼル様も時間の問題ですわね」


話は遡《さかのぼ》り、マリア様やジョシュア様の強襲《きょうしゅう》があった日の夜のこと。

寝室《しんしつ》のベッドにちょこんと座った犬の姿の公爵様は、改めて学院であったことを話してほしいと言った。

つぶらな瞳《ひとみ》でやや眉を寄せたようなしかめ面《つら》で話を聞く犬の姿の公爵様はますますかわいいしかない。

「――というようなところで、大体の方はさほど気にすることもないと思うのですが、気にかかるのはお二方。まず一人目は、先程馬車の前に駆《か》け寄ってきた、マリア・アルターナ侯爵令嬢《こうしゃくれいじょう》です。私が親しくさせていただいているノアンナ様の妹で、お察しの通り自分の欲望に忠実な方です」

「だろうな。普通《ふつう》の令嬢であれば、妻の前であのような行動はとるまい」

「前から言動がわからないと思ってはいましたが、私に絡《から》んでくるのもどうにもおかしいと思い始めました。意図がさっぱり読めません。一人目が、その婚約者《こんやくしゃ》であるジョシュア・ハーバート侯爵令息です。私を助けるふりをして味方だと言って取り入ろうとしたようですが、こちらもその意図はよくわかりません。あるとすれば、公爵様とのつながりを求めてというところでしょうか」

さらに眉を寄せた公爵様の目がふわふわの毛にやや隠《かく》れ、その下からじっと私を見る。

「ジョシュア・ハーバートについては、俺が目当てではないのかもしれん」

「声をかけられたのは今日が初めてですから、『公爵夫人』となった私に用があったというのは確かかと思いますし、とすれば、その先には公爵様を見据《みす》えているはずです」

「何を話した？　一言一句覚えている限り教えてほしい」

私は頷《うなず》き、『ジゼル殿《どの》。こちらへ！』と言われて無視したら舌打ちと共に強引《ごういん》に腕《うで》を引っ張られたところから、『間に合っています』と私が駆け去ったところまで、記憶《きおく》を辿《たど》りながら報告した。

「気に入らんな」

聞き終えた公爵様はふさふさの腕を組み——いや組もうとして諦《あきら》めて、椅子《いす》に重ねられたクッションにもたれてきっぱりとそう言った。

かわいいしかないが、私も完全に同意だ。深く頷く。

「自分本位がまったく隠せていませんでした。それと、王太子殿下《でんか》が私と公爵様の結婚を声高らかに周囲に聞かせていた時、何やら眉《まゆ》を顰《ひそ》めて難しい顔をしていたのが気になっています」

「俺とジゼルの結婚が不都合ということか。やはりジゼルに好意があったのでは――」

「あの人は状況《じょうきょう》から私の立場を類推していただけで、私個人などまるで見てはいませんでしたから、それはないかと思います。ありうるとすれば、マリア様を貶《おとし》めた私が地位の高い公爵様と結婚したことを面白《おもしろ》く思っておらず、そこから引きずり下ろしたい、とかでしょうか」

終始にこにことしたその顔の裏に何らかの思惑《おもわく》を隠しているようだった。私の反応を見ながら出方を変えていたし、あれらの言葉に真意はないだろう。

「婚約者との仲はいいのか？」

「はい。マリア様はご両親にも甘やかされて育ったそうですが、ハーバート卿《きょう》もまた何でも言うことを聞いてしまうのだとノアンナ様が言っていました」

ただ、実際にジョシュア様と話してみると計算高さが見えたから、その話には違和《いわ》感《かん》があった。婚約者をただ甘やかせば自分とて害《がい》を被《こうむ》ることは容易に想像がつくはずだ。だとしたら何故《なぜ》マリア様を増長させているのか。

「ふうん……」

公爵様も考えこむように、ぷにぷに肉球を顎《あご》に当てた。

「ノアンナ様は最近マリア様がつけあがっているというようなことも仰《おつしや》っていました。先日の王太子殿下によるノアンナ様断罪劇も、物理的に裏に隠れていたのはマリア様ですが、けしかけたのは案外ハーバート卿なのではないかと」

「だが、わざわざ王太子殿下を使ってまで何がしたかったのかがわからんな」

「はい……。ただ、そのことに関してはもう一つ気になっていることがあります。王太子殿下の婚約者であるルチア様は聡明《そうめい》な方なのに、殿下が無実の、しかも一方的な断罪劇に至るのは違和感があります。その後、ルチア様は私に忠告までなさいましたし」

ルチア様との会話を思い出しながらあらましを話すと、公爵様は明らかに取り乱した。

「何故早く言わない？　それはジゼルが危険ということだろう」

「その後に殿下が私の結婚を言いふらしましたので、そのことによっていろいろなことが起こる……という忠告だと思っていたのです。申し訳ありません。確かによくよく考えると、もう大丈夫《だいじょうぶ》だと思うけど念のためだとか、他《ほか》に気にかかる言葉もあります」

「そうなってくると、ジョシュアの『命ばかりは』という言葉もただ動揺《どうよう》を誘《さそ》うためではなかったのかもしれないな。裏で何かが起きているということか……？」

公爵様はじっと考え込んでしまい、私はそういえば、と思い出す。

「先日ロバートに頼《たの》んでいただいた、王族や貴族の人間関係をまとめたものを受け取りました。先程《さきほど》ざっと目を通したのですが」

「何か気になることがあったか？」

「はい。こちらなんですが」

三枚の用紙を公爵様に渡《わた》そうとして持てないということに気づき、ベッドの上に並べて置いた。一緒《いっしょ》に覗《のぞ》き込むようにすると、一枚目には王太子の取り巻きに騎士《きし》団の若手実力者やルチア様の名前がある。

「あ。二枚目のこれです。不勉強で恥《は》ずかしい限りなのですが、ハーバート侯爵令息ジョシュア様が、第四位王位継承《けいしょう》権を持っていることを初めて知りました」

公爵様の次に高い第三位王位継承権を持っているのは、ハーバート侯爵だ。

「ああ……。確か先王の兄君がハーバート侯爵家に婿《むこ》に入ったのではなかったか」

「先王の……兄君、ですか」

王位継承権順位は先に生まれた子のほうが高いはず。それなのに弟が王になり、しかも新たに公爵位を賜《たまわ》るのでもなく侯爵家に入ったということは、何か事情があったのだろうか。

「ということはもしや、ハーバート侯爵が王位を狙《ねら》っている、とか」

本来ならそれほど高くない位置だったはずだが、第一王子と第二王子が亡《な》くなったためそこまで上がったのだ。第三王子は他国にやられていた上に阿呆《あほう》だし、公爵様は悪評もあり独り身だったからなおさら、次位であるハーバート侯爵にとっては王位が目と鼻の先で、欲が出てもおかしくはない。

そこに公爵様が私と結婚したことで一気にその立場を取り戻し邪魔《じゃま》になった、とか。

「しかし、だとしたらやっていることが生温《なまぬる》いような気がするが」

確かに、第一王子と第二王子は権力闘争《とうそう》により命まで失っている。なのに、公爵様の妻である私に対しても、胡散臭《うさんくさ》く味方であると強調するくらいのことしかしていない。

「もしかして、私を味方に引き入れたいのではなく、公爵様と離婚《りこん》させて再び王位から遠ざけるという狙いだったのでしょうか。マリア様をけしかけたのも結婚しているのが嫌《いや》になるように仕向けるためだったのかもしれません」

「だが王位を狙うならまず王太子殿下が邪魔なはず。それなのにマリア嬢を通して仲間に取り込んでいるのが不可解だ」

言いながら公爵様は何かに気づいたように顔を上げた。

「――ハーバート侯爵は宰相《さいしょう》を務めている。それならわざわざ王位を狙うより王太子に取り入ったほうが堅実《けんじつ》だ。だから殿下に次ぐ王位継承権を持つ俺を追い落とすことで忠誠を示し、よりその地位を盤石《ばんじゃく》にしようとした、とか？」

「確かに、それなら納得《なっとく》がいきますね」

言いながら、ふと思い出して気になった。

「そういえば……。あの日王宮に向かう時、馬車が賊《ぞく》に襲《おそ》われかけたのです。前日の騒《さわ》ぎの後に王家から呼び出されたとあって兄が警戒《けいかい》し、馬で並走していたために事なきを得たのですが。まさか、あれも意図的に私を狙ったものだったりは……しませんよね」

「そんなことがあったのか⁉」

「いえ、その後は危険な目に遭《あ》うようなこともありませんでしたし、貴族の馬車が狙われることもありますから偶然《ぐうぜん》だと思っていたのですが」

「王太子殿下に忠誠を示すくらいのことで命を狙うものか……。どうせなら俺や殿下を消して自分が王位に立つだろう」

「そうですよね。やはり私を狙う意味もないと思いますし、ハーバート卿がそこまでするようには思えません」

もしかしたら、他に誰《だれ》かの意図があるのかもしれない。

たとえば、王太子殿下とか。ハーバート侯爵家だって第三位と第四位の王位継承権を持っているのだから、親子がそれぞれの思惑を持っているとしてもおかしくはない。

「だがどこまでが誰の意図なのかわからない限り、気は抜《ぬ》けない。何かしらの思惑が働いていることは間違《まちが》いない、警戒を強めよう。学院には立ち入れんが、ジゼルにつけている護衛も増やす」

いつの間に私個人にまで護衛がついていたのかと思いながらも、はいと頷くと、公爵様《こうしやく》は布団《ふとん》を見下ろすようにして半分目を伏《ふ》せた。

「……改めて話すと、確かにロクな王位継承者がいないな。王太子は阿呆で俺は犬、ハーバート侯爵《こうしやく》家の面々は何やらきな臭《くさ》い。これではジゼルが国を乗っ取ると言い出すのもわかる」

「いえ、王位を巡《めぐ》り血が流れたという話を聞いておいて、謀反《むほん》を企《くわだ》てる気にはなりません。それにまだ王太子殿下も国王陛下も、一面しか見ておりませんから」

ロバートも国王陛下の采配《さいはい》にらしくないと首を傾《かし》げていたし、何故私を公爵夫人としたのかもわかるような気がすると言っていた。

この頃《ごろ》やっと少し冷静になり、その意図というのを考え始めたところなのだが、少なくとも、私が公爵様に嫁《とつ》ぐことになったのは腹いせが理由ではないように思う。公爵様の人《ひと》柄《がら》を知っていたなら、私にとって罰《ばつ》になどならないとわかっていたはずだから。

「そうか。ならよかったが……いや、いいのか……？」

「公爵様ならいい国王になれると思いますけどね」

公爵様ははっとしたように周囲を見回し、慌《あわ》てた。

「軽々しくそんなことを言うな！」

「失礼しました。ですが、本心です。公爵様は優《やさ》しさも勇敢《ゆうかん》さも、人を見ようとする心もお持ちですから」

「……、そろそろ夜も遅《おそ》い。寝《ね》るとしよう」

犬の表情はわかりにくい。

ただ、くるりと背を向けた公爵様のお尻《しり》では短い尻尾《しっぽ》がぷりぷりと忙《せわ》しく振《ふ》り回されていた。

喜んでいる……？

「本当、かわいらしい方ですね」

「……犬だからな」

「中身が公爵様だからですよ」

「それはそれで複雑だが」

「かわいいも深まれば真実の愛と言えるのかもしれません。試《ため》してみます？」

「いや、いい。それで戻れたとしても、もう嬉《うれ》しくはない。贅沢《ぜいたく》なことではあるが、俺はかわいいよりも、その……。いや、なんでもない」

人の気持ちとは、難しい。

私は大人しくなった尻尾を見つめながら、ベッドに横になった。

私が呪《のろ》いを解くために協力し始めたのにはいろいろな理由があった。けれど今は純粋《じゅんすい》に、早く公爵様が人間に戻れたらいいのにと思っている。

公爵様の憂《うれ》いを取り払《はら》えたらいい。すっきりと心から笑えるようになってほしいから。

「ところで。ジョシュアに腕《うで》を引っ張られたと言っていたな」

ふいっと顔だけを振り向かせて、公爵様が横目に私を見た。

「どちらの腕だ」

重ねて問われ、戸惑《とまど》う。

「そんなものはもう忘れました」

そうなのだ。あれほど嫌だったのに、帰ってきて公爵様の顔を見て話しているうちにきれいさっぱりどうでもよくなってしまった。

「では両方だな」

なのに公爵様はそう言うとくるりと体ごと振り返り、ふわふわの布団の上をとことこと歩いてくる。何をするのかと目で追えば、私が顔の傍《そば》に置いていた手首をぷにぷにの肉球でぷにっと挟《はさ》み、うぬぬぬ、と引っ張る。

わからないながらもその意図を汲《く》んで右手を公爵様のほうへと伸《の》ばしてみると、満足そうにふすりと鼻で息を吐《は》き、布団に投げ出した私の手の傍にぽすんと座り込んだ。

そうして公爵様は私の手首にもふもふの腕を当てると、一心にごしごしとし始めた。

もふもふでとても気持ちいいが、これは何なのか。

「公爵様？」

「消毒だ」

「お風呂《ふろ》には入りましたが」

「気が済まぬ」

それは、あれか。

あいつに触《ふ》れられたところはすべて俺で上書きしてやる！　という、あれか。

これは胸がきゅんきゅんしてたまらない。

「こっちもだ」

そう言いながらお腹《なか》のほうに投げ出されていた左腕の前にぴょいんと移動すると、またごしごしし始める。

「こんなか細い腕だぞ。それを摑《つか》むなど許せん。折れたらどうする」

「折れませんよ。それに、これでも公爵家に来てから毎日おいしいものをいただいていますので、肉付きもよくなったのですが」

アーリヤード伯爵《はくしやく》家および領地も、公爵様の支援《しえん》を受けて灌漑《かんがい》設備や土木工事の目途《めど》が立ったらしい。公爵様は資金だけでなく、有用な人脈の紹介《しようかい》や計画支援もしてくれている。

そうして実家までお世話になっているのに、今だって公爵様は私のことをずっと気遣《きづか》ってくれて、与《あた》えられてばかりだ。

何か恩返しができたらいいのに。公爵様は何をしたら喜んでくれるのだろう。

もちろん呪いが解けるのが一番だとわかってはいるが、他《ほか》にも何かできることはないだろうか。

「以前に比べれば、だろう？　まだまだだ。ジゼルはもっと何でも望めばいい。いつも他人のこと、家のことばかりで結局『お願い』だって全然しないではないか」

そう言って、私の頬《ほお》をぷにぷにの肉球でもにもにした。

「幼い頃《ころ》から粗食《そしょく》に慣れていましたので、いきなりおいしいものをたくさん並べられても、一気には食べられないのです。ですが望んでよいのなら、もっとそれやってください。すごく気持ちいいです。肉球――」

ぷにぷにぷにぷに――ああ、至福。

「他にはないのか？」

「私は今、生きてきて一番満たされていますよ」

「衣食住が保障されているからだろう？　そもそもの水準が低すぎるのだ。そういう環《かん》境《きょう》で育ったから仕方ないのかもしれんが」

「別に不幸ではありませんでしたよ」

「だが、初めて会った時だって青白く華奢《きゃしゃ》で、今にも倒《たお》れそうだった。それなのにその瞳《ひとみ》は力強くて、凛《りん》として立っていて。その印象があまりにちぐはぐで、不思議だった。だからジゼルからは目が離《はな》せないのだ。かわいいなと思えば次の瞬間《しゅんかん》には何を言い出すかわからんし、頭の中はいつもジゼルのことでいっぱいだ」

そうぶつぶつ呟《つぶや》く間にも、ぷにぷにぷにされていたから、一瞬微睡《まどろ》みに意識を失いかけていてもはや何を言われているのかまったく頭に入ってこない。

肉球すごい。

こんなに気持ちがいいものなのか。

首元に座り込むような形だから顔の周りをもふもふに包まれているのがまた温かくてものすごく眠《ねむ》くなる。

「癒《いや》されます……。私、公爵様が毎日このようにもふもふしてくださったら、他には何もいらない気がします」

「それくらいお安い御用《ごよう》だが？」

「していただけるのですか？」

「どうせこの体だ。好きに使うがいい」

「ご自分を安売りしてはなりませんよ」

「ジゼルだから許すのだ」

ぷん、というように顎《あご》をそらせた公爵様に、ふっと笑う。

「ありがとうございます。では、抱《だ》っこしてもいいですか？」

「かまわない」

首元に座りこむ公爵様を抱き上げると、思った以上に軽い。寝そべったままの胸の上にそっと置き、優しく抱きしめるけれど、全然体重を感じない。ただひたすらにもこもこした柔《やわ》らかさと温かさだけが胸にじんわり沁《し》みる。

「以前抱き上げてから、もう一度こうしてみたいと思っていたのです」

「だから、何故《なぜ》言わない？　ジゼルはもっと求めていい。俺たちは夫婦《ふうふ》なんだぞ」

「でも公爵様には公爵様の尊厳があります」

「まあ、中身が俺だとわかっているからな」

「公爵様ではなくとも、犬や猫《ねこ》にも同様に意思があります。それを蔑《ないがし》ろにして、もふもふで気持ちいいからと触れようとするのは傲慢《ごうまん》です」

「確かに……小動物を見て『かわいい』と勝手に迫《せま》るのは人間だけだな」

「はい。動物のほうがわきまえているかと」

「ははは！　違《ちが》いないな」

声を上げて笑った公爵様に、私もつられて笑った。

「ああ……。最高に癒されます」

「ならジゼルはいつでも俺を抱っこしてよい。というかそんな顔が見られるなら安いくらいのものなのだが。自分の家なのだからもっと気を抜《ぬ》いていいし、俺にももっと甘えてほしい」

「ありがとうございます。恐悦至極《きょうえつしごく》の心地《ここち》です」

「小さくて不便なだけの体だと思っていたが、もふもふとした生き物には癒し効果があるらしいな。ジゼルにはいつも苦労をかけてばかりだ。存分に癒されてくれ」

そう言って、公爵様は私の頰に柔らかなふわふわの頰をすりすりと擦《こす》り付けた。

「わ！　くすぐったいです」

思わず笑うと、公爵様はさらにぶんぶんと首を回すように顔を擦り付けた。

「こ、公爵様！　くす、くすぐったいですってば！」

私が笑うほどにぶんぶんが激しくなり、方向がわからなくなったのか、頰だけでなくおでこや首にまでごろんごろんと転がるようにふわふわが襲《おそ》ってくる。

声を上げ、お腹から笑ってその全身ふわふわ攻撃《こうげき》を受けているうちに、涙《なみだ》まで滲《にじ》んできて、苦しくなってくる。

このままでは笑い死ぬかもしれない。

本気でそう思いながら、必死に手を伸ばして公爵様の体を摑み、ぎゅっと胸に抱いた。

「私を殺す気ですか？　こんな幸せな死に方もいいですけど、それは公爵様が人間に戻《もど》ってからでないと」

「……すまん。やりすぎた」

「笑い死にはちょっと苦しいですし、あと、私以外の人と公爵様が呪《のろ》いを解くことになるのもなんだか嫌《いや》です」

公爵様の動きが止まり、ぱたり、というように頭が私の首元に落ちてくる。

もう大丈夫《だいじょうぶ》だろうとそっと腕《うで》の力を抜くと途端《とたん》に微睡みがやってきて、私はすぐに目を閉じた。

今は犬でよかったかもしれない。

小さくそんな声が聞こえた気がしたけれど、うつらうつらと意識が遠くなり、私はそのまま眠ってしまった。

まあ、そうやって眠ったら翌朝どうなるかは自明の理であった。

ふっとカーテンから零《こぼ》れた朝日に目を開けると、私の胸元《むなもと》には白いふわふわの毛があったのだけれど、それは体の一部でしかなく、長い腕は私の脇腹《わきばら》に回され、さらに長くてごつごつした足は私の足に絡《から》むように伸《の》びていた。

侍女《じじょ》が扉《とびら》を開けたら卒倒《そっとう》してしまうような絵面《えづら》だ。いや、夫婦なのだからいいのか。

私も一瞬その手に触れるすべすべの感触《かんしょく》にどきりとして心臓が跳《は》ねあがったけれど、不思議と心地よくて、そのままその背をひと撫《な》でし、布団《ふとん》をぱさりとかけた。

その上から再び抱きしめるように腕を回し、ぼんやりと微睡む。

犬の姿ではあったけれど、昨夜あれだけ触《ふ》れ合ったからか、いつもより身近に感じた。

今は犬の時よりも長く白いふわふわの毛が顎にさらりと触れる。愛《いと》しさに自然とその髪《かみ》を撫でると、心地よい。梳《す》いてふわりと落とすと、朝日に透《す》けるようできれいだ。

そうして公爵《こうしやく》様の髪を弄《もてあそ》んでいるうちに、気づけば二度寝《にどね》をしていたらしい。

ふっと目を覚ますと、私の手に馴染《なじ》んだ感触はなくなっていた。

それを捜《さが》し求めるように自然と彷徨《さまよ》う手が、ぱしっと誰《だれ》かに摑《つか》まれる。

それはごつごつとした手で。

うっすらと目を開け横を向くと、二人分空けたくらいのところに眩《まぶ》しいご尊顔があった。

「人が我慢《がまん》していたというのに──。ジゼルが悪い」

気付くとその距離《きより》はあっという間に詰《つ》められ、私の前には薄暗《うすぐら》い影《かげ》が落ちていた。

縫《ぬ》い留めるように耳元に置かれた両腕の重みで、枕《まくら》が沈《しず》む。何かを考えるよりも先に、薄《うす》く朝日を背負った公爵様の顔がゆっくりと落ちてきて、唇《くちびる》に触れる。

柔らかな感触は、あの日一度だけの公爵様の口づけと同じで。

いや。やはりどこか違う。前よりももっと甘くて、痺《しび》れるようで、胸の奥から何かが湧《わ》き出てくる。

しかし今日はそれだけでは終わらなかった。

動かずぼんやりしている私をじっと見つめると、公爵様は再び唇を下ろし、ゆっくりと私の上唇《うわくちびる》を食《は》むように、何度も角度を変えた。まるで私の唇すべてを食べ尽《つ》くそうとするように這《は》う柔らかな感触に、息もできなくなる。苦しくて思わず喘《あえ》ぐように息をすると、ぐ、と公爵様の喉《のど》が鳴った。

「すまない。暴走した」

ぱっと腕で顔を覆《おお》い、すぐさまベッドから離れる。

「おはようございます。すっかり目が覚めました」

心臓がどくどくと早鐘《はやがね》のように鳴っている。

息を止めていたからだ。

顔が熱い。

今になって、呪いを解くための口づけを試行錯誤《さくご》したあの時、あれほど走らなくとも、息を止めればよかったのだと気が付く。

それで、ああ、そうか、と思い至った。

「なるほど。今日は恋人《こいびと》のような口づけを試《ため》したのですね」

本当に体がどろどろにとろけてしまうかと思うような口づけだった。ベッドに横になっていてよかったと思う。しばらく立ち上がれそうにない。

あの魔女《まじょ》も「とろけさせてあげる」と言っていたし、もしかしたらこういう口づけで呪いが解けるのではないだろうか。

しかし公爵様はくるりと背を向け、「先に行っている。着替《きが》えたら朝食に来るといい」と早足で部屋を出て行ってしまった。

「あれ……？」

そういえば、公爵様はいつの間にか服を着ていた。

犬の姿から人間の姿に変わるから朝は全裸《ぜんら》が恒例《こうれい》で、先程《さきほど》目覚めた時も確かに素肌《すはだ》に触れたような気がしたのに。

使用人が少なく自分でやらねばならないことが多いし、仕事もあり、忙《いそが》しいようだから、一度起きたものの疲《つか》れを感じて戻ってきたのだろうか。

「昨夜は、犬でよかった……」

犬でなかったら、あれほど身近に接することはできなかったかもしれない。

あの顔があの距離であんな風に触れ合っていたらと思うと、熱が一気にぶり返して。

私は仰向《あおむ》けで顔を覆ったまま、熱が冷めてくれるのをひたすら待つしかなかった。

あれからも公爵様は相変わらず距離をとってベッドに伏《ふ》せるのだが、私がひょいっと摑み上げて胸元にのせ、抱《だ》きしめて眠《ねむ》るようになった。

最初は「だから、やっぱりそれはダメだと――」と何やら抵抗《ていこう》していたけれど、『いつでも抱っこ権』をいただいたはずですが？」と返すとぽすんと大人しく私の首元に顔を伏せた。

そうして抱きしめて眠ると癒《いや》されるらしい。私はぐっすりと眠り込むようになり、大抵《たいてい》は公爵様のほうが先に目覚めている。

既《すで》に部屋にいないこともあったけれど、目を開けたらキュッとクラヴァットを締《し》める公爵様がそこにいて「今日は早いな」とか眩しい笑顔《えがお》で脳が強制的に覚醒《かくせい》させられることもあり、わりと寝覚めはいい。

あれから学院でも絡まれなくなったし、平穏《へいおん》が訪《おとず》れた……と思っていた私は甘かったのだと思う。懲《こ》りていない人が一人だけいたのだ。

ある日の夜、いつもと変わらず小さく切られた肉をはふはふと食事する犬の公爵様と向かい合っていると、ロバートが困った顔で「旦那様《だんなさま》、奥様。お食事中失礼いたします」と声をかけてきた。

「どうした？」

「あの……、先程《さきほど》お客様がお見えになりまして……」

「先触《さきぶ》れもなく、か？」

公爵家に来客など滅多《めった》にないから、予定を忘れるわけもない。

「はい。マリア・アルターナ侯爵令嬢《こうしゃくれいじょう》と名乗っておいでです」

「……………マリア様が？」

確かに、夜分にいきなり先触れもなく訪ねて来る常識知らずなど、マリア様くらいしか思い当たる人はいない。人違《ひとちが》いということはないだろう。

「二人で話がしたいから、旦那様を呼べと騒《さわ》いでおりまして」

無理が過ぎる。何故《なぜ》そんな行動をとるのか心底わからないが、塩公爵になる前はそういう襲撃《しゅうげき》もままあったらしい。

公爵様は思い出してなおさらうんざりとしたようで、深いため息を吐《つ》き、「お引き取り願え」と小さな両手でなんとか挟《はさ》み持ったナプキンでもふもふの口元を拭《ぬぐ》った。

「それが、公爵様は不在だと何度もお断り申し上げたのですが、それなら帰ってくるまで待つと仰《おっしゃ》って聞き入れていただけず、強引《ごういん》に突破《とっぱ》されそうでしたので仕方なく応接室へとご案内いたしております」

すごいの一言だ。

「私が行くわ」

「それが、奥様には会いたくないと……」

「論破されるからでしょうね」

「いえ、あの、はい……。『私、ジゼル様にいじめられているのです！　ですから絶対会いたくありません！』と仰っていて」

正論を返すことがいじめなのだとしたら、この国で司法は介入《かいにゅう》できない。

「他人の家に突然《とつぜん》押しかけておいて会いたくないは通らないわ。大変な方の相手を任せてしまって悪かったわね、ロバート。あとは私が引き受けるから下がっていていいわ。公爵様も、このままここにいたらしびれを切らしたマリア様が捜《さが》しに来るかもしれませんので、お隠《かく》れになったほうがよいかと」

「犬の姿なら問題ないだろう。ジゼル一人に相手をさせるわけにはいかない。俺のせいなのだからな」

「公爵様。マリア様のせいです。ご自分のせいになさらないでください。それに、私たちは夫婦《ふうふ》なのですから、お互《たが》いに支え合うものです」

私がぴしりと正すと、「そう言ってくれるのは嬉《うれ》しいが」と耳をぺたりと下げながらも苦笑《くしょう》したようだ。

「公爵様は奥の厨房《ちゅうぼう》にでも隠れていらしてください」

「だが――」

そんな問答をしている暇《ひま》はなかった。

「公爵様！　ここですか⁉」

いきなりドバーンと扉《とびら》が開き、満面の笑みのマリア様が現れた。もはやその笑みは恐怖《きょうふ》でしかない。

考えてみれば、厨房なら誰《だれ》かいるだろうと勝手に突《つ》き進もうとした前例がここにいるのだから、二例目があってもおかしくはないのだ。

彼女と同じだと思うと屈辱《くつじょく》ではあるが、それだけ当時の私は常識知らずだったのだと思い知る。

「あらやだ。ジゼル様ではありませんか。今日は会いたくなかったのにぃ、面倒《めんどう》くさい」

「それは私の台詞《せりふ》ですし、ここは私の屋敷《やしき》ですよ。異物はあなたです。招いた覚えもありませんので、会うはずはないのですが？」

「異物はジゼル様、あなたですわ！　公爵様は騙《だま》せても、この私は騙せません。あなたは王太子殿下《でんか》に貶《おとし》められたと陛下に泣きつき、強引に公爵様の妻に収まったのでしょう。殿下も陛下もお優《やさ》しく、心を傷つけたのならばと苦渋《くじゅう》の決断《けつだん》をなさったのでしょうけれど、そんなやり方で国の宝である麗《うるわ》しいお顔を奪《うば》うだなんて、許せませんわ！　って、やっと言えた！」

ちょっと待て。誰《だれ》がそんな話を捏造《ねつぞう》したのか。

事実の歪曲《わいきょく》にもほどがある。真実の含有《がんゆう》具合でいったら昔話と互角《ごかく》だ。

加えて顔が国の宝だとか、マリア様は公爵様をなんだと思っているのか。

確かに見目麗《みめうるわ》しく色気もだだ洩《も》れで夜はまた格別のかわいさで、だけどそれらはすべて内からにじみ出るものだ。公爵様が優しく人を気遣《きづか》う人だからこそ、魅力《みりょく》なのだ。

恐《おそ》ろしい顔で塩公爵を演じていた時は誰も嫁ぎたがらなかったのはそういうことではな

いのか。

それなのに、顔、顔とばかり言われ無性《むしょう》に腹が立った私は一周回って冷静になり、静かに口を開いた。

「マリア様。お黙《だま》りになって」

いや全然冷静じゃなかった。

「下劣《げれつ》なあなたなんかの命令は聞きませんわ！　公衆の面前で殿下を貶め、公爵様に自分を庇《かば》わせ、守られ、なんて不遜《ふそん》なの！」

「王太子殿下を騙し、利用して公衆の面前で阿呆《あほう》を曝《さら》け出させたマリア様が仰ることではありませんわね」

「だだだだだ騙してなんかいませんわ！　お姉様が調子に乗っているからそれではよくないと、己《おのれ》を見直していただこうとしただけですもの。ひいてはアルターナ侯爵家のためであり、殿下を支える臣下の育成に貢献《こうけん》したのですわ」

マリア様のくせによく口が回るが、たぶん自分が言われたことをそのままノアンナ様に向けているのだろう。お門違《かどちが》いも甚《はなは》だしい。

「なるほど。マリア様は事実の歪曲が特技なのですね。ではまともな会話など成り立ちませんわ。お帰りください」

「違いますわ！　私は聡明《そうめい》なジョシュア様のご助言に従って、懸命《けんめい》に世を正そうとしているだけですもの。今日だってあなたとお話しするのが目的ではありません。クアンツ様に会いに来たのです。私がジゼル様の魔《ま》の手から救って差し上げると誠意をもってお話しすれば、きっとわかってくださいますわ」

「ジョシュア様の助言……？　以前もそう仰っていましたが、また？　まさかこれまでのお話もすべてジョシュア様から言われたことなのですか？　一体、どこからどこまで――」

ジョシュア様はマリア様を使って何がしたいのかという疑問が再び頭をもたげる。

まさか、あのノアンナ様断罪劇もジョシュア様の差し金なのだろうか。しかし、ハーバート侯爵家にとって縁戚《えんせき》となるノアンナ様を貶めても利はないはず。でも目的がそちらではないとしたら――？

眉《まゆ》を寄せ考え込んだ隙《すき》に、公爵様を捜すようにきょろきょろと見回していたマリア様が、「あら」と床《ゆか》のほうに視線を定めた。

――見つかった。

気配を殺していた公爵様の背中がぴくりと小さく揺《ゆ》れる。

そのまま置物のように静止していたが、マリア様は私のことなど存在丸ごと忘れたようにだっと駆《か》け出した。

「キャー！　なんてかわいいワンちゃんなの⁉」

公爵様は「わきゃん！」と焦《あせ》りながら逃《に》げようとしたが、爪《つめ》がカチャカチャと床で滑《すべ》り前に進まない。

その間に突進《とっしん》したマリア様がむんずと公爵様《こうしゃく》を掴《つか》み上げ、胸元《むなもと》に抱《だ》いてしまった。

「もふもふ～！　あぁん、超《ちょう》気持ちいい！　おめめまん丸ー！　キャー、肉球もぷにぷに～」

犬の公爵様の魅力が溢《あふ》れんばかりなのはわかる。ふわふわで気持ちいいのは知っている。ぷにぷにが最高なのも知っている。

しかし今までこんなに怒《いか》りを感じたことはない。私はつかつかと歩き、マリア様から一歩離《はな》れたところで立ち止まった。

「私の家族に許可なく触《ふ》れないで」

「なによ。かわいがってるだけなのに、なんであなたの許可が必要なのよ」

ふわふわで気持ちがよければ勝手に触《さわ》っていいのか？　相手の都合や気持ちは無視か。

公爵様はマリア様の腕《うで》から逃《のが》れようとじたばたしているが、暴れるほどきつく抱き込まれてしまい、困り果て眉を下げている。万が一爪や牙《きば》が当たって怪我《けが》をさせてしまってはならないと、自由に動けないのだろう。こんな時まで他者を思いやるなんて、本当に優しい人だ。

そんなことを知ろうともせず、マリア様は自分の欲だけを押し付ける。

腹が立って、喉《のど》から出た声は自分でも聞いたことがないくらい低いものだった。

「嫌《いや》よ。ワンちゃんだって、こんな怖《こわ》い人より私にもらわれたほうが幸せに決まっているわ。あなたみたいな人が飼い主じゃ、ワンちゃんものびのび過ごせないもの」

マリア様はむっと口を噤《つぐ》み、ぎゅっと公爵様を抱き込んだ。

それでは誘拐《ゆうかい》だ。怒りでいつものように言葉が出てこない。ふざけるなと言いたかった。ここが公爵家であり、他人の家であることも最初からまるで無視。言いたいことは喉元《のどもと》に溢れているのに、固まってしまって出てこない。こんなことは初めてだ。

公爵様は苦しそうにマリア様の腕の中でもがいていた。

怒りで頭がくらくらする。

公爵様と目が合った次の瞬間《しゅんかん》、私は自然と命じていた。

「『おいでなさい！』」

その声を受けた瞬間、公爵様はピンと耳を立て、弾《はじ》かれるようにマリア様の腕から抜《ぬ》け出した。

そうして飛び上がった公爵様は、ぽすんと私の胸に収まる。

鳴き声もあげず、怖かったとばかりにぶるぶる震《ふる》えながら私の首元に顔を埋《うず》める。

「犬だろうが人だろうが、誰にでも意思がある。それを無視して自分の都合を押し付けるような人に、私の家族は渡《わた》さない。二度とこの家の門をくぐることは許さないわ。出て行

「放して」

きなさい」

公爵様を守るように両腕で抱き締《し》め、驚《おどろ》いたような顔のマリア様を睨《にら》む。

すると見る間に頬《ほお》を膨《ふく》らませ、信じられないことに「ぷんだ！」とそっぽを向いた。

ぷんだ……？

四捨五入して二十歳《はたち》にもなろうという人が、ぷんだ……？

絶句した私に向かい、マリア様は睨み返すと、何か攻撃《こうげき》材料はないかと探すように室内を見回した。

そうして食卓《しょくたく》に並んだ二人分の食器に気が付いた。

「あら？　クアンツ様はいらっしゃらないと言っていたのに、二人分の食事……。うん？

お肉がなんでこんなに細かく刻んであるの？」

言いながら、私の胸元でびくりと怯《おび》える公爵様を振《ふ》り返る。

「もしかして！　やっだあ、ジゼル様ったら、ワンちゃんなんかとお食事してらしたのぉ？

外では公爵様に命令してあんな風に守ってもらっているだけで、本当は冷たく相手にもされてないんでしょう⁉　それで悲しくて、寂《さび》しくて、ワンちゃんを旦那様《だんなさま》代わりに溺愛《できあい》しちゃってるのねえ～」

先程《さきほど》はワンちゃんワンちゃんと猫《ねこ》なで声だったのに、「ワンちゃんなんか」とは。呆《あき》れて声も出ない。

マリア様はにやにやと笑いながら「うふっ」と肩《かた》をすくめた。

「ジゼル様も寂しい人ですね！」

「犬だろうが、人間だろうが、家族は家族よ。私にとって大切であることに変わりはないわ」

もふもふとかわいい犬の姿でも、キラキラと眩《まぶ》しい人間の姿でも。公爵様は公爵様だ。

泰然《たいぜん》と対峙《たいじ》する私に向かい、マリア様は抑《おさ》えきれないというようににまにま笑いながら、ぽんぽん、と私の腕をたたいた。

「そうよねー、そうよねー、寂しい人ってみんなそう言うのよ！　いいわ、かわいそうだからワンちゃんは譲《ゆず》ってあげますわ。今日も寂しく慰《なぐさ》め合ってくださいませね～！　ではごきげんよう！」

そうしてルンルンとした足取りで去って行くマリア様を見送った後、ロバートはつかつかと早足で厨房《ちゅうぼう》から塩を取ってくると、盛大にまき散らした。

無言の所業に溢れる怒りを感じて、一緒《いっしょ》に怒《おこ》ってくれる人がいることに安堵《あんど》し、自然と笑った。

公爵様はマリア様が去った後もしばらく私の首元から離れようとしなかった。

「怖い……話が通じなさすぎて怖い……」

白いもふもふの毛に隠《かく》れて顔色はわからないけれど、愕然《がくぜん》とした声音《こわね》に相当怖い思いをしたのだろうことが伝わる。私は「同感です」と返し、優《やさ》しくその背を撫《な》でることしかできない。

「マリア様と話しても埒《らち》が明かないことは嫌というほどわかりました。ジョシュア様と直接話をしましょう。今度、アルターナ侯爵家《こうしゃくけ》でガーデンパーティーがあるのですが、一緒に出席してくださいますか？」

「もちろんだ」

そう答えた公爵様の声はもう震えていなかった。ただ、痛いほどの覚悟《かくご》が滲《にじ》んでいた。

寝室《しんしつ》のベッドにぽすりと横になり、やっと腹の底から息を吐《は》き出すと、体から一気に力が抜けた。

「勝手に触れられることがあれほどまでに不快とは。小動物は大変だな……」

公爵様も思い出したようにぶるりと身震《みぶる》いした。

幼い頃《ころ》の恐怖《きょうふ》の記憶《きおく》にさらに上塗《うわぬ》りされてしまったかもしれない。

「もっと早くに助けられなくてごめんなさい」

「いや。ジゼルが命じてくれたおかげで抜け出せたのだ。ありがとう」

「初めて公爵様に命令してしまいましたね。まさかこんな形で使うことになるとは思ってもみませんでしたけど」

公爵様は布団《ふとん》を踏《ふ》み踏みして私に近づくと、傍《そば》にぽすんと俯《うつぶ》せた。

「ずっと、誰《だれ》かに命じられ、体を操《あやつ》られることを恐《おそ》れていた。しかし嫌ではなかった」

「助けるためだとわかってくれていたからですか？」

「ジゼルだからだ」

まんまるの橙色《だいだいいろ》の瞳《ひとみ》でじっと見つめて言われると殺し文句だ。

人嫌《ひとぎら》いで傲慢《ごうまん》な塩公爵を演じて守りを固めるくらい、呪《のろ》いによって服従させられることを恐れていた公爵様に勝手に命じて申し訳ない思いがあったけれど、そう言ってもらえるとほっとする。

「呪いはまだ解けていませんが、確実に信頼《しんらい》関係は築けているということですね」

「信頼、か。そうだな。こういうのもそう言うのかわからないが、俺はジゼルになら、何をされてもいい」

「また公爵様はそんなことを。私は何をするかわかりませんよ。本当にいいのですか？　あんなことやこんなことでも？」

距離《きょり》を空けて伏《ふ》せるもふもふの公爵様にずずいっと迫《せま》ってみるものの、特に何をするかは思いついていない。

「望むところだな」

くくっと笑われ、むっとする。受けて立ちたいが、何をしよう。

まずはくすぐってみるか。

「では」

こしょこしょと柔《やわ》らかな脇腹《わきばら》をくすぐると、「わきゃん！　ぐはっ！　それはくすぐったい！　笑い死ぬ！」といつぞやの私のようにコロコロ転げまわった。

あの時は本当にくすぐったかったのに、公爵様がなかなかやめてくれないから次の日脇腹が筋肉痛になったのだ。思い知るといい。

公爵様はきゃんきゃんと鳴き喚《わめ》きながら、私の手から逃《のが》れようとぴょこんぴょこんと跳《は》ねる。

しかし、だんだん冷静になった。私は何をやっているのか。

「すみません。しつこすぎました」

「――あの時俺も楽しくなって随分《ずいぶん》やったなと思い出した。すまなかった」

思い出してくれたのならいい。ではこれでおあいこだ。

公爵様は舌を垂らしてぜえぜえと荒《あら》い息を繰《く》り返すと、ほらな、と得意げに鼻を持ち上げた。

「俺は何をされても受け入れる。ジゼルだけだ」

本当にそんなことをそんなかわいらしい姿でドヤっと言われると、猛烈《もうれつ》に撫でくりまわしたい感情に駆《か》られるが、先程やり過ぎたことを鑑《かんが》みて自重する。

それと、なんだろう。むず痒《がゆ》いような、胸がそわそわするような。形容できない感情に戸《と》惑《まど》い、布団に潜《もぐ》り込んだ。

「……そろそろ寝《ね》ましょうか」

「そうだな。おやすみ、ジゼル」

公爵様の冷たい鼻が、おでこにちょんと触《ふ》れる。

お返しを、と思うのに、公爵様はさっと振り返るとお尻《しり》をぷりぷりさせて自分の枕《まくら》が置かれた場所へと戻《もど》って行ってしまった。

いつものように強引《ごういん》に抱き寄せて眠《ねむ》ろうかとも思ったけれど、今日はそのまま公爵様のほうを向いてごろりと横になった。

そしてそのまま公爵様のもふもふの背中が上下するのを見ているうちに、深い眠りに落ちていった。


翌朝目覚めると、私は公爵様に優しく抱き込まれていた。

――うん？　逆では？

目の前にある意外とたくましい胸元《むなもと》をぼんやりと眺《なが》める。

マリア様に襲《おそ》われたことで幼い頃の恐怖の記憶が呼び起こされ、逆に自分も誰かを抱《だ》っこしたくなったのだろうか。私がジョシュア様に掴《つか》まれた腕《うで》を洗い流したくなり、実際公爵様のもふもふ消毒にすっかり不快な気持ちまで洗い流せたように。

私はふわふわの髪《かみ》にそっと手を伸《の》ばし、よしよしと撫でた。

公爵様が私を抱き込む力が強くなり、私はその胸元に顔を埋《うず》めるような形になる。

公爵様の頬《ほお》が、私の頭を撫でるようにすり、と寄せられ、優しい吐《と》息《いき》が吐き出された。

いい夢を見られているといいのだけれど。

公爵様はいつも私を大事にしてくれる。守ってくれる。

だから、というわけではないけれど。私も公爵様を守りたいと思う。

「もしかして、まだ『公爵様』とお呼びしているのですか？」

「ええ、はい」

「いい加減名前で呼んで差し上げては？」

学院のお昼休み。食事を終えた私とノアンナ様は、人が来ず安心だが少々鼻に来る温室でお喋《しゃべ》りをしていたのだけれど。

そういうものだろうかと首を傾《かし》げた私に、ノアンナ様は呆《あき》れたような顔をした。

「結婚《けっこん》したのですよ？　旦那様《だんなさま》なのですよ？　ジゼル様だって、旦那様から『公爵夫人』と呼ばれたらどう思います？」

「確かに違和感《いわかん》しかありません。ノアンナ様もローガン様とお呼びでしたね」

「私たちは最初からそうでしたから、変える必要はありませんでしたけれど。そもそも、公爵様はジゼル様を何とお呼びなのです？」

「ジゼル、と名前で」

「ほら！　普通《ふつう》はそうですわよね。あれだけ甘酸《あまず》っぱい空気を醸《かも》しておきながら『公爵様』だなんて、それでは塩はジゼル様のほうですわ。仲を深めるには呼び名も大切ですよ」

「わかりました。やってみます」

素直《すなお》に納得《なっとく》した私に、ノアンナ様はにっこりと微笑《ほほえ》んだ。

「名前くらいでそんなに変わるものかと思っているのでしょうに前向きに取り組もうとするジゼル様が大好きですわ。明日《あした》またお話が聞けるのを楽しみにしています」

巧妙《こうみょう》に逃げ道を断《た》たれたような気がするのは何故《なぜ》だろうか。

まあ呼び方を変えるだけだ。やってみよう。

そう決めて、屋敷《やしき》に帰った私は早速《さっそく》公爵様に相談した。

「公爵様。仲を深めるには呼び名が大切だと教わりました。今日からお名前でお呼びしてもよろしいでしょうか」

「急だな。だが、そうだな、そうしよう」

今さらな私の提案にも、公爵様は快く頷《うなず》いてくれた。

「では、クアンツ様。――どうですか？　仲が深まった感じがしますか？」

「慣れないせいか、なんだかそわそわするな」

どうやらこういうのは人それぞれらしい。期待した効果はなさそうだ。まあ、またいろいろと試《ため》してみればいい。

私が内心少々がっかりしたことがわかったのか、クアンツ様が慌《あわ》てたように「そういえば」と声を上げた。

「いつもジゼル任せで申し訳なかったのだが、俺も一つ思いついたことがある」

「呪いを解くための条件ですか？」

「ああ。ジゼルは俺が笑うと、いつも変な顔をする。あれはどういうことかといつも思っていたのだが、先日俺に笑うなという話をしていたときに、破壊力《はかい》がすごいと形容しただろう」

先日思いがけずクアンツ様が学院にお迎《むか》えに来た時のことかと思い出し、頷く。

「だから、その状態で口づけをしたらどうだろうかと思ってな。一時的にはジゼルの内面にも、その、ちょっとは変化があるわけだろう？」

「それはもうはっきりと変化はありますが」

「だとしたら、試してみる価値はあると思うのだが」

「公爵様が――、クアンツ様が笑いかけたところに、私が口づけをすればよいのですか？」

「……だめか？」

人間の麗《うるわ》しい姿でそんな子犬のようなしょげた目を私に向けないでほしい。

クアンツ様の笑顔《えがお》を真正面から浴びたら心臓が破壊されるのではないかと少々懸念《けねん》もあるが、恋《こい》をすると胸が痛くなると言うし、効果はありそうだ。

「いえ。やってみましょう」

「ありがとう、ジゼル」

そう言ってクアンツ様がぱっと笑った。痛いほどではないが、心臓がきゅっとなる。

しかし突然《とつぜん》のことで出遅《でおく》れてしまった。

「申し訳ありません。もう一度お願いします」

「ああ、いや、先程《さきほど》のは作戦というわけではなく、自然と笑っただけだったのだが」

勇み足がすぎたらしい。

「しかし、いざ笑おうと思っても自由に笑えないものだな……。今のように、何か会話している時に自然に笑えればいいのだが」

「……またくすぐります？」

「いや、この姿でそれをやるとたぶんよくないことになるからそれはやめておこう」

そう言ってクアンツ様はすっと目線を逸《そ》らした。

私は先日ずっと人間の姿で笑い転げさせられていたのだが？

「では、冗談《じょうだん》でも言いましょうか」

「そういう笑いではないと思うんだよな……」

確かに。

「クアンツ様はいつもどういう時に自然と笑みが浮《う》かぶのでしょう」

「そうだな……」

クアンツ様は腕を組み、何事かを思い返すように黙《だま》り込んだ。そしてじっと私を見ると、ふわっと固い蕾《つぼみ》がほころぶように笑った。

思わず私が花にたとえてしまうほどの、柔《やわ》らかな、そして何より眩《まぶ》しい笑み。

自由自在にこれを出せるとは、すごい。もはや敵なしではないだろうか。

はっ。しまった。私が口づけをしなければならないのに、うっかり見惚《みと》れていた。

しかし、いざ顔を近づけようとすると見えない障壁《しょうへき》に妨《さまた》げられてでもいるかのように、近づけない。

「ジゼル――？」

「いえ、ごめんなさい。あと十数えるくらいの間には」

慌てそう返すと、クアンツ様はやや目を瞠《みは》り、ふっと笑った。

「珍《めずら》しく顔が赤いな。これは効いているということか」

「当たり前です。クアンツ様の眩しさは並大抵《なみたいてい》ではないのですから。まともに真正面から食《く》らったら――」

何故だか落ち着かなくて、無意識のうちにべらべらと喋っていて、そんな私にクアンツ様はさらに笑みを深め、一歩分だけ空いていた距離《きょり》をすっと歩み寄った。

そうして私の頬に触《ふ》れる。

「熱いな」

わかっている。わかっているから、いちいち言わないでほしい。

クアンツ様は私が口づけをするのを待ってくれているのだろう。私からしなければ呪《のろ》いは解けないのだから。

それなのに、私の体は動かない。まるで自分の体ではないみたいだ。

体中を血が巡《めぐ》り、別の何かが支配する。

クアンツ様の長いまつ毛に覆《おお》われた橙色《だいだいいろ》の瞳《ひとみ》が私を覗《のぞ》き込む。その目を見つめると、吸い込まれてしまいそうで。目が離《はな》せなくなる。

クアンツ様の顔にもう笑みはない。真《ま》っ直《す》ぐに私を見つめる瞳がゆっくりと近づき、温かなそれが唇《くちびる》に触れた。

一度離れたそれは、すぐにまた舞《ま》い戻《もど》り、小鳥がついばむように口づけを繰《く》り返す。

心臓がばくばくとして苦しくなった私が「クアンツ様――」と口を開くと、頰《ほお》を支える手にぐっと力がこもり、より上向かせられた。

そこに降るように落ちてきた唇が、かぷりと下唇を食《は》む。まるで食べられているみたいだ。柔らかくて、温かなそれは私の体温と混ざり合って、どちらがどちらのものかわからなくなる。

ただ私はクアンツ様に与《あた》えられる温《ぬく》もりと、ふんわりとした心地《ここち》よさに酔《よ》いしれることしかできない。

気付けば足から力が抜《ぬ》けて立っていられなくなり、足がふらついた。その背をクアンツ様が力強く支え、体と体の距離がゼロになった。

何もできないまま、ただなされるがままにその温もりを享受《きょうじゅ》していた私の唇から離れ、クアンツ様は私をぎゅっと抱《だ》きしめた。

「すまない。私が口づけをしても意味がないのにな」

そうだった。まるで理性を溶《と》かされたようにぼんやりとしている場合ではなかったのに。

だが今も心臓の音がばくばくとうるさくて、まともに頭が働いていない。

抱き合っていると心臓がうるさいのがバレてしまう。だけどこのまま体を離さないでほしい。

──こんな顔を見られたくはないから？

私はクアンツ様の背をぎゅっと抱きしめ返した。私の背を抱くクアンツ様の手にさらに力がこもって。

どきどきと胸がうるさいのに、その温もりにどこか安心する。犬のクアンツ様を抱きしめている時とはまた違《ちが》う。

ずっとこうしていられたらいいのに。そう思った。

夜になり日が落ちると、やはりクアンツ様は犬の姿になってしまった。

「すまない。ジゼルの口づけを待たねばならなかったのに、待てなかったのだ」

項垂《うなだ》れて額に手を当て、悔《く》いるようにそう言われると複雑だ。

「謝るのはやめてください。ぼんやりとしてしまって動けなかった私が悪いのですから」

次はきっと頑張《がんば》りますとは言えなかった。私があの微笑《ほほえ》みと口づけに慣れることは一生ないような気がするから。

そんな会話を思い出しながらベッドの上で犬の姿のクアンツ様を胸元《むなもと》に抱き微睡《まどろ》んでいると、心地《ここち》よい眠《ねむ》りがやってくる。こうして眠るようになってから、寝《ね》つきがよくなった。

きっと私の幸せ度数も極限値かと思うほど向上していることだろう。

「そろそろ眠くなりました。クアンツ様、おやすみなさい」

「そうか……」

いつもなら「おやすみ」と優《やさ》しい声が返るのに。

どうしたのだろうと胸元のクアンツ様を見下ろすと、何故《なぜ》か両手で耳を押さえて伏《ふ》せていた。

「どうかなさいましたか？」

「いや。今になって地味に効いてきた。そのように眠そうなとろけた声でおやすみなさいとか、その、名を呼ばれると、ちょっとくるな」

「では明日《あした》、教えてくださったノアンナ様にお礼を言いませんと」

そう言ったつもりだったが、眠さでむにゃむにゃと力が抜けていき、どこまで言えていたかはわからない。

「あまりに単純な自分が気恥《きは》ずかしくて、堪《こら》えていたんだがな。何故名を呼ばれるだけでこんなにもたまらなくなるのだろう……。口づけの時は顔を見られずに済んだからよかったが、自我が飛んでしまったまま全然帰ってきてはくれないし、あれもやばかった。俺ばかりがこれではジゼルが逃《に》げ出すやもしれん……。しかし俺はこれからもあれに耐《た》えられるのか──。やはりもっとジゼルに──」

深いため息とぶつぶつとした呟《つぶや》きが聞こえた気がしたけれど、私はゆらゆらと引っ張る眠りの船に連れて行かれ、聞き返す力もなく眠りに落ちていった。

第六章　真実の愛の定義

表地はブルーグレイのレース。そこから透《す》けて見える同色のシルク生地《きじ》のドレスは腰元《こしもと》だけふわっとしていて、そこからはさらりと落ちていく。歩くとレースがふわりふわりと靡《なび》いて、なんとなく心も浮き立つ。自分ではこのようなドレスを選ぶことはないから新鮮《しんせん》で、また気恥ずかしくもあった。

「うん。やはりジゼルにはこれがよく似合う」

ネックレスは細いチェーンでさりげないが、小さなペンダントトップのダイヤが日の光を受けて輝《かがや》いている。

「ありがとうございます。慣れなくてそわそわします」

素直《すなお》にそう感想を漏《も》らすと、クアンツ様はくしゃっと笑った。

「はは！　そんなジゼルも新鮮だな」

少なくはない参加者が一気にざわりと声を上げる。

笑ってますよ！　無邪気《むじゃき》な笑顔《えがお》がだだ洩《も》れですよ！　と言いたいけれど言いたくない複雑さ。

クアンツ様は、私が選んだあのグレイのジャケットにふわふわの白い髪《かみ》をオールバックにしていて、はらりと前に垂れた髪の色気がすごい。

今日はアルターナ侯爵《こうしゃく》家のガーデンパーティー。

ジョシュア様と直接話して真意を確かめようと、前々から二人揃《そろ》って出席することにしていたのだ。それに夫婦《ふうふ》揃ってこれまで社交の場を避《さ》けてきたけれど、いつまでもそういうわけにはいかない。

私は私で何不自由ない暮らしを送らせてもらっている分、公爵夫人としての責任もきっちり果たさなくてはという覚悟《かくご》もあり、今日という日に臨《のぞ》んだのだが。

なんだかクアンツ様がいつも以上にきらきらして見えるのは、その恰好《かっこう》のせいだけではないような気がする。

やはりこのような場にも慣れないし、ひたすら戸惑《とまど》っていると、ノアンナ様が歩み寄ってきてくれた。

「本日はお越《こ》しいただきありがとうございます、シークラント公爵閣下。私はジゼル様と親しくさせていただいております、ノアンナ・アルターナと申します。ご尊顔がお漏《も》れになっていますので、私、僭越《せんえつ》ながら壁《かべ》になりにまいりました」

「ああ……、気遣《きづか》い痛み入る。だが今日はいいのだ」

「いい、とは？」

思わず口を挟《はさ》んだ私に、クアンツ様がにっと笑う。

そんな企《たくら》み顔は初めて見る。

クアンツ様はそれだけで何も答えないのに、何故だかノアンナ様はなるほど、と頬に手を当て、どこか楽しそうに笑顔で頷《うなず》く。

「招待状をお送りしたものの、お二人にいらしていただけるとは思っておりませんでしたが。なるほど、そのような意図がおありだったのですね。よい機会となりますことを陰《かげ》ながら見守らせていただきますわ」

意味ありげにノアンナ様に笑顔でじろじろと見られて、もしかしてと思い当たる。

きっと、クアンツ様がいつになくゼロ距離《きょり》でぴったりと私に体を寄せ、肩《かた》を抱《だ》いているこの状態に関係があるのだろう。時折どこぞに冷たい視線を飛ばしているのも。

このパーティーへの出席は、一石三鳥なわけだ。さすがクアンツ様である。

「学院でしたように夫婦円満をアピールして文句を封殺《ふうさつ》し、かつ私を害そうとする輩《やから》は許さんと牽制《けんせい》してくれているのですね」

「それもある。学院はあくまで一部に過ぎないからな。嫉妬《しっと》も悪意も育つ前に、そんな気など起こらぬよう芽を摘《つ》んでおくに越したことはない」

学院の生徒たちは落ち着いてくれたけれど、社交界は広く、ただでさえ好奇《こうき》の視線や値《ね》踏《ぶ》みする視線に晒《さら》されるのだから。――今日のように。

だがアルターナ侯爵家のパーティーであれば学院で親しい友人も多くいるから、最初に出席する場としては気持ちが楽だ。

さて、問題のマリア様とジョシュア様はどこにいるだろう。さりげなく目で捜《さが》すと、それに気づいたらしいノアンナ様が申し訳なさそうに眉《まゆ》を下げた。

「先日は愚妹《ぐまい》が申し訳ありませんでした。まさかシークラント公爵家まで突撃《とつげき》していたとは。シルクが雑巾《ぞうきん》になるくらいこってり絞《しぼ》っておきましたので、どうかご容赦《ようしゃ》ください」

そう言って深々と頭を下げられ、私もクアンツ様も慌《あわ》てた。

「ノアンナ様に謝っていただくことではありませんわ」

「そのこともあって、ジョシュア殿《どの》と一度話してみたいと思っているのだが」

クアンツ様の言葉に、ノアンナ様が会場をぐるりと見回す。

私も同じようにして見たけれど、ジョシュア様もマリア様も姿が見当たらない。

「先程《さきほど》ハーバート侯爵に呼ばれて席を外されて、まだ戻《もど》っていらっしゃらないようです。私もジョシュア様にはマリアを甘やかさないでくださいと何度もお願いしているのですが、お優しい方でどうにも……。ハーバート侯爵が厳しい方のようですから、自分がされたように厳しくできないのかもしれませんわね」

その口ぶりからは、ジョシュア様自身には悪い印象を持っていないようで、私の抱《いだ》いた印象との違《ちが》いに戸惑う。

ノアンナ様が「あら、音楽が始まりましたわ」と声をあげ、振《ふ》り返ると開けた場所で演奏が始まっていた。

「ダンスが好きな両親が、外でも踊《おど》れるように庭を整えておりますの。よろしければ、ぜひお二人も」

「では、ジョシュア殿を待つ間に、もう一つの目的を果たすとしよう。ジゼル、一緒《いっしょ》に踊ってくれるか？」

「はい、不慣れで申し訳ありませんが、精一杯頑張《せいいっぱいがんば》らせていただきます」

「ジゼル様、肩肘《かたひじ》張ることはありませんわ。今日は舞踏《ぶとう》会ではないのですから。このような外でダンスをするのは両親のお遊びですもの。ジゼル様はただ蝶《ちょう》のように舞《ま》い、花のように微笑《ほほえ》めばいいのです」

それが一番難しいのだが。

「そうすれば、会場中はジゼル様の虜《とりこ》となります」

「私になんて誰《だれ》も目もくれませんわ」

会場中が踊るクアンツ様に釘《くぎ》付けになるだろう。それを目の前で見られるのだから特等席と思われるかもしれないが、踊っている相手は近すぎて見えない上に、いっぱいいっぱいでたぶんそれどころではない。

そんな私に、ノアンナ様がふふ、と笑う。

「長身で細身なジゼル様は普段《ふだん》格好よく見えますが、シークラント公爵閣下のお隣《となり》ですと華奢《きゃしゃ》でかわいらしく、お二人はとてもよくお似合いですもの。自然と目が向きますわ。今日のドレスもとてもよくお似合いですし、さすが閣下のお見立てですわね」

流れるような賛辞と共にノアンナ様に背を押される。クアンツ様が私の手をそっと引き、広場に躍《おど》り出る。

ゆったりとした音楽が鳴り響《ひび》く中、向かい合ったクアンツ様が微笑み、私にもう片方の手を差し出す。

そっと手をのせると、くいっと腰を抱き寄せられた。スラリとしたラインのドレスだから、思っていたよりも密着感がある。頭が真っ白になりそうで、ダンスのステップを頭に描《えが》いてなんとか平常心を繋《つな》ぎとめる。

「そう気負わずとも、俺と音楽に身を任せていればいい」

「それが一番難易度が高いと思うのですが」

習ったステップを一心に繰《く》り返すほうがよほど楽だ。自由に動けというのは様々なステップを覚えた上級の上級ではなかろうか。

しかし驚《おどろ》くのはクアンツ様だ。言葉に違《たが》わず、リードがうまい。

社交の場にもあまり出ていなかったはずで、パーティーの前に私と一緒に練習をした時もほとんど実践《じっせん》したことはないと言っていたのに。

何をやらせてもできる人はできるのだろう。

私はとにかくクアンツ様についていくのに必死で、その他《ほか》のことは何も考えないようにした。

踊るクアンツ様のおくれ毛が色っぽすぎるだとか、そこに微笑まれたら威力《いりょく》が半端《はんぱ》ないだとか、会場中がぽうっとなったようにクアンツ様を見つめているだとか、そんなことすべてを次のステップで頭をいっぱいにして追い出す。

「ジゼル」

頰《ほお》を寄せて耳元で名を呼ばれ、心臓が跳《は》ねあがる。

「顔はこちらだろう」

この人は私をどうしたいのだろう。直視したら動けなくなってしまうに決まっているのに。

逃《に》がしたはずの視線の先にはクアンツ様の喉仏《のどぼとけ》があり、それもまたどぎまぎしてしまう。

「俺が愛《いと》しいと思うのはジゼルだけ。会場中にそれが伝われば、もう割り入ろうとする者も現れなくなる」

そうだった。私たちは仲の良い夫婦であると見せつけなければ抑止力《よくしりょく》にならない。

だがこれ以上は私が持たない。なのにひたすら必死にステップを踏《ふ》んでいた私の顎《あご》を、クアンツ様がくいっと上向ける。

まるで口づけが降ってきそうな距離に、クアンツ様の顔がある。

「どうしたらジゼルは俺を愛するだろうか。ロバートに『ダンスでも踊ればイチコロですよ』と言われたのだが、ジゼルは見てもくれない」

「ですから、そんな余裕《よゆう》など――！」

呪《のろ》いを解くためにも、周囲を牽制するためにもそれが必要なことだとはわかっているが、自分の心も体も思ったようにはいかないのだ。

クアンツ様に眉を下げられると弱い。

胸が痛くてたまらないが、私だってどうしたらいいかわからない。

「あの男は、先日もジゼルを見ていたな」

え？　と振り向きかけたけれど顎を捕《と》らえられたままの私の視線は動かせない。

「やはり好意があったのだろう。この機に徹底《てってい》的にわからせておく必要があるな」

いや、見るくらいは誰でもする。しかもこれだけ目立っているのだから。

いちいちその程度で好意だなんて欲目が過ぎる。そう言いたいのに、クアンツ様から注がれる熱っぽい視線に言葉が出てこない。

音楽が鳴り止《や》み、次の曲へと繋がっていく。

ほっとするのと同時に、妙《みょう》に離《はな》れ難《がた》いと思っている自分に戸惑《とまど》った。

「もう一曲踊れるか？」

「――いえ、あの、一旦休憩《いったんきゆうけい》させてください。心臓が持ちません」

「そうか。ならまた後ほど」

何かを断《た》ち切るように体を離して礼をすると、手を取り合ったままその場を離れた。

顔が熱い。

こんな顔をずっと見られていたのかと思うと、あぁぁぁあああぁぁぁ!!　と叫《さけ》び出したくなる。恥《は》ずかしい。

私はクアンツ様のように仲睦《なかむつ》まじい演技なんてできない。

「そのようにかわいらしいジゼルを皆《みな》の目に晒すのも堪《た》え難い。休憩なら東屋《あずまや》のほうでゆっくりしよう」

「――クアンツ様、甘すぎやしませんか。そこまでしなくとも十分ですよ。既《すで》に仲の良い夫婦《ふうふ》だと知れ渡《わた》っているはずです」

「非日常的なこの場なら或《あ》いはと思ったのだが。まだ肝心《かんじん》な人間には届かないようだな」

そうだ。マリア様とジョシュア様だ。逃げている場合ではなかった。意図を確かめなければならないのに。

ちょうどそう思った時だった。

「ジゼル様。クア――、シークラント公爵《こうしやく》閣下。少しだけお時間をいただけませんか」

私は面食《めんく》らった。

そう声をかけてきたのがマリア様で、明らかにいつもと様子が違ったから。

いつもの激しさはなく、眉《まゆ》を下げ、ぎゅっとスカートを握《にぎ》り締《し》めて神妙《しんみょう》な顔でこちらを見上げている。

「何の用だ」

クアンツ様に冷たい目で見下ろされ、マリア様はちらちらと私に目を向けながら、「あの――」と口を開いた。

「ジゼル様から陛下にシークラント公爵と結婚《けっこん》させるように頼《たの》んだのではない……のですか?」

「事実無根です」

マリア様のそれは、わかっていたことを確かめるような静かな口調で。きっぱりとした私の答えに、「やっぱり」と小さく呟《つぶや》く。

それからさらにまごまごと言葉を詰《つ》まらせた。

「お姉様にもそう言われ、怒《おこ》られました。そんな簡単に陛下が一令嬢《れいじょう》の話など聞き入れるわけがないだろう、と。お姉様は嘘《うそ》はつきません。だから私、殿下《でんか》にも聞いたのです。そうしたら、それだけは違《ちが》うって言われました。殿下もお優《やさ》しい方で、やっぱり嘘をつくとは思えません」

それだけ信じている人がいるなら、何故《なぜ》最初に確かめてくれなかったのだろう。

思わずため息が漏《も》れてしまった。

「わかっていただけたなら、これ以上突《つ》っかかるようなことはおやめいただけます？」

「はい……。シークラント公爵閣下のお屋敷《やしき》に行ったことも、お姉様に見つかってこっぴどく叱《しか》られました」

そう言ってマリア様は頭にそっと手をやる。

ごちんとされたのか。

「でも、でも、そうすると、ジョシュア様が私に嘘をついていたことになります。でも、お優しいジョシュア様が、そんなことをするはずが――」

ノアンナ様も王太子殿下も嘘をつくはずはないと言い切った。だが信じたいはずのジョシュア様は、でもと言いながら迷っている。それは、自分でもどこかわかっているからなのではないか。

「マリア様。優しさをはき違えてはいけませんよ。優しさとは甘やかすことではありません。ノアンナ様のように、どんなに大変でも諦《あきら》めず、マリア様が真っ当に生きていけるよう教え諭《さと》すことです。耳に心地《ここち》のいいことだけを聞いているから利用されてしまうのです」

「利用だなんて！　ジョシュア様はそんなこと――」

言葉は尻《しり》すぼみになり、最後まで続かなかった。

しかし、すぐにぱっと顔を上げる。

「きっとジョシュア様も誰《だれ》かに嘘を教えられたのですわ！　ジョシュア様こそが利用されていたのです。だって、さっきもハーバート侯爵《こうしゃく》と喧嘩《けんか》をなさっているようでしたし──」

「喧嘩を……？」

気になったが、マリア様はそれどころではなく、やっと納得《なっとく》のいく答えを得たというように──どこか言い聞かせるように、力強く言い切った。

「とにかく、ジョシュア様は悪くありません！」

「そう。確かにジョシュア様も嘘とは知らずマリア様に伝えたのかもしれませんわね。でも、だからこそ、きちんと自分の頭で考えて真実を見極《みきわ》めなければならないのです」

「真実を見極めるって、そんな大袈裟《おおげさ》な──」

「誰しも間違えることはあるのですよ？　それを知らずマリア様が広めてしまえば、ジョシュア様の罪が増えてしまうことだって、窮地《きゅうち》に陥《おとしい》れてしまうことだってあります」

今さらその可能性に思い至ったように、マリア様の顔が青ざめる。

誰かに言われたからと判断をその人に任せていたら楽だ。だが自分の言動は自分で責任をもたねばならない。誰のためだろうと、誰に言われたのであろうと、すべてマリア様が自らとった行動なのだから。

「肯定《こうてい》してくれる人を信じたくなる気持ちもわかりますが、詐欺師《さぎし》の常套手段《じょうとうしゅだん》でもあるのですよ」

私の言葉に俯《うつむ》いたままのマリア様がぴくりと肩《かた》を揺《ゆ》らし、「——だって」とぽつりと口を開く。

「私を肯定してくれるのなんて、ジョシュア様だけだったのですもの。家庭教師も、学院の教師も、お姉様のように頑張《がんば》りなさいとそればかり。教室でもパーティーでも、すべてが完璧《かんぺき》なお姉様と私を見比べる視線ばかりで、どんなに真似《まね》をしても子どもが背伸《せの》びをしているみたいだと笑われ、勉強を頑張ってもお姉様のようにうまくはいかないし——」

「ご両親はマリア様をかわいがっていたと聞きましたが」

「そんなの、お父様もお母様も言うことを聞いてくれるだけで、それは私が馬鹿《ばか》でかわいそうだからというだけです！　ただのみそっかすに過ぎません。どんなに頑張ってもお姉様のようにはできないから、ただただ『かわいい』と褒《ほ》めるしかなかっただけ。だけど私だって、ちゃんと褒められたい。誰かの役に立つことをして褒められたかったのです！　ジョシュア様は時折とてもお辛《つら》そうで、だから、助けになりたかったのです。ジョシュア様だけが私を必要だと言ってくれたから——」

マリア様にはマリア様なりの悩《なや》みも葛藤《かっとう》もあったのだろう。

婚約する前までは今のように突飛《とっぴ》すぎる行動をとることもなかったとノアンナ様も言っていたし、ジョシュア様の期待に応《こた》えたい一心だったのかもしれない。

「だからといって、事実を確かめもせずに正義を振《ふ》りかざすのは愚《おろ》かなことです。ジョシュア様を信じていた気持ちもわかりますが、誰の言葉であれ、ただただ鵜呑《うの》みにするのは危険ですわ。振り回されてばかりいては自分の人生とは言えなくなります」

「でも……、でもきっと、ジョシュア様も何かお考えがあってのことなのです！　だって本当にジョシュア様はお優しいのです。私のことを一番に考えてくれて――」

「あのように重心の偏《かたよ》ったドレスを着て池の前に立ったら、溺《おぼ》れて死ぬことだってあったのですよ。優しくて、マリア様を大事に思う人がそんなことを指示しますか？」

私の言葉に、マリア様は唇《くちびる》を震《ふる》わせた。何度か言葉を紡《つむ》ごうとして失敗し、唇を引き結ぶと、何かを振り払《はら》うように首をぶんぶんと振った。

「たぶん、ジョシュア様も何かに巻き込まれているのです。葛藤するように苦しげなお顔をされることもありましたし――。だからその悩みを軽くするお手伝いができるならと」

そこに割り込む声があった。

「シークラント公爵閣下、公爵夫人。マリアがいきなり失礼をしてしまったようで申し訳ありません。ですが、実は私もお話ししたいことがあるのです」

「あ……ジョシュア様」

ジョシュア様はマリア様の肩を抱《だ》くようにして、しかしその顔は一切《いっさい》見ずにこちらに目を向けている。

「奇遇《きぐう》ですね。私もお話を伺《うかが》いたいと思っていたのですが。どこまで話していただけるのでしょうか」

クアンツ様の警戒《けいかい》するような視線に怯《ひる》むことなく、ジョシュア様はどこか焦《あせ》ったようにまくしたてた。

「私はずっと、こんなことはもう終わりにするために動いていたのです。私がやらなくとも、兄弟がいる。そして生まれた子どもにもまた言い聞かせるでしょう。だからなるべく命に関《かか》わらない方法で私がやるしかないと思ったのです」

「何の話だ……？」

眉を顰《ひそ》めたクアンツ様が尋《たず》ねても答えることなく、ジョシュア様は一方的に早口で続ける。

「ですが、事態は変わりました。もしかしたら強硬《きょうこう》な手に出るかもしれない。学院から通達が来て、どうせ目論見《もくろみ》が露見《ろけん》しているのなら明るみに出る前に強行してしまえと――」

「お兄様、こちらにいらっしゃいましたのね。マリア様のことも、アルターナ侯爵閣下が捜《さが》していましてよ」

ジョシュア様を少し離《はな》れたところから呼ぶ、高く甘い声。ジョシュア様の二つ下の妹だろう。ふわふわの髪《かみ》に大きな目で、どこかマリア様と似ている。

歩み寄りながら私たちの存在に気が付くと、はっとして「あ！　失礼しました！」と声を上げた。

「シークラント公爵閣下とお話し中でしたのね。割り入ってしまい、失礼いたしました」

慌《あわ》てて礼をする妹には聞かれたくない話だったのか。ジョシュア様は「いや、話はもう済んだ」と優《やさ》しく笑いかけると、マリア様の肩を抱いて妹の傍《そば》へと歩み寄った。

そしてクアンツ様を振り返り、心配げに眉《まゆ》を寄せて一礼する。

「何もないかもしれません。ですが、先程《さきほど》のお話を胸に留めておいていただければ――」

ジョシュア様は妹の背中を優しく押すようにしてその場を足早に離れていった。

クアンツ様と私は目を合わせ、ひとまず東屋《あずまや》に向かうことにした。いろいろ話したいことがあるが、ここで込み入った話をするわけにはいかない。

そうして歩き出した私たちの前に、唐突《とうとつ》に黒い人影《ひとかげ》がふわんと舞《ま》い降りた。

赤いクッションに座った格好の、長い巻き髪《がみ》を背に垂らした美女。

「まだいけ好かないその女といるのね。さっさと離縁《りえん》して私と結婚《けっこん》したらいいのに」

私の顔をちらりと見て不満そうに髪を背に払ったのは、黒い魔女《まじょ》サーヤだ。

「おまえ……！　何をしに来た？」

「いいことを教えてあげに来たのよ」

言葉通りに受け取れるわけはなく、自然と眉が寄る。

そんな私とクアンツ様を眺《なが》め、黒い魔女はつまらなそうに髪を指にくるくると巻き付けた。

「あなたの家に賊《ぞく》が入ったわ。こんなところで浮《う》かれている暇《ひま》があったらさっさと帰ったほうがいいわよ」

「なんだと⁉」

玄関《げんかん》に仕込まれた魔《ま》法陣《ほうじん》から侵入《しんにゅう》を察知したのか。まさか魔女の盗聴《とうちょう》が防犯に役立つなんて、思いもしなかった。

賊の目的は何だろうか。先程のジョシュア様の話からすると、クアンツ様や私の命を狙《ねら》ってのことだろうか。

だがジョシュア様に関わりのある人なら、私たちがパーティーに参加することはあらかじめ知りえたはずだ。だとしたら、わざわざ留守を狙ったことになる。

相手が貴族なら金銭を狙うとは思えないし、それ以外に狙われるようなものはなかったはず。

いや、先程忠告を受けたばかりだからと言ってジョシュア様と関係あると決めつけるのは早計だ。今は判断できる材料がほとんどない。

ぐるぐると考え込む私の耳に、興味がなさそうな黒い魔女の声が入り込む。

「何が狙いかは知らないけど、使用人がばったり会っちゃったらどうなるかしらね」

驚《おどろ》いた使用人が騒《さわ》いだら、拘束《こうそく》されるだけならまだしも――。

最悪の想像に、全身が冷える。

「急いで帰らなければ」

「だが待て。何故《なぜ》わざわざおまえがそんなことを伝えに来た？」

クアンツ様の疑問はもっともだ。

しかし黒い魔女は心外だというようにむっと唇を尖《とが》らせ、クアンツ様と私を睨《にら》んだ。

「いずれはあの家に私が住むかもしれないもの、大事な資産にだってなるんだから荒《あ》らされるのは嫌《いや》よ。壁《かべ》や家具なら取り替《か》えればいいけど、人間だったら私には治せないわよ？せっかく教えてあげたのに、ぐだぐだしている場合かしら」

「でも馬車で戻《もど》ったところで間に合うか――」

何か手立てはないか目まぐるしく考える私に、黒い魔女はくいっと顎《あご》をしゃくり、東屋に近い地面を示した。

「そこに魔法陣を用意したわ。それを踏《ふ》めばお屋敷《やしき》に飛べるようになってる。あんたはそっちね」

「何故魔法陣が二つあるの？」

「それぞれの身長や体重に合わせて術式を組まなければならないから一人一人違う魔法陣なの。魔法を万能《ばんのう》な便利道具とでも思ってるんだったら、舐《な》めんじゃないわ。すっごく頭を使うんだから！」

いやに沸点《ふってん》が低い黒い魔女にキッと睨まれ、確かにレオドーラも定義や細かい条件設定が必要だと言っていたことを思い出す。

「恩に着る。だがジゼルはここで待っていてくれ。俺一人で行く」

「言うと思いましたが、私も行きます。賊が何人いるかわかりませんし、人手はあるに越《こ》したことはありません。人質《ひとじち》になったり足手まといになったりしないよう、慎重《しんちょう》に行動しますので」

来るなと言われてもクアンツ様が魔法陣に飛び込んだ後に私も飛び込めばいい。

そう考えていることがわかったのだろう。クアンツ様は苦渋《くじゅう》の決断《けつだん》をするように頷《うなず》いた。

「だがジゼルは警備隊を呼んでもらうよう話をつけてきてほしい。私は先に行って武器を取ってくる」

「わかりました。それが済んだら私もすぐに行きます」

力強く頷いたクアンツ様は、「こっちよ」と魔女に誘導《ゆうどう》された魔法陣にすぐさま飛び込んだ。

私も来た道を戻ってノアンナ様に事情を話し、警備隊を呼んでもらうようお願いすると、踵《きびす》を返して再び東屋へと向かう。

まだそこでふわふわと浮いて待っていた黒い魔女は、戻ってきた私がそのままの勢いで迷いなく魔法陣に飛び込むのを見ていた。

その赤い唇《くちびる》が笑《え》みに象《かたど》られるのを目の端《はし》に見たところで、私の視界は暗転した。

思えば、私やクアンツ様の身長も体重も、あの魔女が知っているわけなどないのだ。罠《わな》かと疑う気持ちはあれど、早くしなければロバートたちが危険だと焦り、正常な判断ができなかった。

それでも。私はこの時迷いなく魔法陣に飛び込んだ判断を、後悔《こうかい》することはない。


急に視界が開けると、そこは公爵《こうしゃく》家の玄関ホールだった。

それぞれに用を済ませたら、玄関ホールの階段下で身を隠《かく》して待ち合わせることになっていたのだけれど、ちょうどそこには剣《けん》を手にしたばかりらしいクアンツ様の姿があって、ほっとした。

声は出さず、互《たが》いに目を見合わせ頷く。

私はせめてもの武器にと、壁に掛《か》けられた燭台《しょくだい》をすぽっと抜《ぬ》き取り手に構えた。

クアンツ様の背中に庇《かば》われるようにして、後方を確認《かくにん》しながら屋敷の中を進むと不意に部屋の中から男たちの話し声が聞こえて、同時にクアンツ様がぴたりと足を止める。

手と目で指示された私は手前の角に戻り身を隠す。

クアンツ様は静かに壁に寄り、扉《とびら》が開けば死角となる位置に身構えた。

「どの部屋も無人だし、廊下《ろうか》にも人気《ひとけ》はなし。本当に公爵家がこんな手薄《てうす》だとはな」

「表と裏に門番と護衛はいたが、それをかいくぐって気づかれずに屋敷に侵入さえしちまえば、あとは楽勝だな。わんころなんざわざわざ捜《さが》し回らんでも、エサを置いときゃ勝手に近寄ってくるだろ」

「公爵夫人と同じ物食べてたっていうんだから、贅沢《ぜいたく》だよなあ。預かってきたエサも、こんないい肉……一口食ってもバレねえよな？」

賊の目的は犬……それがクアンツ様であることまでは知らないようだが、この屋敷に犬がいることだって一般《いっぱん》に知られていない。

クアンツ様が犬の姿になるのは夜だけだから、出入りの業者も犬の姿など見かけたことはないはずだし、使用人たちは勤めて長く、みんな口が堅《かた》い。

そうなると、情報源としてありうるのはマリア様だ。そこからジョシュア様へ知れたのだろう。ジョシュア様の差し金でないとしたら、その背後にいる人間は容易に想像がつく。

それにしても、何故犬を狙ったのか。

大事にされていると知り、人質にとるつもりなのか。そうして王位継承《けいしょう》権を放棄《ほうき》するよう脅《おど》すとか、それともおびき出して命を奪《うば》うつもり、だとか。

もし交渉《こうしょう》材料を得るのが目的だとしたら、犬なら簡単だと考えただけで、使用人でも問題ないと考えるだろう。

賊がここにいるだけとは限らない。

騒ぎになっている様子はないけれど、使用人に危害が及《およ》ぶ前になんとかしなくては。

逸《はや》る気持ちを抑《おさ》えて廊下の角から右と左を警戒《けいかい》していると、話し声が扉のほうに向かっていくのがわかった。

「やめとけ。あの人のことだ、そのエサに薬でも盛ってるかもしれねえぞ」

ドアノブに手がかけられた気配がして手にした燭台にぎゅっと力を込める。

ガチャリとドアが開いた瞬間《しゅんかん》、その後ろからクアンツ様がすっと音もなく首元に手刀を放つと、黒い服の男はぐらりと傾《かし》いで倒《たお》れた。

「……!?」

後に続こうとしていた男が二人、倒れた男をまたぐようにして部屋を飛び出し、扉の後ろに身を潜《ひそ》ませていたクアンツ様に対峙《たいじ》した。

「なっ……、まさか、公爵か!?」

「パーティーに行ってるんじゃなかったのかよ」

驚き身構える男たちに向かい合ったクアンツ様は、剣を構えた。

「俺には、俺のことに関してだけ詳《くわ》しい情報通がいてな」

粘着質《ねんちゃくしつ》な魔女《まじょ》と知り合いでよかったと、初めて思う。

と、その時階上からも剣戟《けんげき》の音が響《ひび》いてきて、私は思わず身をすくめた。

やはり賊《ぞく》は何か所かに分かれて侵入《しんにゅう》していて、屋敷の中にいた護衛が戦っているのだろう。

ロバートや使用人たちは無事だろうか。

何よりもクアンツ様だ。

相手は二人。しかもこういったことには慣れているのだろう。最初こそ驚いていたが、すぐに態勢を整えている。

「どうせ公爵一人だ！」

昏倒《こんとう》した男は捨て置き、黒い服で身を固めた男二人は短刀を手にクアンツ様に向かっていく。

クアンツ様は鞘《さや》を抜かないまま、無駄《むだ》のない動きで剣を振《ふ》り、すぐにもう一人を沈《しず》めた。

予想外のクアンツ様の強さに、少しだけほっと肩《かた》から力が抜けた。

しかしまだ一人残っている。

「ちっ！」

最後の一人は劣勢《れっせい》と見るや踵を返し、だっと駆《か》け出した。

「待て！」

進んだのは私たちが来たのとは反対側。もしもその先に侍女《じじょ》たちがいたら――。

焦《あせ》り、私も飛び出そうとしたが、追いかけたクアンツ様の背後で、ゆっくりと扉が開いた。

同じような黒い服の男。賊の仲間が、その部屋にもいたのだ。

男はクアンツ様の背中目掛けて、一瞬で駆け出した。

間に合わない！

「クアンツ様、『しゃがみなさい！』」

急な命令に、クアンツ様はがくりと姿勢を下げた。

その一瞬後に男が振り下ろしたナイフが空を切り、勢い余ってよろめく。

一度膝《ひざ》をついたクアンツ様は振り返り様に剣をひと薙《な》ぎし、男の腹に鞘を深く埋《う》めた。

「ぐっ……！」

呻《うめ》く男が倒れるのを待たず、クアンツ様は逃《に》げた男を追う。

と、その先からバタバタと足音が聞こえてきた。

敵か、味方か――。

いつでも飛び出せるよう身構えた私の耳に、「狼藉者《ろうぜきもの》があぁぁ！　成敗いたす!!」と渋《しぶ》い声が聞こえてきた。

その声と足音が角を曲がり、現れたのはペーパーナイフを両手に黒い服の男を追いかけるロバートの姿だった。

互いに逃げていた黒い服の男は急に止まれず、敵を入れ替《か》えるようにしてそれぞれクアンツ様とロバートと向かい合う形になった。

「さあ、逃げられませんぞ。覚悟《かくご》なされい。キエエエェェェェ――!!」

ロバートがペーパーナイフをくるりと回して構えると、対峙していた男は舌打ちをして方向を変え、窓ガラスに向かって飛び込んだ。

それを見たもう一人の男もたたらを踏《ふ》み、舌打ちをすると同じように窓ガラスを割って飛び降りる。

どうせ雇《やと》われだ。深追いしても意味はない。

クアンツ様も周囲を警戒しながら、剣を鞘ごと腰《こし》に戻《もど》した。

「クアンツ様、大丈夫《だいじょうぶ》ですか!」

駆け寄る足がもつれ、燭台を握《にぎ》り締《し》める両手が、カタカタと震《ふる》える。

魔法陣《まほうじん》に飛び込む時からずっと、本当は歯がカタカタと鳴りそうなのを堪《こら》えていた。

シークラント公爵家を、ロバートたちを守らなければならないという一心で己《おのれ》を奮い立たせてきただけだ。

クアンツ様は「大丈夫だ」と私の頭にぽんと手を置くと、腰に結んでいた縄《なわ》で手早く男たちを縛《しば》っていった。ロバートがハンカチやらポケットチーフやらを口の中に詰《つ》め、舌を噛《か》んで自害されるのを防ぐことも忘れない。

慣れているな、と見ていたことに気づいたのかもしれない。

「幼い頃《ころ》から誘拐《ゆうかい》されかけたり、連れ込まれそうになったり、色んな目に遭《あ》ったからな」

そうだ。クアンツ様からそんな話を聞いていたはずだ。けれどそれがどんなことなのか、私は何にもわかっていなかったのだ。

それがどれほど死と隣《とな》り合わせなことであるのか。騎士《きし》でもないのにあれほど強く鍛《きた》えなければ、生き抜《ぬ》いてこられなかったのかもしれない。

だがそれだけではない。生きてこられたのは運もあったはずだ。さっきだって――。

まだ心臓がどっどっと嫌《いや》な音を立てている。

本当に一瞬の出来事だった。あのナイフがクアンツ様に突《つ》き立っていたら。

怪我《けが》をするだけで済まなかったかもしれない。命を落としていたかもしれない。

そう思うと、心臓が潰《つぶ》れそうに痛くて、苦しくなった。

クアンツ様が傷ついてしまったら。死んでしまったら。

初めてそう考えて。怖《こわ》くて、怖くて、たまらなくなった。

今日伝え忘れたことは明日《あした》言えばいいと思っていた。けれど明日もクアンツ様に会えると、何故《なぜ》当たり前に思っていたのだろう。

「無事で、よかったです」

それだけを言うと、ぐっと喉《のど》に何かが込み上げてきて、後は言葉にならなかった。

なんとか飲み下そうとするのに、それは勝手に盛り上がって、閉じた瞳《ひとみ》から零《こぼ》れていった。

「ジゼル――」

クアンツ様が私をそっと抱《だ》き寄せる。

泣いてなんかいる場合じゃないのに。しっかりしなければならないのに、怖くて、クアンツ様が生きていることにほっとして、涙《なみだ》が止まらなかった。

「先程《さきほど》、クアンツ様の後ろから男が襲《おそ》い掛《か》かった時――。心臓が破裂《はれつ》するかと思いました。怖くて、何も考えられなくなりました。クアンツ様を失ったらと、そう思ったら――」

気づけば飛び出していた。足手まといになるほうがクアンツ様を危険に晒《さら》してしまう。そうわかっていたのに。

走り出していることに気が付いても、理性で足を止めることができなかった。それが最善ではないとわかっているのに体が勝手に動いてしまったことなんて、初めてだった。

何も考えられなくなるほど、ただただ誰《だれ》かに生きていて欲しいと願ったのも。

「それは俺も同じだ。ジゼルに何もなくてよかった」

私が流した涙がクアンツ様の胸をじわりと濡《ぬ》らしていく。

体中に触《ふ》れる温《ぬく》もりに、張り詰めていた心が緩《ゆる》んでいく。

この人を。

クアンツ様を、失わなくて済んでよかった。

ただただ、心からそう思った。

次に同じようなことがあっても、自分がどうなろうと飛び出してしまうだろう。

もう、知らなかった頃には、理性だけがすべてだった自分には、戻れない。

こんな風に誰かに抱き着くなんて、意味がわからなかった。けれど今はそうせずにいられない。離《はな》れることができない。理屈《りくつ》ではなく、ただただクアンツ様に触れていたかった。

「ずっとこの腕《うで》の中に閉じ込めておきたくなるな」

「はい」

自然とそう答えると、一瞬クアンツ様の息が止まった。

「——そ、それは、ずっと腕の中にいてくれるという意味か？　それとも」

「そう問われると確かにこの腕の中にずっといたいというのも本心ですが、私もクアンツ様をこの腕の中に閉じ込めておきたいという同意での『はい』でした」

「……多幸感で理性が死ぬな」

頭を全力で回転させている途中《とちゅう》の私はクアンツ様の呟《つぶや》きを聞く余裕《よゆう》もなく続けた。

「ですが、使用人思いで守らなければと駆けつけるのがクアンツ様だとわかっています。でも傷ついて欲しくないのです。だからいっそ閉じ込めておけたらいいのにと思うのですが、そんな不自由を望んでいるわけではありません。——というように、今私の頭の中は理屈がつかない思いばかりがぐるぐると駆け巡《めぐ》っていて収拾がついておりませんので、まともな答えは返しかねます」

何も整理できていないままにそう返すと、クアンツ様が私を抱き込む腕にぐっと力がこもった。

「そんなのは……俺はジゼルに出会ってからずっとそうだ」

「それは混乱させてしまい申し訳ありません。その身になって初めてわかりますが、これは苦しいですね」

「ああ。苦しい。けれどそれが嫌じゃないんだ」

「わかる気がします」

「やっと……、やっとジゼルもそこまで来てくれたと思っていいのだろうか」

そっと確かめるようなその問いにはどう答えたらいいかわからなかった。今の混乱しきった私に言えることは多くない。

「ただ一つだけ確かなのは、私はクアンツ様が傷つくことが何より怖いのだということです。もう二度とこんな思いはしたくありません。ですからお願いです。クアンツ様が強いのだということはわかりましたが、決して無茶《むちゃ》はしないでください。自分を一番大事にしてください」

そう言うと、頭上から言葉にならない呻《うめ》きのようなものが漏《も》れ聞こえた。

「うぐ……心臓が止まる……ジゼルが一番大事だから無理だと言いたいがジゼルにそんな

ことを言われて無理と返せるはずが」

いよいよクアンツ様も混乱をきたしたらしい。私と同じだ。

頭上の呟きを聞くともなしに聞いているうちに、周囲を見て回っていたらしいロバートが咳払《せきばら》いと共に戻ってきた。遅《おそ》かった気もするけれど、慎重《しんちょう》に行動していたのだろう。

「二階に侵入《しんにゅう》した賊《ぞく》も護衛が捕《と》らえております。もう一人の護衛が反対側の廊下《ろうか》からぐるりと見て回っているはずですので、先程逃《に》げ出したので全部でしょう」

「そうか。他《ほか》の使用人たちは？」

「ご指示通り、賊の気配を嗅《か》ぎ取り各々《おのおの》身を隠《かく》しております」

人手の少ない公爵《こうしゃく》家でその手の者に対抗《たいこう》するのは命取りだから、何かあれば自分の身を守ることを第一にするよう教育されているそうだ。

物は盗《と》られても後でどうとでもなるが、命ばかりはそうはいかない。

そうして人を大事にするクアンツ様だからこそ、使用人たちは主人に忠実で、この屋敷《やしき》に長く勤めてくれているのだろう。

「ただ、私と何人かがいた厨房《ちゅうぼう》に先程の男が入ってきましてね。追い出すためあのように」

わざわざ厨房に？　と疑問が浮《う》かんだが、マリア様が犬の姿のクアンツ様を見かけたのも食堂だと思い至った。マリア様が情報源であることはいよいよ間違《まちが》いない。

「ロバートも強いのね」

「いいえ？　私もそれなりに自分の身を守る訓練を受けてはおりますが、何せ年ですから。いいですか、ジゼル様。年を経たらハッタリが大事なのですよ」

そう言ってぱちりと片目を閉じたロバートに、強張《こわば》った頰《ほお》が緩む。

「ジゼル様はそうして笑っていらっしゃるのが一番ですよ。滅多《めった》にお目にかかれないところがまた嬉《うれ》しさを増すのですが」

「おい、ロバート。人の妻を口説くな」

「おやおや、こんな老いぼれにまで嫉妬《しっと》なさるとは。じいは嬉しゅうございます」

よよ、と泣くふりを始めてしまったロバートに、クアンツ様がむっとした顔を向けているのがわかった。

私は思わず笑い、「よかった——」ともう一度呟いた。

クアンツ様の長い指が私の涙をそっと拭《ぬぐ》ってくれる。

少しだけ離れたその隙間《すきま》を自ら埋《う》めるように、私はクアンツ様にぎゅっと抱きついた。

この温《ぬく》もりが消えてしまわなくてよかった。

そこにきちんといることに。もう一度触れられたことに、心から安堵《あんど》する。

私はもう、この人を失うことはできない。

「さて。それでは落とし前をつけにまいりましょうか」

「待て。待て待て」

「さすが奥様です」

「こらロバート、追随《ついずい》するな。腕まくりをするな。だからジゼルもその鋭利《えいり》な燭台《しょくだい》で素振《すぶ》りをするな」

「ですがクアンツ様、このまま警備隊に引き渡《わた》して、彼らが口を割ると思いますか？　大切なお屋敷に侵入し、使用人たちを危険な目に遭《あ》わせようとしたのですから、もはや大本をそのままのさばらせておくわけにはまいりません。失敗したとなればなりふりかまわず一層苛烈《かれつ》な手に及《およ》ぶことも考えられます。彼が言っていたように」

　手をこまねいて見ているつもりはない。

　私の覚悟《かくご》を感じ取ったのか、クアンツ様は深く息を吐《は》き出し、「わかった」と応じたけれど、すぐに「だが」と続けた。

「大本に直接詰《つ》め寄ったところでシラを切られればそれまでだ。攻《せ》め落とし方は考えなくてはならない。だから――」

「承知しております。彼と話をしましょう」

馬車も御者《ぎよしゃ》もアルターナ侯爵家《こうしやく》に置いてけぼりになっているから、別の馬車を手配しなければどこにも行けない。

その間に駆《か》けつけた警備隊に捕《つか》まえた男たちを引き渡した。どれだけの情報が絞《しぼ》り取れるかはわからないが、まあ期待はしていない。

ただ使用人たちもみんな無事で、被害《ひがい》が窓ガラスだけで済んだのは幸いだった。どうせなら一人が突《つ》き破ったところに続けて飛び込んでくれたらよかったが。

割れているガラスに飛び込むのは痛そうだと思ったのかもしれないが、片づけをする身にもなってほしい。

揺《ゆ》れる馬車には何故《なぜ》かクアンツ様が隣《となり》に座っている。いつもなら向かい側に座るのに。先程《さきほど》あのような騒動《そうどう》があったから、私を安心させようと思ってくれているのかもしれない。

着いたのはアルターナ侯爵家。パーティーはもう終わる頃《ころ》だろうけれど、縁《えん》の深い彼が早々に帰っていることはないだろう。

思った通り、会場に戻《もど》ると彼は切羽詰《せっぱつ》まった顔ですぐさま歩み寄ってきた。

「――いつの間にか帰宅されたようでしたが。何故またこちらへ？」

「賊の侵入がありまして。無事に捕らえたのでご挨拶《あいさつ》に伺《うかが》ったのです」

私の言葉にジョシュア様がはっと息を詰める。

「奴《やっ》らは私たちがパーティーで不在であることを知っていた。それと犬がいることも――」

「マリア様から何でもお聞きなんですね。そして何でもお話しになるのですね――ハーバート侯爵に」

ジョシュア様が忠告に来たこと、直前に仲違《なかたが》いしていた様子からすると、そういうことになる。

最初は、王太子殿下《でんか》が第二位王位継承《けいしょう》権を持つクアンツ様を煙《けむ》たく感じて追い落とそうとしているのかと思った。

殿下に盾突《たてつ》くような生意気な人間をクアンツ様の妻にすれば、揉《も》め事が起きると踏《ふ》み、かき回そうとしたとか。

しかし、クアンツ様を追い落としたところで王位継承権第三位、第四位を持っている人間が続くのだからキリがない。

そう考えた時、やはり逆なのだとしか思えなかった。

「マリア嬢《じょう》が王太子殿下を味方に引き入れていたというところで目的が見えにくくなっていたが」

そう。クアンツ様の言う通り、それですっかり敵を見誤ってしまった。

だがよくよく考えれば、学院の食堂での一件でマリア様が王太子殿下側にいただけのことで、ハーバート侯爵家と敵対していないことにはならないのだ。

元を辿《たど》れば、第一王子、第二王子が亡《な》くなったことに端《たん》を発《はっ》していたのだろう。

さらには命の危険を感じた第三王子が外国で育ち、立太子したこと。

その前にも王宮で事件が相次いでいたことを考えれば、誰《だれ》にとって私たちが邪魔《じゃま》だったのかがわかる。

本当に権力が絡《から》むと人とは醜《みにく》い行動を起こすものだ。人の命なんて、彼らの目的の前では軽いものなのだろう。

怒《いか》りに震《ふる》える私の肩《かた》を、クアンツ様が優《やさ》しく抱《だ》き寄せた。

ぎゅっと握《にぎ》りしめた私の手を大きな手が包む。

「こんなことはもう終わりにしなければならない。先程ジョシュア殿《どの》が言っていた通りだ」

ジョシュア様は青ざめた顔でぐっと奥歯を噛《か》みしめたまま何も答えない。

「私は決して許しません。クアンツ様を害そうとしたことを」

怒りに腹の底から熱くなる私を、クアンツ様がそっと振《ふ》り向いた。

「……俺のために怒《おこ》ってくれているのか？」

「クアンツ様のためもありますが、少し違《ちが》います。私からクアンツ様を奪《うば》おうとしたことに怒っているのですから、私のためです」

顔面が凶悪《きょうあく》になっている自覚はある。だが怒りが収まるわけがない。

指示をした人間に命を奪うつもりがなかったとしても、先程《さきほど》のように武器を持った人間が逆上すればどうなるかなどわからないのだから。

「ジゼルが怒っているところなど、初めて見たな……」

「そうですか？」

わりと日頃《ひごろ》から短気だと思うのだが。

「そんなに感情をあらわにしているのを見るのは珍《めずら》しい。さっきも……。それが俺のことだと思うと、――いや、今はそんな場合でもないのだが」

「確かにここまで怒りを感じるのは人生で初めてかもしれません」

以前国王陛下に王宮に呼ばれた時、どんな罪に当たるものか来るなら来いとばかりに法律書と首っ引きになった経験を今ここで活《い》かし、どんな些細《ささい》な罪も見逃《みのが》さず司法に訴《うった》え出てやる覚悟だ。

だが、たぶん私にそんな出番はないだろう。

「王太子殿下も国王陛下も、立派な狸《たぬき》でしたね」

私がそう呟《つぶや》くと、ジョシュア様は諦《あきら》めたように息を吐き出し、項垂《うなだ》れた。

「そうですね……。きっと何もかもお見通しだったのでしょう。私が家を守るか、兄弟を守るか決めかねているうちに、事態はもうどうにもならないところまで来てしまった」

「ですが、まだできることはおありでしょう。今度こそ、後悔《こうかい》のないようになさってくださいませ」

親を売るようなことは容易にできない。迷うのもわかる。だがジョシュア様が自ら告発すれば、兄弟が生きながらえる可能性はある。

「あなたは既《すで》に将来家族となるはずの婚約者《こんやくしゃ》を切り捨てたのですもの。一番大事なものが何かなど、とうに答えは出ているのでしょう」

「切り捨ててなんか――」

「マリア様が私と言い争うことになれば、ハーバート侯爵がそれをどうするつもりかなどわかっていらしたのでは？　あのようなドレスを着せて池の前に立たせたら溺《おぼ》れて命を失うことだってありえます。私が見放すことだって、ドレスが重くて助けられないことだってあったかもしれませんん」

「それは、マリアが自分にも何かさせてくれと、うるさいから……。それにあのように浅い池で溺れるわけが」

「人は口を覆《おお》われただけで窒息《ちっそく》できるのですよ」

「――だったら、だったらどうしたらよかったんだ？　あれだけの数の人間を従え取り巻かれている父と祖父を止められるわけがない。だからせめてどこかで命が失われるようなことがないように済ませるしかないと、私なりに考えに考えて、それしかなかった。他《ほか》に何ができたというんだ？」

その悲痛な問いに答えたのは、クアンツ様だった。

「それをそのまま聞いたらよかっただろう。婚約者にでも、婚約者を使って味方に引き入れたつもりの王太子にでも」

その言葉に反論しかけたジョシュア様の口を塞《ふさ》ぐようにクアンツ様は続けた。

「だが誰のことも信じていなかったからできなかったのだろう？　だったら、信じられる味方を作るところから始めればよかったのだ」

「そんなのは――」

詭弁《きべん》だ。そう言いたいのだろう。それはわかるが、だがどうしようもなく正論でもある。

「出会えるか否《いな》かの運もある。信頼《しんらい》を築くにも時間のかかることだ。だが大きなものと戦うには欠かせない。だからどんなに遠回りしてでも得る価値がある」

私にとってのクアンツ様やノアンナ様や友人たち、それから父や兄、使用人たち。

私がいつでも私らしくあれるのは、彼らがいるからだ。巨大《きよだい》な権力に巻かれず立ち向かう気になれるのも、こうして自らジョシュア様の前に立てるのも。私が強くあれるのは、味方だと信じられる人たちがいるからだ。

「マリア様は、どこまでもジョシュア様の味方であろうとしていました。ずっとジョシュア様を信じたがっていましたよ」

あの様子では、真実を知ったマリア様が立ち直れるかはわからない。互《たが》いに自分のためではなく、相手のために相手を信じていたら、ノアンナ様とローガン様のように支えあう関係になれたかもしれないのに。

私の言葉にジョシュア様はくしゃっと顔を歪《ゆが》めて呻《うめ》き、しゃがみこんでしまった。

「私は――」

「何をしている？」

低くしわがれた声が、震える声を掻《か》き消す。

いい年の男がうずくまっていたらそれは注目を集めるし、それが自分の息子《むすこ》なら駆《か》けつけもするだろう。

こちらを射《い》すくめるようなハーバート侯爵《こうしゃく》の眼光から守るように、クアンツ様が私を背に庇《かば》い、私はその背中越《ご》しに挨拶《あいさつ》をした。

「お初にお目にかかります。ご存じのことでしょうし、覚えていただく必要もさらさらありませんが、ジゼル・シークラントと申します。ご質問にお答えいたしますわ。ただ、胸のうちを明かして味方を作るという単純で少し難しい方法があることをお教えしていましたの。人を蹴落《けお》とし、縛《しば》り、いいように扱《あつか》う背中を見ているだけでは学べないことですし、それだけで生き抜《ぬ》くのは困難ですから」

「なんだと……？」

低く凄《すご》む声に怯《ひる》むことなくにこやかに返したのは、クアンツ様だ。

「たとえどんな巨悪《きょあく》を目の前にしても、たった一人の味方がいることでこれほどまでに強くなれる。そのことを知れた私は幸せ者だ、という話をしていたのですよ。それでは失礼
——ああそういえば、ジョシュア殿。マリア嬢が先程呼んでおられましたよ。こちらです」

そう言ってクアンツ様は強引《ごういん》にジョシュア様の手を引いた。

人目のあるところでよかった。

ハーバート侯爵は一層眉間《みけん》の皺《しわ》を深め、今にも怒鳴《どな》り散らしそうにしていたけれど、体面を取って身動きができずにいる間にさっさとジョシュア様を連れ出し、馬車に乗せた。

逃《に》げるにかぎる。何も巨悪と直接戦うばかりが能ではないし、何よりハーバート侯爵と戦わねばならないのは私たちではない。

「待て、私をどうするつもりだ」

「二択《たく》ですね。決心が固まるまで我が家にいらっしゃるか、手っ取り早く王宮に乗り込むか。どちらでも、責任を持ってお送りしますよ」

「なに⁉」

「このままあの場にいたら、どうなるかおわかりでしょう？」

苛烈《かれつ》な手段によるクーデターに加担させられるか。それを逃《のが》れたとしても、捜査《そうさ》の手が伸《の》びればハーバート侯爵家の一員として捕《と》らわれることになる。そうなってからではもはや告発しても遅《おそ》く、兄弟もろとも活路を失う。

だとしたら、やけくそでクーデターに加担するか、捕《つか》まる前に告発するかの二択しかない。

家を丸ごと失うよりも、兄弟と自分だけでも助かるほうがいいとわかってはいても、やはり親を裏切るようなことは即断《そくだん》できないのだろう。

「誰《だれ》もが救われる道があればよかったのに」

そんな道はどこにあったのだろう。遠くを見るジョシュア様の言葉にそう思ったけれど、クアンツ様はさらりと言った。

「ジョシュア殿《どの》はもう救った。道を示したのにそれを選ばず、あれらは自ら暗闇《くらやみ》に飛び込んでいっただけのことだろう」

ジョシュア様は項垂れていた頭をもたげてクアンツ様を穴が開くほど見つめると、力を抜いたように笑った。

憑《つ》き物が落ちたようにすっきりとしたジョシュア様の答えを受けて、馬車は真《ま》っ直《す》ぐに王宮へと向かった。

翌日。私とクアンツ様は、王宮に呼ばれた。

通された部屋には、王太子殿下《でんか》、ルチア様、それから国王陛下が既に揃《そろ》っていた。

挨拶を済ませ、勧《すす》められた席につく。

「物事は片づいた。そなたらにも聞く権利はあるだろう」

そう口を開いたのは王太子殿下。

その口調にはあの不遜《ふそん》さがなかった。態度にも。その表情にも。

やはり大狸《おおだぬき》だったか。

隣《となり》に座るルチア様は、カップにもお菓子《かし》にも手を付けることなく、静かな表情で手を揃えて座っている。ただ一人、国王陛下だけが黙《だま》ってお茶を飲んでいた。

「片づいたということは、捕らえたのですか？」

「ああ」

「ハーバート侯爵家総員、ですか」

「一旦《いったん》はな。だが子息からの告発があった。子どもらまで同じ罪とはなるまい。ハーバート侯爵家という形を残すわけにはいかんがな」

クアンツ様と殿下の会話に、内心でため息を吐《つ》く。

「我々《われわれ》を使いましたね？」

私が問うと、国王陛下がカップを置き、答えた。

「そういうことになる」

たったの一言で、そう認めた。

ロバートも国王陛下に何か考えがあるのだろうと言っていたが、私たちの結婚《けっこん》までここに繋《つな》がっているとは思ってもいなかった。

私が怒《いか》りを隠《かく》すつもりもなかったからだろう。

「すまない。だが他に方法がなかったのだ」

そう謝ったのは王太子殿下だ。

「私がこの国に戻《もど》ってきてから、何やら水面下で動きがあるのはわかっていたが、決定的なものは何もない。兄上たちの件で王宮内の人間は入れ替《か》わり、近しい者がほとんどいなくなってしまったから、誰が信用できるのかもわからず、このような手を採るしかなかった」

「王家で起きた血の争いは陛下の尽力《じんりょく》で落ち着いたとのことでしたが、火種は今もくすぶり続けていたのですね。それらを炙《あぶ》り出すために阿呆《あほう》な王太子を演じ、敵の動きを明らかにしようとした、と。そこに私が盾突《たてつ》いた」

そこまでが計算だったのか予想外だったのかはわからないが、対立構造が公然のものとなった。

さらにはクアンツ様が私を大事にしているらしいと広まったことはさすがに予想外だったのではないかと思うが、それすらも都合がよかったのだろう。

頷《うなず》き、王太子殿下が後を続けた。

「ジゼルに何かあれば、腹を立てた私が仕向けたことではないかと疑惑《ぎわく》が向く。私に何かあれば、ジゼルを敵視しているであろう私を公爵が排除《はいじょ》しようとしたとでも噂《うわさ》を流せばいい。ハーバート侯爵家はそう考えたのだろう。一つの公然の事実さえあれば、あとは噂だけで人々は好き勝手に物語を広げ、それが真実であるかのように信憑性《しんぴょうせい》を高めていくからな。その裏で別の思惑《おもわく》が働いているとも思わずに。そうして私と公爵を失脚《しっきゃく》させ、ハーバート侯爵もしくはその子息を次代の王に担《かつ》ぎ上げるつもりだったのだろう」

ジョシュア様がマリア様を甘やかし何でも言う通りにしていたのは、気づかれず意のままに操《あやつ》るため。そうしてクアンツ様を救うという大義名分を与《あた》えて、ノアンナ様の友人でもあり、王太子殿下の裏で恥《はじ》をかかせた気に食わない私に突《つ》っかからせる。

マリア様のクアンツ様に対する態度も周囲から見れば執着《しゅうちゃく》しているようにしか見えなかったはずで、私に何かあれば、マリア様が私を害したのだろうと見られるはず。

そしてそれはマリア様に与《くみ》していた王太子の差し金だと噂を流せば、信じる人も少なくない。

重心の偏《かたよ》ったドレスを着せてわざわざ池の前に立たせたのも、マリア様が溺《おぼ》れて私に疑いの目が向けばいいと思ったのだろう。

ジョシュア様が私に接触《せっしょく》してきたのは、籠絡《ろうらく》できずとも味方であると取り入り、マリア様のようにうまく言葉で誘導《ゆうどう》して思うように動かすため。

そうして表から見ればハーバート侯爵《こうしゃく》家とは関係のないところで起きた諍《いさか》いや不幸な事故によって、王太子殿下とクアンツ様が王位継承《けいしょう》者から脱落《だつらく》した、という筋書きが欲しかったのだろう。

遠かったはずの王位をハーバート侯爵が継《つ》いでも、疑惑の目が向かないように。

「私が犬を大事にしていると知り、賊《ぞく》を使って人質《ひとじち》にとろうとしたようですが。『金銭目的』で誘拐《ゆうかい》事件が起き、それを追って命を落とした、というような事故でも装《よそお》うつもりだったのでしょう。クアンツ様が無事でも、私に何かあればクアンツ様を精神的に崩壊《ほうかい》させられる、もしくはそれを理由に自害をしたと装える、と」

「ハーバート侯爵が考えたものらしいが、そういう手ばかりが連綿と引き継がれてきたようだな……。公爵夫人を溺愛《できあい》しているという噂はこちらにも届いていた。矛先《ほこさき》を逸《そ》らしながら人々が勝手に噂を事実だと決め込んでしまうような『物語』を作るには最適だったことだろう」

苦々しい国王陛下の言葉に引っかかりながらも、私はどうしても黙っていられず口を開いた。

「ですが、そもそも王太子殿下が阿呆な演技などせず、盤石《ばんじゃく》に見せていたら王位も狙《ねら》われなかったのではありませんか？」

「それ以前の話なのだ。王位が容易に狙えるなどと思わぬよう、世継ぎをもっと作るべきだという声もあったがな。それも子どもを立て続けに亡《な》くした私には無理だった。それ以来、子どもを作ることができなくなってな。王と言えど、私はただの人間なのだ」

それは意外な告白だった。

王族なんて血みどろの争いはよくあることなのだと思っていたけれど、割り切れない人もいるのだろう。

陛下は一度強く目を瞑《つぶ》り、長い息を吐き出した後で続けた。

「そもそも我が子らがどんな資質をもっていたとて彼らには同じことだったのだよ。ハーバート侯爵家が拘《こだわ》っていたのは、先王の兄の血だからな」

陛下は先王の時代にあったことをかいつまんで話してくれた。

先王の兄がとある事件を起こしたこと。しかし本人は一切《いっさい》手を出しておらず、介入《かいにゅう》していたとみなせる証拠《しょうこ》もなかったこと。それでも王位につかせるわけにはいかず、新しく公爵家をもたせるわけにもいかない。それで『侯爵家の娘《むすめ》と恋《こい》に落ち、婿《むこ》入りした』という形で収めるしかなかったのだそうだ。

「弟が王位を継いだ後も、あの人はその座を諦《あきら》められなかったようだ。ハーバート侯爵家に入ってもなお、子どもたちに言い聞かせてきたのだろう。『おまえたちが正しい王家の血筋なのだ。王位を取り返せ』と」

「まさか、第一王子や第二王子が亡くなったのも──」

「そうだ。今と同じように人を巧《たく》みに操り、人々を疑心暗鬼《ぎしんあんき》にさせ、殺し合いをさせたのだ。それをただの恨《うら》みだと思っていたが、公爵にまで及《およ》ぶに至って、これは王位を狙っているとわかった。だから騙《だま》すような手を使ってでも──」

「待ってください。王太子殿下が阿呆の真似《まね》をする前にクアンツ様も狙われていたということですか？」

　思っていたのと時系列が違《ちが》う。

　私が口を挟《はさ》むと、陛下が「ああ」とクアンツ様に顔を向けた。

「クアンツよ。おぬし、魔女《まじょ》に呪《のろ》われているだろう」

「──ご存じだったのですか」

「どのような呪《のろ》いかは知らぬがな。ハーバート侯爵が黒い魔女に接触したことは把握《はあく》している。ただ、黒い魔女は白い魔女と違い、人の依頼《いらい》など聞き入れんからな。件《くだん》の魔女が顔のいい男が好きだと知り、それでクアンツの噂を聞かせ、焚《た》きつけたのだろう」

魔女と結婚することにでもなれば、王位にはつけなくなる。

そう考えたのだろうが、まさかそんなところまでハーバート侯爵家の策略だったとは。

クアンツ様も愕然《がくぜん》としたように目を瞠《みは》り、ややあって項垂《うなだ》れるように額を押さえた。

「だがただでさえ人嫌《ひとぎら》いのクアンツが顔目当ての女を受け入れるわけはない。それで怒《おこ》った魔女に呪いをかけられたのではないか？　結婚相手に対してあのように牽制《けんせい》していたということは、妻となる人間に服従させられるようなものだったのだろう」

やはり国王陛下はクアンツ様のことをよくわかっている。

ハーバート侯爵がそこまで狙ったとは思いにくいけれど、結果としてクアンツ様は結婚から遠のき、放《ほう》っておいても王位にはつけまいと、狙われずに済んでいたのかもしれない。

「私が王位についたのは、彼らがうまく立ち回れず失敗した結果だ。だがそれでもまだ、己《おのれ》の子孫に王位を継がせることは諦めていなかった。老いて床《とこ》に臥《ふ》せながらも、『王』として子や孫を支配し続けていたようだ。なんとも執念深い男よ」

それで第一王子と第二王子には過激な手を使ったが、第三王子は国外に逃《に》げ、手を出せなかった。戻《もど》ってきた後も、一度幕が引かれたのに再び人死にが出たとなればさすがにその先にいる王位継承者に疑いがかかる。ジョシュア様にそう言われ、一度は任せたようだが、しびれを切らして結局元のやり方を貫《つらぬ》こうとしたようだ。

王太子殿下《でんか》はテーブルに目を落とし、口を開いた。

「何代も親から『役割』を押し付けられることが続くと、いずれ疑問を持ち、抗《あらが》おうとする者も出て来る。だが同時に賛同者、協力者も増え、がんじがらめになっていくものだ。ジョシュア一人で抗うには限界があっただろう」

王家に生まれた王太子殿下だからこそ思うところがあるのかもしれない。

王位が絡《から》むとこんなにもややこしく、胸の悪くなるようなことばかりが起きるのかと、話を聞いているだけで疲弊《ひへい》した。

人を騙し、けしかけ、自分の手を汚《よご》さずにかき回す。周囲まで巻き込み、命も人生も簡単に扱《あつか》う。

王とは国民を守り、平和に国を治めるためにあるはずなのに。

先王の兄は正統な王位継承権を主張する代わりに国民と国を貶《おとし》めているだけ。

その結果、王位についたとして、そこからどのように国を治めるつもりなのか。

個人と家の利益のために人を貶めることしか考えてこなかった頭で、まったく方向性の違う『国民のため』に頭が使えるとはとても思えない。

さらには、罪が明るみに出て刑《けい》を受けることになっても、先王の兄自身は既《すで》に老い先も短く、望みは叶《かな》わなかったとてそれはそもそも自業自得《じごうじとく》であり、結局は好き勝手に生ききったことになる。

子も孫も周囲の支持者も巻き込み、誰《だれ》もがうらやむ侯爵家としての生き方を奪《うば》い、未来をも奪った。

その罪は重いが、先王の兄自身が贖《あがな》えることではない。

なんとも不条理なことだと思う。

そんなことを考えていた私の隣《となり》で、クアンツ様が細く長い息を吐《は》き出した。

それから真《ま》っ直《す》ぐに国王陛下を見据《みす》える。

「大体お話はわかりました。ですが、ジゼルを巻き込んだことは許せません。私に嫁《とつ》がせたのは、殿下に盾突《たてつ》くような火種を送り込んで、ハーバート侯爵家の動きを見るためだったのではありませんか？　結婚《けっこん》しないなら王位もないという前提を崩《くず》し、私を狙わせ、その尻尾《しっぽ》を摑《つか》みたかったのではありませんか？」

クアンツ様の問いに、国王陛下は頭《かぶり》を振《ふ》った。

「それは違う。王家に一番近い公爵家には、愚《おろ》かな王太子を諫《いさ》めようと声を上げるような人間がいてほしいと考えてのことだ。クアンツは聡明《そうめい》だがいまいち肝《きも》が足りん。他者を慮《おもんぱか》り自らの悪評を立てるようなやり方では王家を支えてはいけぬどころか、足枷《あしかせ》になりかねない。だから正面から誤りを正せるような人間が欲しかった」

「それは見込み違いです。私は無鉄砲《むてっぽう》と正義感を笠《かさ》に着て自分の腹立ちを抑《おさ》えなかっただけの狭小《きょうしょう》な人間です」

私が口を挟むと、今度は王太子殿下が声を上げた。

「だがそれについてくる人間がいた。あのような場で真っ先に声を上げる胆力《たんりょく》もたいしたものだったが、それに何人もの人間が追随《ついずい》した。声を上げぬまでも、ジゼルを見守るように何人もが頷《うなず》き、その場の空気を作っていた。それだけ信頼《しんらい》に足る人間だということは『阿《あ》呆《ほう》』の私にも一目でわかる」

そこまで見ていたのかと驚《おどろ》いたが、素直《すなお》に感心する気にはなれない。私やクアンツ様の意思を踏《ふ》みにじったことは変わらないからだ。

「私を評価していただきありがとうございます。ですがそこまで私のことを理解していただけているのであれば、私がこのような一方的な結婚を仕組まれ、王家に対してどのような感情を抱《いだ》いているかはおわかりかと思います。まるで個人の意思などないかのような――」

「聡明なジゼル様がそのようなことを仰《おっしゃ》るとは、意外ですね」

突然《とつぜん》そう割り入ったのは、扇《おうぎ》で口元を隠《かく》したルチア様で、表情を変えもせずに続けた。

「結婚とは家と家の間で結ばれるものです。公爵閣下のもとへお手紙が届くのが手違いによりジゼル様到着《とうちゃく》の後となってしまったようですが、少なくともアーリヤード伯爵《はくしゃく》の了《りょう》承《しょう》は得ておりましてよ」

狸《たぬき》がまだいた。私が呼ばれる前に父も呼ばれていたということか。

だが何故《なぜ》あの日実家に帰った時も、今に至るまでも、父は何も教えてくれなかったのか。

勝手に決めたことを怒られると思ったのか、私を不安がらせないためだったのか。前者が濃厚《のうこう》だが、とにかく次に会ったらやんわり真綿で首を絞《し》めるように問い詰《つ》めよう。

ただルチア様が言う通り、結婚に王家が関与《かんよ》することもあれば、親が勝手に縁談《えんだん》を進めることだってあるのが貴族なのだから、それならば私に文句を言える筋合いはない。まったく納得《なっとく》はいっていないが。

「アーリヤード伯爵家の領地は貧しく、灌漑《かんがい》設備など大掛《おおが》かりな投資が必要であり、以前より資金援助《えんじょ》を求められていらっしゃいましたね？　ですが自然災害があった場合を除き、特定の領地にのみおいそれと王家から資金援助などできません。それではうまくいかなければ資金援助を受ければいいと、どこの領地もまともに経営しなくなります。ですから、王家ではないどこかが援助する必要があったのです」

「……だからアーリヤード伯爵家とシークラント公爵家の縁組《えんぐ》みをはかったというのですか。しかしクアンツ様は資金援助などしないと公言しておられて」

「でも実際にジゼル様は公爵閣下から援助を取り付けた。それが事実では？」

それは結果論であるが、同時に、王家がそこまでお膳立《ぜんだ》てしなければならない義理もないわけで、ルチア様が言うことはごもっともだ。

だが、悔《くや》しさから私は文句を言わずにいられなかった。

「せめて、私やクアンツ様にもう少しお話をしていただくなり、前もってお時間をいただくなりしていれば違《ちが》ったのですが、あのように急で一方的では――」

「それもジゼル様を守るためだったのですよ」

「私を……？　どういうことでしょうか」

眉《まゆ》を寄せた私の疑問に、今度は王太子殿下が答えた。

「まずは、の話だが。あの学院の食堂での一件は、ルチアを支える良き友人となってほしいと思い、ノアンナという人間を知りたかっただけで、そなたが噛みついてくることは想定していなかった」

「そういう、人を試《ため》すやり方をするのが心底から気に食わないのですが。結果、ノアンナ様は殿下のお眼鏡《めがね》にかなったのですか？」

「はは！　それはもちろん、さすがジゼルの友人というべきか。ノアンナはあの時私にわからぬよう、ずっと笑いを堪《こら》えていただろう。その胆力と、たとえ正論であろうと人の目がある場で私を貶めまいとする分別ももっている」

「先程《さきほど》と仰っていることが真逆では？」

やっぱり殿下に盾突いた私を愚かだと思っているのではないか。

しかし殿下はすぐに首を振った。

「ジゼルはジゼル、ノアンナはノアンナとしてそれぞれの資質を重宝しているという話だ。同じような人間ばかり揃《そろ》えたところで国はよくならない。優秀《ゆうしゅう》、有用な人材とは一口にこうあるべきというものではないからな。文官と武官それぞれが必要で、求められるものも異なるように」

武官と言った時に私を見たあたり、絶対根に持っている。

だから意地でも表情は崩さないし、敢《あ》えてルチア様に向かって話を戻した。

「それで何故私を守るためという話になるのですか？」

「殿下がお話しなさいましたでしょう。王太子殿下とジゼル様の対立構造は大勢が目にしています。そこでジゼル様に何かあれば、『愚かな王太子が私怨《しえん》を晴らした』と見るでしょう。事実がどうあれ、王太子としてふさわしくないという意見は湧《わ》く。そこに決定的な一打があれば殿下を失脚《しっきゃく》させられる。それを狙《ねら》われていたのですよ」

つまり、私はハーバート侯爵《こうしゃく》家によって『殿下に害された人間』にさせられるはずだったということか。改めて聞かされ、言葉が出ない。

「側室候補としておけば丸く収まるし守れるかと思ったのだが、一言のもとに断られたからな」

「だから急ぎ私を後ろ盾《だて》にするためジゼルを嫁がせたのですね。公爵夫人ともなれば、何かあればそれなりの数の人間が動き、本格的に捜査《そうさ》されれば足がつきかねないと恐《おそ》れて、ハーバート侯爵家も手を引くでしょうから」

資金援助の問題もあって、一石二鳥だったのだろう。

だがまさか自分がそんな危険な立場にあったなんて、思いもしなかった。

もしかして、あの日王宮に向かう時、賊《ぞく》に襲《おそ》われかけたのもそのせいだったのだろうか。

ジョシュア様が止める前は第一王子、第二王子の時のようにハーバート侯爵が過激な手を使おうとしていたと言っていたし。

王太子殿下《でんか》にしたって、いくら阿呆でも国を背負った立場で私を害するようなことはしないだろうと思っていたし、その他《ほか》の人から狙われるなんてことは微塵《みじん》も考えていなかったから、どれだけ平和ボケしていたのかと背筋が冷えた。

私やクアンツ様に急な結婚の理由を告げなかったのは、そのような思惑《おもわく》を知っているとなれば邪魔《じゃま》とみなされ、ますます命を狙われる要素が増えるからだろう。

王太子殿下が「だが、計算違いがあった」と小さく息を吐き出した。

「あのように理詰《りづ》めで人を追い立てるようなジゼルと、虚像《きょぞう》で人を遠ざけている公爵がこれほど早く仲睦《なかむつ》まじくなるとは」

そのことで、助けたはずの私に今度は利用価値が見出《みいだ》されてしまったわけだ。

呪《のろ》いを解くため、そして妻として支えるためにクアンツ様との仲を深めようと努力してきたことなのに、知らぬところでそんな思惑に巻き込まれていたとは。本当に頭が痛い。

しかし、一つ気になることがあった。

「ジョシュア様はどこからどこまで告発なさったのですか？　ハーバート侯爵家が賊を雇《やと》っ

て公爵家に侵入《しんにゅう》させたということだけでは、たいした罪にならないのでは」

反発していたジョシュア様のことはハーバート侯爵も警戒《けいかい》していただろうし、あれこれ明かしていたとは思えない。それにいくら家族の告発とはいえ、明確な証拠《しょうこ》がなければ立証するのは難しいだろう。

向かいに座る陛下と殿下、そしてルチア様に対して問いかけたつもりだったが、口を開いたのは陛下を真っ直《す》ぐに見たクアンツ様だった。

「白い魔女、ですか」

その言葉に驚き目を瞠《みは》るが、陛下は静かに頷いた。

「気づいておったか」

「はい。狙われているだろうジゼルを守り、監視《かんし》することでハーバート侯爵家の動きを捉《とら》えようとしていたのだろうと思いますが。我々《われわれ》が白い魔女の店に出かけた時、その手の者をつけていらっしゃいましたよね」

そうだったのか。まったく気づかなかった。

これが私一人で、しかもそれがハーバート侯爵家に雇われた人だったら、どうなっていたかわからない。改めてぞっとした。

「ああ。その日は撒《ま》かれてしまったが、大層慌《あわ》てて白い魔女のもとへ向かったことがあったろう。まったく周りなど見えていない様子でつけることなど容易《たやす》かったと拍子抜《ひょうしぬ》けしておったぞ」

それは私が熱を出した時のことだろうか。確かクアンツ様がレオドーラに薬をもらってきてくれたと言っていたけれど。

隣《となり》を窺《うかが》い見ると、クアンツ様が私を見て苦笑《くしょう》した。あれは仕方がなかったとばかりに。

「おかげで白い魔女と繋《つな》がることができたのだ。知っての通り、白い魔女は国家にも与《くみ》せず、居場所も明らかにしていない。だからこれまで関《かか》わることはなかったのだが、この件ではあまりにも人が多く死んでいる。そこでなんとか助力をもらえないかと頼《たの》んだのだ」

「彼女がそれを呑《の》んだのですか？」

意外さに私が口を挟《はさ》むと、陛下は首を振《ふ》った。

「いや、一度は断られた。しかし聞かれたのだ。今回の依頼《いらい》はジゼルに関わることなのかと。日を改めてはいたのだが、誰《だれ》を追って辿《たど》り着いたかわかっていたのだろう。それであらましを話したところ、昔からしつこく通ってくる常連客に何かあったら、魂《たましい》になっても付き纏《まと》われる。だから今回だけ手を貸す、と」

「レオドーラが……」

助力とはいえ、直接的な関与はできない。

それでハーバート侯爵家に賛同する貴族や商人などが集会所にしていた建物に盗聴《とうちょう》の魔《ま》法陣《ほうじん》を仕掛《しか》けてもらい、国家反逆の証拠を摑《つか》み、やっと一気に捕縛《ほばく》することができたらしい。

となれば、下される罰《ばつ》はこれ以上ないものになるだろう。

いろんなところでいろんな思惑が動いていて、知らぬうちにいろんな人に助けられていて。

私の日常の裏側がそんなことになっているとは思いもしなかった。

「ジゼル・シークラントよ。突然《とつぜん》のことにバタバタと考えたことではあったが、このような方法しか思いつかぬ王家をさぞ愚《おろ》かだと思っていることだろう。だからこそ、そなたのような人間にはいつでも我々を見ていてほしい。国の中心に立つ者が愚かな振る舞《ま》いをすれば、いつでもそれを咎《とが》め、正してほしい。そなたにはそれを許そう」

「いいえ。畏《おそ》れ多くも私はその器《うつわ》ではありません。愚かだと心で罵《ののし》っていた方々に助けられていたと知り、己《おのれ》こそが一番愚かだったのだと思い知っていたところでございますので」

先程《さきほど》ルチア様が口を挟んだのも、私が王家に良い印象を抱《いだ》いていないことを知っていて、憎《にく》まれ役を買って出てくれたのだろう。

いろんな人の思惑に気づけなかった私に、誰かを愚かなどと言えるわけがない。

そもそも、そんなことを言われずとも国民は自分たちの国を治める人間を見ているものだ。自分たちを守ってくれるか、豊かにしてくれるか。その信が失われれば、国家は覆《くつがえ》る。

それは歴史を見ても明らかだ。

「知られぬよう動いたのだから知らぬのも当然だ。知れば、そなたは自分のせいで他人に迷惑《めいわく》をかけるのをよしとせず逃亡《とうぼう》をはかっただろう」

確かに。だから父も黙《だま》っていたのか。前言は撤回《てっかい》しよう。

「だがそれでは困る。己の目で冷静に見て、怖《おそ》れず物申すことができる者は多くないからな。まだ未熟なところもあるが、これからよりその目を鍛《きた》え、物を知り、この国を支える一人となってほしい」

「はい。私は今後も『国のため』に仕えてまいりたいと思います」

国王陛下や王太子殿下個人にではない。

守られていたとわかっても、理由があったとわかっても。自分が手のひらの上で転がされていたとわかって、ははぁとひれ伏《ふ》す気にはなれない。どちらかというと悔《くや》しい気持ちが大半だ。

今は、まだ。

私の答えに、国王陛下は満足そうに頷《うなず》いた。

そんな陛下を見て気が付いた。

シークラント公爵に嫁《とつ》ぎ、未来永劫《みらいえいごう》支えて生きよ――。

国王陛下は確かあの時、そう言った。

あれは、伯父《おじ》としての言葉だったのではないだろうか。

王太子殿下を支える一人であるクアンツ様を隣で支えることは、国のため、と言えるのかもしれないけれど。

きっと、陛下にも国王として、伯父として、そして父としての思いや考えがあるのだろう。

たった一面だけを見て決めつけてはいけない。

誰に対しても、それは同じなのだ。

馬車に乗り公爵《こうしやく》家に向かううちに、空が赤く染まっていった。もうすぐ日が暮れる。

夕日を背に玄関《げんかん》ホールに踏《ふ》み入るとげんなりした。

それはクアンツ様も同じだったらしい。

「何故《なぜ》おまえがここに？」

「そろそろ後悔《こうかい》してる頃《ころ》かと思って、来てあげたのよ。だぁって、賊に狙《ねら》われたのよ？全部その女と結婚《けっこん》したせいじゃない」

「それは違《ちが》う。それに俺はジゼルと結婚できたことを幸せに思っている」

「強がっちゃってぇ。知ってるのよ？『俺は妻との間に真実の愛を探す』とか言ってたけど、結局全然相手にせずほったらかしで夜も出掛《でか》けちゃうんでしょう？　そうよねえ、こんな痩《や》せぎすなだけの地味ぃな女なんて、ごめんよね」

マリア様が帰る時、そんなことを玄関ホールで呟《つぶや》いてでもいたのだろう。

苦戦している様子を見せて安穏《あんのん》とさせておこうと思ったのに、マリア様のあまりのうきうき嬉《うれ》しそうな様子に興味がそそられてしまったとは盲点《もうてん》だった。

「ジゼルは魅力《みりょく》的だ。ほっそりと華奢《きゃしゃ》な体は守ってやりたいと思うのに意志は強く、かっこいい。私は背を押されてばかりで、ジゼルに恥《は》じないよう、並び立てるようにといつも精一杯《せいいっぱい》だ。だが時折肩《かた》を預けてくれて、そんな時は体の底から力が湧《わ》いてくるのだ」

「ふうん。で？　結局真実の愛がなければ呪いは解けないのよ？　いくら頑張《がんば》ったって、相性《あいしょう》というものがあるわ。ダメな女は一生ダメよ」

「そうだな。おまえとは一生愛し合うことはないだろう」

「なんですって!?　ふん……。それなら見せてみなさいよ。その女にさぞ愛されてるんでしょうね」

黙《だま》って言わせておけば。

「ジゼル。今、怒《おこ》っただろう」

顔に出していないつもりだったが、クアンツ様にはわかるようだ。

私は隣のクアンツ様にくるりと顔を向け、向き合った。

「クアンツ様。私はこういうことを口にするのは苦手ですので、何度も言いません。ですから、よく聞いておいてください」

改まった私に、クアンツ様が何を言われるのかと不安そうな顔で「わかった」と頷《うなず》く。

「最初はただのヘタレだと思っていました。でもすぐに、優《やさ》しい人なのだとわかりました。おろおろ戸惑《とまど》うのも、人のことを考えているから。次第《しだい》にそんなあなたを愛《いと》しいと思うようになりました。自分が死ぬよりも、クアンツ様を失うことを恐《おそ》れるほどに」

「ジゼル……」

「マリア様が犬となったクアンツ様に触《ふ》れた時に心から思いました。私は犬であろうと、人間であろうと、クアンツ様が好きです。マリア様にも魔女にも渡《わた》しません」

そう告げて、私はクアンツ様の唇《くちびる》に口づけた。

瞬間《しゅんかん》。ッパァン、と何かが弾《はじ》けるような衝撃《しょうげき》が空気を震《ふる》わせた。

直後、ホールに「ぎゃあああぁぁぁ」という断末魔《だんまつま》の叫《さけ》びが響《ひび》き渡る。

振り向けば魔女の姿はなく、浮《う》いていたクッションがぽすりと床《ゆか》に落ちた。

いや。よく見れば、そのクッションの上には小さな何かがいる。

「ネズミ……？」

「もしや、呪《のろ》いを解いた反動というのがこれなのか……？」

咄嗟《とっさ》に私を守るように抱《かか》え込んでいたクアンツ様が、呆然《ぼうぜん》とネズミを見下ろす。

「キィィィ！　やりやがったわねええ！　だけどこれじゃ終わらないんだから……！」

体が小さい分声も小さく、よく聞き取れないが、怨嗟《えんさ》の声であることはよくわかる。

「もう諦《あきら》めろ」

クアンツ様がそうきっぱりと言った時だった。

ぼしゅん、と聞き慣れた空気が抜《ぬ》ける音が聞こえたかと思うと、いきなり視界ががくんと下がる。

え？　と呟いたつもりだった声は「がう」と獣《けもの》の声に変わっていた。

見下ろせば、ひょろりと細く長い手足を床についており、そしてそれは黒く短い毛に覆《おお》われていた。

首を振《ふ》り向けると、長くピンと立った尻尾《しっぽ》がぶりんと一回り。

耳には「ハッハッ」と短く荒《あら》い呼吸音が絶えず聞こえている。

これは——。

「キャーッハッハ!!　警備隊がよく連れてる犬みたいじゃない？　貧相な体のわりに、大層な体格の犬になったこと。よかったわねえ」

小さく甲高《かんだか》いのに何を言っているのか明瞭《めいりょう》に聞き取れるし、貶《けな》されていることも十分にわかる。

「なるほど。華奢だが強い。まさにジゼルだな」

クアンツ様は足元の私を見下ろし、ふむ、と顎《あご》に手を当てた。

あぁぁあぁぁぁ、くさい！　くっさい!!

鼻で息をする度《たび》に色んな匂《にお》いが流れ込んできて混乱する。

一番の匂いの元に目を向ければ、ロバートがどう助けに入ろうかと迷いながら壁《かべ》の裏かららちらちら覗《のぞ》いていた。

お年のせいもあるだろうが、やはり足は臭《にお》う。一生懸命《いっしょうけんめい》働いてくれているのにこんなことを思ってごめんねロバート。

クアンツ様がいい匂いしかしないのは、なんの不公平だろう。

……ということは、私の匂いもクアンツ様にはまるわかりだったということだ。

今さらながらに恥ずかしい。もんどり打ちたいくらいに恥ずかしい。

「あらあら、余裕《よゆう》じゃない。そうよね、その犬っころは確かにあなたを心から愛したのかもしれないけれど、呪いさえ解いてくれればもう用済み。あなたがその犬っころを愛する必要はまったくなかったんだもの！」

そう。その通りだ。

呪いを解くのに必要だったのは、私がクアンツ様を愛することだけ。

「万が一こうなった時のために、あのパーティー会場で二重に呪いをかけ足しておいたのよ！　その女は昼になっても夜になっても犬のまま。どうせ私がこうなるなら、もう制約も反動もかまいやしないわ」

やはりアルターナ侯爵《こうしゃく》家の東屋《あずまや》にあった魔法陣《まほうじん》は、屋敷《やしき》へ転移するというだけではなく仕掛《しか》けがしてあったのだ。

大方、クアンツ様の呪いが解けたら犬になるように、私に新たな呪いをかけていたのだろう。さすがの執念《しゅうねん》深さというか、こういうところは計算高い。

そう。計算が甘かったのは私のほうだった。

私はクアンツ様の呪いを解くにはどうしたらいいか、愛するにはどうしたらいいかばかり考えていて、私を好きになってもらう努力なんてしていない。

こうなって初めてクアンツ様の気持ちがわかる。

好きになってもらえるかわからない。元に戻《もど》れるのかもわからない。

そんな不安の中にいたのに、クアンツ様はいつも私を気にかけてくれ、守ってくれた。

それは私を好きにさせるためではなく、ただ真っ直《す》ぐに向けられていたことくらいわかる。

けれど私はどうだろうか。

容姿も性格もキツイばかりで、優しい言葉一つかけたことがあったかも思い出せない。

無意識のうちにくぅん、と鳴いていた私の前に、クアンツ様がしゃがみこむ。

「先に言ってしまえば、避《さ》けられてしまうような気がして言えなかった。だけどやっと言える時が来た。ジゼル、好きだ。犬でも、ネズミになろうとも、どんな姿でもジゼルを愛している。心から」

そう言ってクアンツ様は抱え上げた私に、ちゅ、と口づけた。

すると、ぼっふぅん、と辺りに白い靄《もや》が広がり、何も見えなくなった。

気付けば私はクアンツ様に抱えられるようにしていて、そっと床に下ろされた。

肌色《はだいろ》をした腕《うで》がクアンツ様の肩に回され、肌色の……。

「うわぁ！」

思わず声を上げて、体を隠《かく》さんとクアンツ様に抱《だ》きつき直す。

いや。これではお尻《しり》が丸見えだ。

素《す》っ裸《ぱだか》。前を隠すか、後ろを隠すか。

これは難問すぎる。

そんな逡巡《しゅんじゅん》の間に、クアンツ様はさっと上着を脱《ぬ》いで私の肩にかけてくれた。

「ありがとうございます……」

「いや、うん……」

顔が上げられない。

ついにお粗末《そまつ》な体を見られてしまった。幻滅《げんめつ》されていないだろうか。

結婚《けっこん》した時に覚悟《かくご》していたはずだが、ずっと先だと思っていたから覚悟なんてどこかにいってしまっていた。

バクバクと心臓の音がうるさいのは自分なのか、目の前のクアンツ様なのか、そんなことを考えている余裕もない。

そうだ、魔女はどうなった？

辺りを見回した瞬間。

「魔女、打ち取ったり――！」

勇ましい声に振り向くと、ロバートが魔女のクッションの上に何やら屈《かが》みこんでいる。よく見ると、レースのハンカチを被《かぶ》せて何かを捕《つか》まえているようだ。

「ロバート、でかした！」

「ありがとうございます、旦那様《だんなさま》。魔女めは呪いを二重に跳《は》ね返され、ネズミよりもさらに小さなクモの姿となっておりました」

ロバートは中を確認《かくにん》しながら慎重《しんちょう》にハンカチでくるりと包み、それをクアンツ様にそっと手渡《てわた》した。

中からは、小さな小さな声で「ふざけんじゃないわよ――！　なんで呪いが解けるのよ！　絶対こんなこと、ありえない！　こんな手じゃ魔法陣が描《か》けないじゃないのよ！」というようなことを言っているのが辛《かろ》うじてわかる。

クモの体でどうやって喋《しゃべ》っているのだろう。さすが魔女というべきか。

「さて。今日は風が爽《さわ》やかないい天気だ」

クアンツ様は片手でハンカチを掴《つか》み、つかつかと窓に向かって歩くと、ガチャリと窓を開け放った。

手のひらで庇《ひさし》を作り、爽やかな風が木々を揺《ゆ》らす外の景色を見晴るかす。

「うん。絶好の旅日和《びより》だぞ、魔女よ」

そう言って、クアンツ様はハンカチをそっと開き、その中でぴょんぴょこと跳ねまわっていたクモに、ふっ、と強く息を吹《ふ》きかけた。

「いやぁぁぁあぁぁ」

小さな小さな断末魔《だんまつま》の叫びが聞こえた気がした。

クモはひときわ強く吹いた風に流され、点だったものはあっという間に見えなくなる。

レースのハンカチにきらりと見えた糸も抜かりなく手で払《はら》い、ぷつりと切れた糸も風に流れて消えていった。

「もうこれで、魔女に煩《わずら》わされることはない」

「はい。終わりましたね」

ふと、不安になった。

狙《ねら》い通り、私はクアンツ様を好きになった。けれど、あまりその先を考えていなかった。

呪《のろ》いは解けて、用は済んだのだ。

そうなると、クアンツ様が貧乏伯爵家《びんぼうはくしゃくけ》と縁戚《えんせき》でいる必要性はない。

従属の呪いはなくなり、もう塩公爵として自らを守る必要もないのだから、自由に相手を選ぶことができる。

しかし、優《やさ》しく私を見下ろす橙色《だいだいいろ》の瞳《ひとみ》に出会い、そんな不安は霧散《むさん》した。

「一生ジゼルを愛すると誓《ちか》おう。俺を愛してくれてありがとう、ジゼル」

「私が誰《だれ》かに愛されることがあるなんて、思ってもいませんでした。クアンツ様は元々魅力《みりょく》的な人ですから、私が愛を抱《いだ》くのもただの時間の問題だったと今はわかりますが」

「俺はジゼルほど魅力的な人に会ったことがない。さっきも言っただろう。その強さと真っ直ぐさに惹《ひ》かれたんだ。何より――」

「面白《おもしろ》い、からですか？」

尋《たず》ねれば、クアンツ様はふっと笑った。

「ジゼルといると、毎日が楽しくて、幸せなんだ。一生傍《そば》にいてくれるか？」

「はい」

クアンツ様が優しく抱きしめてくれ、その温《ぬく》もりを肌《はだ》に感じる。

安心して、ほっと全身から力が抜《ぬ》けていく。

「このままずっとこうしていたい。――だが、あれだ。風邪《かぜ》を引いてしまうな……」

その言葉に、クアンツ様の上着を羽織っただけの状態だったことを思い出す。

顔から火が出そうな。

己《おのれ》の体のあまりの貧相さに、全身が冷えそうな。

泣きたい。

しかしクアンツ様は、私の額にちゅ、と音を立てて口づけると、優しく肩《かた》を抱いて部屋に連れて行ってくれた。

呆《あき》れられなかっただろうか。

大丈夫《だいじょうぶ》だっただろうか。

頭はそんなことでいっぱいだったけれど、胸には先程《さきほど》のクアンツ様の言葉が時間をかけて沁《し》み込んでいった。

エピローグ

クアンツ様は王太子殿下《でんか》と共にアルターナ侯爵《こうしやく》家を訪《おとず》れた。

一体どんな話がなされたものやらわからないが、結果としてマリア様は一から教育を受け直すこととなった。

王太子殿下からもアルターナ侯爵夫妻に対して直々に、マリア様が侯爵家の人間としてふさわしい振《ふ》る舞《ま》いをできるようになるまで嫁《よめ》に出すことは許さないと笑顔《えがお》で釘《くぎ》を刺《さ》したそうだ。

安易に人の言葉を鵜呑《うの》みにし流されていては、また利用されかねず、立場を持つ以上放《ほう》ってはおけない。

夫妻はノアンナ様がしっかり教育してくれていたはずだと慌《あわ》てたそうだが、ノアンナ様は姉であってマリア様を教育する義務はない。

親である侯爵夫妻が子を外に出す前にしっかりと躾《しつ》けるべきだと至極《しごく》真っ当なことを言われ、ようやっと向き合う気になったらしい。

マリア様はというと、ジョシュア様が捕《と》らえられ、ショックを受けて引きこもっている。

本当にジョシュア様を愛し、信じていたのだろう。

しかし慌てた侯爵夫妻に次々教師を連れて来られれば、あれこれ考えている暇《ひま》がなくなり、次第《しだい》に立ち直っていくだろう。

クアンツ様と殿下がそこまで見込んでいてのことかはわからないけれど、あれだけ行動力のある人なのだから、きっと乗り越《こ》えられると思う。

マリア様にはノアンナ様もいるから。

私たちもあれこれ事情を聞かれるなどしてしばらくバタバタしていて、夜はぱったりと倒《たお》れ込むように寝《ね》てしまう日々が続いていたけれど、ようやくそういった諸々《もろもろ》も片づいた。

久しぶりにゆっくりとクアンツ様と食事を囲み、それが普通《ふつう》のサイズで普通のメニューであることが嬉《うれ》しい。

玉ねぎも抜かれていないし、水もきちんとコップに入っていて。

これまでのことや、これからのことをゆっくりと話しながら、あっという間に時は過ぎていった。

そうして夜も更《ふ》け、いつものように寝室《しんしつ》に入ると、そこにもまたいつもと異なる景色があった。

シルクだろうか。灯《あか》りに照らされて艶《なま》めかしくしなやかに流れるような生地《きじ》の寝衣をまとった、色気三割増しのクアンツ様がベッドに寝そべっていた。

多忙《たぼう》を極《きわ》めたクアンツ様は執務《しつむ》室で仕事をしながら眠《ねむ》ってしまう日々が続いていて、寝室で姿を見るのは何日かぶりだ。

しかも、人の姿で夜を共に過ごすのは正真正銘《しょうしんしょうめい》初めてである。

一気に固まった私に、クアンツ様がおいでおいでと招く。

いつもの逆だ。

私はぎこちない動きながらベッドに腰《こし》を下ろし、ころりと横になる。

自然と寝そべって向かい合う形になるが、穏《おだ》やかに笑みを浮《う》かべたクアンツ様の顔が眩《まぶ》しい。

これは耐《た》えられまい。

早々に限界を悟《さと》った私はごろりと寝返りで逃《に》げかけたけれど、ぱしりと肩を摑まれ天《てん》井《じょう》を向いて止まる。

う、と小さな呻《うめ》きを漏《も》らしたのにもかまわず、クアンツ様が迫《せま》る気配がし、ぎしりとベッドが沈《しず》む。

私の右半身が傾《かたむ》いたかと思うと、すぐに安定したのは、縫《ぬ》い留めるようにクアンツ様の腕《うで》が私の両脇《りょうわき》に下ろされたからだ。

「ジゼル。今日は疲《つか》れているだろうから、何もしない。だが、口づけてもいいか？」

そうだ。私は肝心《かんじん》なことを忘れていた。

夜の間もクアンツ様は人間の姿なのだから、今度は貴族の務めとして、子作りをしなければならないのだ。

先程までもこれからのことはたくさん話したけれど、このことだけは触《ふ》れなかったから、もしかしたらこのまま忘れて……なんて思っていたけれど、そんなわけもないか。

体が貧相だろうとなんだろうと、もう一度覚悟《かくご》し直さなければ。

「はい」

短く答えるだけが精一杯《せいいっぱい》の私に、クアンツ様が苦笑《くしょう》する。

「言っただろう？　ジゼルが義務だと思っているうちはしないと」

——義務。

そう。確かに公爵夫人となった以上、子作りは義務だ。

けれど。

公爵夫人だから？　夫婦《ふうふ》だから？

私は寝室にいたクアンツ様がもふもふではなくてがっかりしただろうか。

しなければならないことのためにクアンツ様とこうして夜を過ごしているのか？

そうじゃない。

私はただただクアンツ様と一緒《いっしょ》にいたい。

犬の姿じゃなくても、人の姿でも。

触れるとほっとするし、くっついて眠っているととても幸せを感じる。

——もっと触れたい。

クアンツ様のことを、もっとよく知りたい。

「子作りはしなければならないことです。でもそれ以上に、クアンツ様にそのように触れたらどうなるのかという興味があります」

「興味……」

がっかりしたような、複雑な顔のクアンツ様にそっと手を伸《の》ばす。

「もっといろんな顔が見たいです。口づけをする時のクアンツ様のじっと私を見る目は、胸がきゅっとなって苦しくなります。けれど唇《くちびる》が触れると満たされたような、そこからじんわり温かくなるような気がします。だから、もっと触れてみたいです」

触れた頰《ほお》は私の冷たい指に驚《おどろ》いたようにぴくりと揺《ゆ》れ、私の指は次第にその温《ぬく》もりに染まっていく。

苦しそうに眉《まゆ》を寄せるそんな顔まで艶《つや》っぽく見えるのは、薄暗《うすぐら》さのせいか、寝衣の艶めかしい生地のせいか。

ぎゅっと抱《だ》きしめられるとその温もりに包まれてほうっと息が漏れる。

この時が幸せだった。

だから、もっと触れたらきっともっと幸せを感じるのだろう。そう思ったから。

「だめですか？」

「だめなわけではない。だが」

心も、体も。

「クアンツ様にならば何をされてもかまいません。クアンツ様だから許せるのです」

いつかのクアンツ様の言葉を借りて私がそう告げると、私の唇は優《やさ》しく降った温もりに閉《と》ざされた。そうしてもう一度、優しく閉じ込めるように抱きしめられる。

ほうっと吐《は》いた息が暖かく耳を通り過ぎていき、私は思わず強く抱きしめ返した。口づけなど毎日していたのに。抱きしめられるのも初めてのことではないのに。

クアンツ様を好きだと思うと、そして思いが返されているのだと思うと、何故《なぜ》こんなにも胸が満たされたように温かくなるのだろう。

「我慢《がまん》ができなくなりそうだ――」

「する必要がありますか？」

「ジゼルはわからないだろう、今俺がどれだけ必死に理性を保っているか」

「そんなものはしゃらくせえ！　ですね。ぐだぐだ仰《おっしゃ》るならば、僭越《せんえつ》ながら私がクアンツ様を襲《おそ》わせていただくとします。流れは聞き及《およ》んでおりますので」

その腕から抜《ぬ》け出し、よいしょとその体を組み敷《し》くようにすると、クアンツ様の顔が赤くなったり青くなったり忙《いそが》しい。

「え!? いや、ちょ、まっ、だからこの期《ご》に及んでまでもジゼルは何でそう男前なんだ!!」

「クアンツ様が好きだからだと思います。もっと近づきたいですし、ちゃんと夫婦になりたいのです」

そう答えると、私の体は再びクアンツ様に強く抱き込まれた。

「──許されることは、こんなにも幸せなのだな」

耳元に聞こえたそんな声に、「はい、私も──」と答えたけれど。

気づけば私とクアンツ様の体は反転していて、一身上の都合によりその先を続けることはできなかった。


「クアンツ様」

「なんだ？」

「犬の姿の時のことですが。私の匂《にお》い、してましたよね」

「ああ。ジゼルはどこにいてもわかった。とてもいい匂いがしたからな」

「……………人体ですよ。そんなわけが」

「他《ほか》の人間とは違《ちが》った。何だろうな。柔《やわ》らかくて、甘い匂いだった。今も首元に鼻を埋《うず》めるとその匂いがする」

「ちょ、まって……！　クアンツ様！」

「ふむ。焦《あせ》るジゼルを見られるとは。これから毎日夜が楽しみだな」

「形勢逆転、とか思ってます？　油断なさらないでくださいね。きっとそのうち慣れれば──」

「ほう」

「ぐっ……」

「楽しみに待っている。それまでは、甘んじて受けてもらおうか」

「え？　だってさっき、──、あ、まっ」

「ジゼルが余裕《よゆう》そうにしているのがいけない」

「余裕など……！」

「だからジゼルはわかっていないと言ったのだ。俺がどれだけ待ったと思っている？　攻《せ》めれば逃げるのがわかっていたし、ゆっくりじっくり行かねばと、隣《となり》に体温を感じながらも強靭《きょうじん》な精神力で己《おのれ》を律し、だな」

「いえ、ですから──！」

「随分《ずいぶん》と鍛《きた》えられたぞ。おかげで多少のことでは動じなくなった。ジゼルが関《かか》わるとそんなものはすぐに崩壊《ほうかい》するがな。今のように……」

「……、……！」

そうして夜は更《ふ》けていった。

朝日がこんなにも目に眩《まぶ》しいものだとは、初めて知った夜明けだった。

「夜になっても犬の姿にならない。俺は本当に人間に戻《もど》ったのだな。すべてジゼルのおかげだ。ありがとう」

「いいえ。私もクアンツ様に呪《のろ》いを解いていただきましたから。それと、何が呪いを解く鍵《かぎ》だったのか、今はわかる気がします」

「『真実の愛』か？」

「はい。やはり、呪いなんかに人の心なんて判断できないと思うのです。されたくなんかない、というのが正しい言い方になりますが。だからこれは実際にはどうなのかわかりませんが、ただ、私もクアンツ様も、呪いを解く時に共通していた言葉がありました」

それは自然と口から出たもので、呪いを解くために意識して言ったことではなかった。

「犬の姿でも人間でも好き。それが『真実の愛』と判断されたのではないかと思うのです」

真実の愛とは、欠点もすべて丸ごと愛することではないかとロバートも言っていた。

もちろん、犬の姿になることを欠点だとは思っていなかったけれど、呪いとしてかけたくらいなのだから、術の中の定義ではそうなのだろう。

「なるほど……。犬の姿に変わったことは一つの試金石でもあるわけか」

「魔法《まほう》が定義や条件や対象など、細かな決めごとを必要とするのであれば、やはり明確に何か鍵となるものが必要ですから」

レオドーラは、いつか私なら解けるだろうと言っていた。

今考えるとそれは、そういう仕組みを理解している私ならいつか気づくだろうということだったのかもしれない。

もしかしたら、クアンツ様といる時の私を見て、いつか本当に愛するようになると思った、という可能性も考えなくはないのだけれど、気恥《きは》ずかしさからそこから目を背《そむ》けている自覚はなきにしもあらず、あらあらかしこ。

「じゃあ、俺もジゼルも、本当に心から互《たが》いに愛し合っていると言えるわけではないということか？」

クアンツ様が試《ため》すように私を見る。

「魔法の上での定義なんかで私の心中をはかられたくはありません。私の心は私とクアンツ様だけが知っていればいいのです。そして、クアンツ様は私がどう思っているかなど既《すで》にご存じのはずです」

「それでも聞きたいのだが？」

「そうですね。『まだまだ』、だと思います」

「え……？」

当然、愛しているとでも返ってくると思っていたのだろう。

甘い。

「だって、まだ出会ってそれほど経《た》ってもいないのですよ。まだまだ知らないこともたくさんあります。だから、まだもっともっと、クアンツ様のことを好きになると思うのです。これで終わりだとは思えません。真実の愛なんてものがあるのかどうか、その真の定義がどんなものかは知りませんが、ただもっとクアンツ様を愛するだろうことはわかります」

笑《え》みを浮《う》かべてそう返すと、クアンツ様は「そ、そうか」と耳を赤くして視線を彷徨《さまよ》わせた。

「仕掛《しか》けておきながらそうやって動揺《どうよう》してしまうかわいらしいところも好きですし、私を守ってくださったかっこいいクアンツ様も好きです。今日は我慢すると言いながら結局口づけだけで終わらないクアンツ様もかわいいと思いますし、愛されているのだなと実感して嬉《うれ》しくも思います。あと寝《ね》ぼけているクアンツ様にはきゅんとします。そういう、新しいクアンツ様を知る度《たび》に好きになりますので、これが最大だとは思えないのです」

「そうか。そういうことなら俺もそうだ」

私がわざと追い込むために言っているのかと気づいたのか、それとも何か反撃《はんげき》を思いついたのか、いつの間にか余裕を取り戻したクアンツ様は微笑《ほほえ》みながら私の唇《くちびる》に口づけを落とした。

いくらでも迎《むか》え撃《う》とう。私たちはこれからも共に生きていくのだから。

呪いが解けて終わりではない。

いつか私たちは、私たちにとっての真実の愛を見つけるのだろう。

真実の愛なんてそうそう出会えるものではないのだろうと思っていたけれど。

今は疑いもせずにそう思うのだ。

あとがき

本作を簡単にご紹介《しょうかい》すると、「まるで腹いせのように、冷酷《れいこく》と噂《うわさ》される公爵《こうしゃく》のもとへとドナドナと運ばれ突然嫁《とつぜんとつ》がされたものの、思ってたのと違《ちが》う旦那《だんな》様が待っていた」とよくありそうな入りになります。

ですが続けると、そこからどうなったものか、『呪《のろ》いを解くため『真実の愛』とは何か、その定義を探りあれこれ試《ため》しては毎日キスをして、夜にはふもふを抱《だ》いて眠《ねむ》り、朝になるとモラハラなはずの夫が隣《となり》で天使じみた顔でこちらを見ていたかと思ったら目が合うと乙女《おとめ》もかくやという大テレで――」という煩悩《ぼんのう》だらけな文が続きます。

そんな本作『冷酷公爵《れいこくこうしゃく》に嫁《とつ》がされたはずが、ツンデレな子犬に溺愛《できあい》されています』をお手に取っていただきありがとうございます。

あとがきというものを書かせていただくのは初めてになりますので、みなさまはじめまして、佐崎咲《ささきさき》です。

イラストは綾北《あやきた》まご先生にご担当いただきました。

キャラデザインをいただいた時、クアンツのあまりの美しさと色気と何よりその天使さ加減にリアルで声が出るほど悶絶《もんぜつ》しました。

ジゼルは『地味な見た目』なので表紙映《ば》えしないのではと心配していましたが、杞憂《きゆう》が過ぎました。

あの淡々《たんたん》としたぐいぐい加減が素晴《すば》らしくジゼルで、とってもかわいくて、ちゃんとヒロインしていて何よりかわいい。

繰《く》り返します。かわいい。

もふもふクアンツもそれはもうきゅるるんともさもさで触《さわ》りたくて愛《め》でたくて触りたい！

私の想像の限界を超《こ》えた素敵《すてき》なジゼルたちを生み出していただいた綾北先生に、心からの感謝を申し上げます。

担当様にもご多忙《たぼう》な中対応いただき、私の「綾北先生に描《か》いていただいたクアンツが美《び》麗《れい》です!!　ジゼルがかわいいです!!」という熱量溢《あふ》れる叫《さけ》びを受け止めていただきました。

この場をお借りして、本作の出版に携《たずさ》わってくださった方々に心よりお礼申し上げます。

そしてこの本をお読みいただいた方に最大限の感謝を。

読んでいただく方がいて初めてこの作品は意味を持ちます。

辛《つら》く、大変なことも多い世の中ですが、ほんのひと時でも憂《う》さを忘れて楽しんでいただけたら何より幸いです。

またお目にかかる機会がありましたら、その時はまた「あ、声に出すと噛《か》みそうな名前の人だ」と思い出していただけたらと思います。

佐崎咲

BEANS BUNKO

「冷酷公爵に嫁がされたはずが、ツンデレな子犬に溺愛されています」の感想をお寄せください。
おたよりのあて先
〒102-8177　東京都千代田区富士見2-13-3
株式会社KADOKAWA　角川ビーンズ文庫編集部気付
「佐崎　咲」先生・「綾北まご」先生
また、編集部へのご意見ご希望は、同じ住所で「ビーンズ文庫編集部」
までお寄せください。

冷酷公爵《れいこくこうしやく》に嫁《とつ》がされたはずが、ツンデレな子犬《こいぬ》に溺愛《できあい》されています

佐崎《ささき》　咲《さき》

角川ビーンズ文庫　23686

令和５年６月１日　初版発行

発行者———山下直久
発　行———株式会社KADOKAWA
〒102-8177　東京都千代田区富士見2-13-3
電話 0570-002-301（ナビダイヤル）
印刷所————株式会社暁印刷
製本所————本間製本株式会社
装幀者————micro fish

ISBN978-4-04-113848-9C0193 定価はカバーに表示してあります。　◇◇◇

23回
角川ビーンズ小説大賞
原稿募集中!
君の"物語"がここから始まる!
https://beans.kadokawa.co.jp
詳細は公式サイトでチェック!!!
【一般部門】&【テーマ部門】
賞金 大賞100万円
優秀賞30万円
他副賞
締切 3月31日
発表 9月発表(予定)
イラスト/紫 真依